Marie Brunntaler

Piz Palü

MARIE
BRUNNTALER

Piz Palü

Roman

EISELE

Besuchen Sie uns im Internet:
www.eisele-verlag.de

MIX
Papier
FSC® C014496

ISBN 978-3-96161-109-6

Satz: LVD GmbH, Berlin
Gesetzt aus der Centennial LT
Druck und Bindearbeiten: GGP Media GmbH, Pößneck
Printed in Germany

für Bernd und Ulla

1

Der Wagen des Grand Hotels wartete an der Station Bernina Diavolezza, wo der Zug aus St. Moritz geringfügig verspätet eintraf. Frau von Hoppe reiste in Begleitung. Bartolo seufzte über die insgesamt sechs Koffer. Zwei davon würde er auf dem Dach festschnallen müssen.

»Hilf mir damit«, sagte er zur Begleiterin Frau von Hoppes. Der Kleidung nach war sie ihre Zofe, vielleicht die Gesellschaftsdame, siebzehn, höchstens achtzehn Jahre alt. Bartolo öffnete den Wagenschlag.

»Das ist meine Nichte.« Frau von Hoppe nahm Platz.

Für einen Moment sprachlos, verharrte Bartolo in der Verbeugung. »Verzeihung, gnädiges Fräulein.«

»Trotzdem kann ich ihm helfen.« Sie nahm den schwersten Koffer und wuchtete ihn in den Fond.

Man hatte Bartolo schon mehrfach mit Kündigung gedroht, sollte er sich weiterhin Gästen gegenüber respektlos benehmen. Seine Entschuldigung lautete meistens, Direktheit sei die Natur der Rätoromanen. Im Übrigen war gutes Personal auf zweitausend Metern Höhe schwer zu finden, Bartolo hielt die Kündigung also für eine leere Drohung.

Frau von Hoppe verkroch sich tief in ihren Pelzkragen. »Hauptsache, wir fahren bald los. Ich friere mich hier zu Tode.«

Bartolo wollte den nächsten Koffer nehmen.

»Zu zweit?«, bot ihm das Fräulein an.

Während sie das Gepäckstück gemeinsam auf das Wagendach hievten, bemerkte er, dass sie hinkte.

»Komm endlich herein und mach die Tür zu«, rief Frau von Hoppe.

»Wenn es dir recht ist, sitze ich vorn.«

»Du und deine Extratouren.« Die gnädige Frau sank in den Sitz.

Beim Einsteigen streifte Bartolos Blick die Beine der Kleinen. »Hinten ist es aber wärmer.«

»Mir gefällt es hier besser.«

Ihr Mund war etwas zu breit, ihr Kinn ein wenig zu kurz. Ob ihre Augen grün oder grau waren, konnte Bartolo in der Kürze nicht feststellen. Er startete, der Alvis TC108 setzte sich in Bewegung. Bis zum Grand Hotel war es eine Fahrt von zwanzig Minuten.

»So einen habe ich noch nie gesehen«, sagte sie.

»Unser Alvis? Das einzige Auto der Welt, das in der Schweiz gebaut wird.«

»Ist das so etwas Besonderes?«

»Sie waren noch nicht oft in der Schweiz, Fräulein von Hoppe?«

»Ich bin hier geboren.« Sie zog den Mantel vor der Brust zu. »Ist das bei euch immer so kalt?«

»Warten Sie, bis wir oben sind. Hier unten ist es noch warm.« Sportlich nahm er die ersten Serpentinen.

Sie schaute hinaus, wo sich die Berge mit jedem gewonnenen Höhenmeter deutlicher abzeichneten. Als ob sie aus dem Himmel herausgemeißelt wären. »Ich hätte nicht gedacht, dass ich irgendwann wieder hierherkomme.«

»Die meisten halten die Einsamkeit nicht lange aus.« Er schaltete einen Gang zurück. »Die, die bleiben, lernen, dass in der Höhe seltsame Dinge passieren. Vorzeichen und Omen, rastlose Geister.«

Sie musterte ihn von der Seite. »Nicht nur Hotelchauffeur, auch noch Alpenpoet?«

»Im Grand Hotel bin ich alles.«

»Alles?«

»Sie werden schon sehen.«

Sie zeigte auf die schneebedeckten Hänge. »Ich verstehe das nicht. August, und so viel Schnee?«

»Auf der Diavolezza vergessen Sie am besten alles, was Sie über das Wetter wissen.«

Sie passierten den Wegweiser zum Grand Hotel.

»*Diavolezza* – die Teufelin, ist das rätoromanisch?«, erkundigte sie sich.

»Kennen Sie die Sage nicht?«

»Früher kannte ich sie vielleicht.«

»Unweit von hier, auf dem Munt Pers, hauste vor Jahrhunderten eine Bergfee. In Walpurgisnächten nahm sie im Lago Bianco ein Bad und wurde manchmal von Jägern erblickt. Aratsch, ein junger Jäger, war unvorsichtig und näherte sich ihr. Man hat ihn nie wiedergesehen. Alle nahmen an, er wäre in eine Gletscherspalte gefallen. Aber manchmal, wenn der Wind richtig steht, hört man in Sommernächten die Stimme der Diavolezza: *Mort ais Aratsch*, ruft sie. *Aratsch ist tot.*«

Hinter der nächsten Kurve stoppte Bartolo so hart, dass Frau von Hoppe im Fond nach vorn geworfen wurde.

»Was um Himmels willen …« Sie stützte sich auf die Vorderlehne. »Haben Sie den Verstand verloren?«

»Tschuf Schimgia!«, stieß Bartolo hervor.

Vor ihnen stand ein Benz 300SL auf der Straße quer. Zwei Männer drehten sich um. Sie waren ausgestiegen und schienen den Ausblick zu genießen. Beide liefen zum Fahrzeug zurück.

»Ich hab's dir gesagt«, rief der Jüngere.

Der Ältere zog den Hut. »Tausend Pardons. Haben Sie sich etwas getan?«

Da Frau von Hoppe nicht antwortete, öffnete das Fräulein die Beifahrertür. »Uns geht es gut, vielen Dank.«

Der jüngere Mann spähte in den Alvis. »Verzeihung, ist das Frau von Hoppe?«

Ihr erstaunter Blick hinter Glas, in dem sich die Alpensilhouette spiegelte.

»Ich bin's, der Otto«, gab er sich zu erkennen. »Otto Fischer. Sie haben mir in Berlin die Ehre gegeben. Nach der Bambiverleihung.«

»Ich erinnere mich«, kam es mit distanzierter Stimme aus dem Fond.

»Darf ich Ihnen einen lieben Kollegen vorstellen?« Fischer zeigte auf den Älteren, der mit dem Hut in der Hand dastand. »Leo Kriegler. Er schreibt meinen nächsten Film.«

Der andere verbeugte sich.

»Fahren wir vielleicht in dieselbe Richtung?«, rief Fischer.

»Es lässt sich wohl kaum vermeiden.« Sie ließ das Fenster um eine Winzigkeit herunter.

»Dann sollten wir besser die Straße freimachen.« Fischer lachte, und das war ein Ereignis, als ob im Lichtspieltheater der Vorhang aufging. Er hatte das beliebteste und am höchsten dotierte Lachen Deutschlands. Für Frau von Hoppe präsentierte er es umsonst.

Sein Begleiter stieg in den Benz. Der Motor knurrte. Beim Zurücksetzen wirbelte das Auto Staub und Kies auf.

»Hoffe bald auf Ihre geschätzte Gesellschaft!« Fischer schwang sich ebenfalls in den Wagen.

»War das wirklich O.W. Fischer?« Auch das Fräulein stieg wieder ein.

Bartolo löste die Handbremse. »Er kommt jeden Sommer zu uns. Um ungestört zu sein, wie er sagt. Aber natürlich wird er sofort erkannt.«

»Können wir endlich weiterfahren, bevor ich erfriere?«, rief Frau von Hoppe.

Der Alvis glitt in die nächste Höhenkurve. Nicht eine Wolke stand am Himmel.

* * *

Patters empfing die Gäste mit aufgespanntem Sonnenschirm. Bei Damen mit zarter Haut konnte die Augustsonne bereits nach Sekunden schädlich sein. Walti Patters, aus dem Wallis gebürtig, war daran gewöhnt, dass sein Name englisch ausgesprochen wurde. Die Gäste assoziierten mit dem Chefbutler gewohnheitsmäßig einen Briten. Einige hatten sogar das schweizerische Wallis mit dem britischen Wales verwechselt. Patters begleitete Frau von Hoppe unter das schützende Vordach und teilte Bartolo mit, er müsse später eine Lieferung aus Pontresina abholen. Fragend blieb Patters vor dem Fräulein stehen, das sich Frau von Hoppe nicht anschloss.

»Kann ich etwas für Sie tun?«

»Ich wollte mich beim Chauffeur nach etwas erkundigen.«

»Vielleicht kann ich Ihnen behilflich sein, gnädiges Fräulein«, erwiderte Patters freundlich. »Bartolo hat viel zu tun.«

»Ich soll eine Bluse für Frau von Hoppe bügeln. Wo ist das möglich?«

»Ich schicke Ihnen ein Mädchen aufs Zimmer. Sie wird sich darum kümmern.«

»Frau von Hoppe hat sehr präzise Vorstellungen, wie eine Bluse gebügelt werden muss. In diesem Punkt verlässt sie sich lieber auf mich.«

»Sie bügeln selbst für Ihre Tante?«, staunte Bartolo.

»Habe ich Ihnen nicht einen Auftrag erteilt?«, ging Patters scharf dazwischen. »In dem Fall werde ich Ihnen natürlich unser Bügelzimmer zeigen, Fräulein …«

Sie nahm ihre Reisetasche aus dem Fond. »Förster.«

»Hier entlang, Fräulein Förster.« Patters winkte einem Diener, der ihr die Tasche abnahm.

Bartolo stellte das restliche Gepäck hinter den Wagen. »Aber wenn Sie Frau von Hoppes Nichte sind, wieso heißen Sie dann Förster?«, rief er ihr nach.

»Bartolo, Sie melden sich nachher bei mir!« Die Strenge in Patters' Stimme hatte den Klang von Metall.

Frau von Hoppe betrat das *Grand Arnold*. Roter Marmor, weißer Marmor, in endlosen Rauten bis zur Mitteltreppe. Die Drehtüren aus poliertem Messing, das Glas mit geätzten Motiven aus der Vogelwelt. Alpenblumen in Bodenvasen. Die Decke in Kassetten gegliedert, byzanthinisch vermutete man, in Wirklichkeit war es die Liebe des Gründungsvaters zum Ornament.

Das *Grand Arnold* existierte seit 1866 und war damit im selben Jahr eröffnet worden, als dem Engländer Kenelm Edward Digby die Erstbesteigung des Hauptgipfels des Piz Palü gelang. Dadurch hatte die Hoteleröffnung den Charakter einer Gipfelfeier. Dem Gründer, Simon Arnold, kam der Anlass gelegen, da er das Gros seiner Gäste unter den Hochalpinisten zu finden hoffte. Das Hotel lag auf 1834 Metern Seehöhe und bot beste Einstiegsmöglichkeiten für Touren zu den Gipfeln des Piz Bernina und Piz Palü.

Simon Arnold erlebte den Boom, den sein Haus in den achtzehnhundertachtziger Jahren erfuhr, nicht mehr. Nachdem ein Wiener Gesellschaftsblatt einen Artikel über die verjüngende Eigenschaft der Höhenluft im Engadin veröffentlicht hatte, strömte die mondäne Welt aus Deutschland, Italien und der Donaumonarchie in das Hotel. Gegen Ende des Jahrhunderts rückte der Hochalpinismus in den Hintergrund, man kam ins *Grand Arnold*, um die vertraute Gesellschaft wiederzutreffen, die in den heißen Monaten den Großstädten entfloh.

Seit seiner Gründung hatte sich das Hotel ununterbrochen im Besitz der Arnolds befunden, bis heute, im Sommer des Jahres 1957. Selbst während des Dritten Reichs hatte die jüdische Familie nicht unter Besucherschwund zu leiden gehabt. In der Schweiz verloren die Rassengesetze ihre Wirkung; ein Schweizer Jude war in erster Linie Schweizer.

Mit erhobenem Kinn lief Frau von Hoppe auf eine Dame im lachsfarbenen Kostüm zu. »Erika.«

Erika Kälin, geborene Arnold, wechselte vom roten auf den weißen Marmor. »Wilhelmine. Hattest du eine schreckliche Reise?«

»Natürlich. Eine Ewigkeit, bis man bei euch ist.« Im Hintergrund sah Frau von Hoppe ihren Schwager, den Hoteldirektor, vorübergehen, gefolgt von Carl, seinem Siamkater.

»Hat er das scheußliche Tier immer noch?«, raunte sie ihrer Schwester zu.

»Die, die wir hassen, leben ewig.« Erika führte Wilhelmine in Richtung des Restaurants.

»Ich würde lieber zuerst auf mein Zimmer.« Sie deutete auf ihre Reisekleidung.

»Du siehst formidable aus. Die Kinder wollen dich begrüßen.« Erika ging voraus. »Immerhin bist du Annas Lieblingstante.«

»Heute scheint es mein Schicksal zu sein, als Tante aufzutreten. Was sagt das über mein Alter?« Wilhelmine zog die Handschuhe aus.

Vorbei an der Treppe erreichten sie die geschnitzten Flügeltüren, die ein Page öffnete.

»Wie geht es Anna?«, fragte Frau von Hoppe, bevor sie den Wintergarten betraten.

»Launisch wie immer, antriebslos und verloren.«

»Hat sie einen Freund?«

»Sie ist sechzehn.«

»Umso eher muss man die Augen offen halten.«

»Angeblich gibt es da jemanden.« Erika senkte die Stimme. »Aber ich fürchte, es handelt sich um einen Fantasieprinzen.«

Frau von Hoppe richtete ihre Frisur. »Dass *Fantasieprinzen* bei euch absteigen, ist mir neu. Ich habe hier entweder verheiratete Direktoren oder transpirierende Bergfanatiker kennengelernt.« Lächelnd streckte sie beide Arme aus. »Anna! Liebling!«

An einem Tisch beim Fenster hoben zwei junge Leute den Kopf.

»Ist das etwa der Günther?«, rief Frau von Hoppe. »Du bist ja ein Mann geworden.«

»Guten Tag, Tante Wilhelmine.« Der Zehnjährige stand auf.

»Bin ich schon zu alt, um einen Kuss zu kriegen?« Frau von Hoppe schloss ihren Neffen in die Arme.

2

Ich weiß es, dachte Arthur Kälin. Manchmal weiß ich es, manchmal weiß ich es nicht. Im Geiste überschlug der Hoteldirektor, was er mit Sicherheit wusste. Dass die Stadt München seit Kurzem eine Million Einwohner zählte. Dass die Engländer daran gescheitert waren, den Suezkanal zurückzuerobern. Dass das Amtsgericht Berchtesgaden Hitler erst neulich für tot erklärt hatte. Kälin brach der Schweiß aus. Wenn ich alles weiß, wieso weiß ich nicht, wo ich Kuchen für den Kater herkriege? Die Kaffee-und-Kuchenzeit war überschritten, die Kellner hatten die Trolleys mit den frischgebackenen Köstlichkeiten bereits in die Küche zurückgefahren. Carl hielt den hellen Schwanz mit der dunklen Lunte senkrecht erhoben, Zeichen seiner Ungeduld. Das Glöckchen um seinen Hals klingelte vorwurfsvoll.

Bertolt Brecht war mit achtundfünfzig Jahren gestorben. Das Erdbeben im Iran hatte die Stärke sieben komma vier. Einundfünfzig Menschen ertranken beim Untergang der Andrea Doria. Die Sache mit dem Kuchen war verloren. Anklagend sah der Kater Kälin an. Er ging auf die Knie und entschuldigte sich bei seinem Freund. Aus diesem Grund bemerkte er die schmale Person nicht, die unter Führung des Chefbutlers gerade die Halle betrat.

Patters stellte den Sonnenschirm in die Halterung

und bat Fräulein Förster, ihm zu folgen. Nach einigen Schritten merkte er, dass sie stehen geblieben war. Ihr Blick galt dem Herrn im braunen Tweed, der vor einer Katze kniete.

»Ist das Arthur Kälin?«, fragte sie, als handle es sich um eine Sehenswürdigkeit.

»Das ist unser Herr Direktor Kälin«, antwortete Patters korrekt. »Hier entlang, Fräulein Förster.«

Sie folgte dem Butler.

Einem Mann mit schlampig sitzendem Oberhemd fiel der sonderbare Gang des Fräuleins auf. Bei jedem zweiten Schritt hob sie die linke Hüfte und drehte den Fuß dabei nach innen. Taktlos beobachtete er die Hinkende, bis sie in einem Korridor verschwand. Erst dann wandte er sich an den knienden Hoteldirektor. »Der Postwagen ist schon hier gewesen. Trotzdem habe ich meine Briefe noch nicht bekommen.«

Kälin musterte den Gast von unten. »Die Post muss erst sortiert werden. In einer halben Stunde, Herr Hansen.«

Der Mann schüttelte über die Auskunft den Kopf. »Mir scheint, ihr seid auch noch stolz auf eure verfluchte Schweizer Langsamkeit.«

Kälin kraulte den Kater. »Schweizer Gründlichkeit, Herr Hansen.«

»Wissen Sie was, ihr verdient die schöne Gegend gar nicht.«

»Aber wir haben sie nun einmal.«

»Was ist also mit meiner Post?«

Kälin nahm den Kater auf den Arm. »Darf ich Sie zur Rezeption begleiten, wo man sich um Ihre Angelegenheit kümmern wird?« Er begann die Durchquerung der Halle.

Die Rezeptionistin Mademoiselle Elsy Bévelier hatte bereits unter dem verstorbenen Herrn Arnold den Empfang geleitet. Als eine der Wenigen war sie nicht gekündigt worden, als das *Grand Arnold* vor dem Aus stand, und wurde als Erste in ihrem Amt bestätigt, als Kälin das Hotel nach der Heirat mit Erika Arnold vor dem Ruin rettete.

Elsy begrüßte den Direktor. »Die Exzellenzen treffen überraschend schon morgen ein. Sie benötigen diesmal vier Zimmer.«

Der Kater liebte Elsy. Er wollte seinem Herrn vom Arm springen und über den Tresen zu ihr laufen. Kälin hielt ihn fest. »Dann geben Sie den Exzellenzen eben vier Zimmer, Elsy.«

»Wir haben Vollbelegung, Monsieur le Directeur. Wie soll ich das machen?« Obwohl sie seit zwanzig Jahren im Engadin lebte, hatte Elsy ihren französischen Akzent nie abgelegt.

»Da werden Sie eben einige Gäste umbringen müssen«, lächelte Kälin. Ihm entging der entrüstete Blick Hansens nicht. »Wie weit sind wir mit der Post, Elsy?«

»Bitte, Monsieur Hansen.« Sie überreichte dem Bochumer eine Tageszeitung. Ihm war anzusehen, dass er seine Beschwerde gern fortsetzen wollte, nun aber mit nichts als dem deutschen Handelsblatt abziehen musste.

Mit geheimnsivollem Lächeln bückte sich Elsy hinter den Tresen und brachte im nächsten Moment eine mit Eischaum garnierte Tarte au citron zum Vorschein. »Ja, was haben wir denn hier für den lieben Carl?«

Der Kater befreite sich aus Kälins Griff, huschte

hinter die Rezeption und genoss die Süßigkeit zu Füßen der Rezeptionistin.

* * *

»Wenn Sie ihre Nichte sind, wieso arbeiten Sie dann für Frau von Hoppe?« Bartolo zündete sich eine Zigarette an. Kaum hatte der Chefbutler Fräulein Förster sich selbst überlassen, war der Chauffeur zu ihr ins Bügelzimmer geschlüpft.

Corinne zog das lange Kabel von der Decke über das Bügelbrett. »Früher hatte sie eine tschechische Gesellschafterin. Die kannte eine besondere Bügeltechnik.«

»Ich wette, Ihre Tante bezahlt Ihnen nichts dafür, dass Sie solche Arbeiten machen.«

»Das ist doch schnell erledigt.« Sie befeuchtete den Zeigefinger und prüfte die Temperatur. »Dem Butler gefällt das nicht, wenn Sie sich mit mir unterhalten, oder?«

»Stört es Sie?« Er hielt den Rauch in den Lungen.

»Sie könnten Schwierigkeiten kriegen.«

»Patters ist ein vertrockneter Gockel. Er war sein Leben lang allein und kennt nichts als seine Pflichten. Eine traurige Existenz.«

Sie setzte das Eisen auf die grüngetupfte Bluse. »Aber was tun Sie, wenn er Sie rausschmeißt?«

»Der kann mir gar nichts.«

Leise glitt das Eisen über die Seide. »Was macht Sie so sicher?«

»Herr Kälin hat mich damals persönlich eingestellt.«

Für einen Moment vergaß Corinne zu bügeln. »Sie kennen den Direktor?«

»Anfangs habe ich nur ihn gefahren. Er würde es nie zulassen, dass die mich rausschmeißen.« Bartolo zeigte auf das Bügelbrett. »Vorsicht.«

»Ach, verdammt.« Es qualmte. Sie riss das Eisen hoch. »Ist noch mal gut gegangen, danke.« Corinne nahm sich den linken Ärmel vor. »Kommen Sie mit Frau Kälin auch gut aus?«

»Um Himmels willen, sie ist eine versnobte Kuh, die auf jeden heruntersieht, der mit Köpfchen und harter Arbeit hochgekommen ist. Deshalb behandelt sie auch Kälin von oben herab. Aber wenn es darum geht, die Rechnungen zu bezahlen, dann streckt sie die Hand aus.«

Mit dem Kragen ließ Corinne sich Zeit. »Was ist das nur mit dieser Familie Arnold?«

»Alle in der Gegend verehren sie. In Wirklichkeit sind sie hochnäsig und nutzlos. Erikas Vater, der alte Arnold, trat als Grandseigneur auf, mit Rose im Knopfloch und Handkuss und dem ganzen Zauber. Hat das Hotel dabei in den Ruin geführt. Als er starb, hatte er nicht mal mehr einen Nachttopf, um reinzupinkeln.« Er verfolgte ihre ruhigen Bewegungen. »Wäre Kälin nicht so verliebt in Arnolds Tochter gewesen, gäbe es das Hotel heute nicht mehr.«

»Und sie?«

»Sie hat ihn nie geliebt.«

»Woher wissen Sie das?«

»Weil sie ihn schlecht macht, wo sie kann. Kälin ist einer, der nicht gern redet. Konversation liegt ihm nicht. Sie aber tut so, als ob er dumm wäre. Er hat sie vor dem Ruin gerettet, und sie behandelt ihn, als ob er ihr nicht das Wasser reichen könnte.«

Corinne nahm die fertige Bluse hoch. »Sie machen

kein Geheimnis daraus, wem Ihre Sympathie gehört. Wo schalte ich das Eisen aus?«

»Ich mache das schon.« Er öffnete das Fenster, warf die Kippe hinaus und fächelte mit der Hand durch die Luft. »Wenn Patters fragen sollte …«

»Dann sage ich, dass ich geraucht habe. Ich heiße übrigens Corinne.« Sie legte die Bluse über den Arm. »Müssen Sie nicht nach Pontresina?«

»Aber zum Dinner bin ich wieder da, Corinne.« Bartolo zog den Stecker.

* * *

Trotz der enttäuschten Miene des Katers ließ Kälin ihn vor der Tür. »Brav hierbleiben.«

Er betrat die Suite. »Ist alles zu deiner Zufriedenheit, Otto?«

»Dank dir schön, Arthur.« Der Schauspieler trug die Sonnenbrille auch im Zimmer. »Der Balkon geht zwar in die andere Himmelsrichtung als letztes Jahr, aber das stört mich nicht.«

»Ich könnte veranlassen, dich zur Ostseite umzuquartieren.«

»Lass nur. An mir ist die Morgensonne sowieso vergeudet.«

»Langschläfer?«

»Langleser. Wenn ich in der Nacht wach werde, lese ich.«

»Was liest du, einen interessanten Roman?« Da ihn O.W. nicht aufforderte, sich zu setzen, schlenderte Kälin auf den Balkon.

»Um Gottes willen, mit erfundenen Geschichten muss ich mich schon von Berufs wegen herumärgern.«

»Richtig.« Kälin drehte sich um. »Man kommt aus dem Staunen nicht heraus. Den Bambi hast du dreimal hintereinander gewonnen, dazu das Filmband in Silber, das österreichische Ehrenkreuz. Und du sollst ein Angebot aus Hollywood haben, liest man.«

»Mir ist das alles suspekt.« Fischer winkte ab. »Eine innere Stimme sagt mir, dass mit einer Welt, die mich umjubelt, etwas nicht stimmen kann.«

»Ist das jetzt sehr klug oder sehr eitel?« Kälin steckte die Daumen in die Taschen seiner Anzugweste.

»Im Grunde bin ich für die Einsamkeit gemacht, Arthur.«

»Einsamkeit, du? Die Damen liegen dir zu Füßen.«

»Eine ungemütliche Stellung, um sich zu unterhalten.«

Kälin zeigte ins Freie. »Ein paar Minuten noch, dann kommt die Sonne herum.« Er trat in die Suite zurück. »Weshalb willst du mich sprechen?«

»Verzeih. Bitte nimm Platz.«

Die Einrichtung des *Grand Arnold* verzichtete auf Alpenzauber. Die Möbel waren modern, die Linien schlicht. Kälin setzte sich auf das petrolblaue Sofa.

Fischer stemmte die Hände in die Hüften. »Ich bin nicht allein hier, wie du mitgekriegt hast.«

»Ein gewisser Leo Kriegler wohnt zwei Etagen tiefer. Dein Drehbuchautor?«

»Kriegler ist nicht sein richtiger Name.«

»Er hat an der Rezeption seinen Pass abgegeben.«

»Stimmt, es ist sein bürgerlicher Name, aber nicht der, unter dem man ihn kennt. In Wirklichkeit ist mein Freund …« Fischer machte eine bedeutende Pause. »Alessandro Ostia.«

»Wer?«

»Sag bloß, du hast noch nie von Alessandro Ostia gehört.«

»Im Augenblick wüsste ich wirklich nicht …« Kälin hörte ein zartes Klingeln und ein vorsichtiges Kratzen von draußen.

»Alessandro stehen außergewöhnliche spirituelle Kräfte zur Verfügung. Er bringt Menschen unter Hypnose dazu, Ketten zu zerreißen. Durch seine spiritistischen Börsentipps beeinflusst er die Aktienkurse.«

»Dein Begleiter ist Zauberer?«, erwiderte Kälin unbeeindruckt.

»Er ist weit mehr als das. Seine Projekte haben eine menschheitsumspannende Dimension.«

Kälin stand auf. »Wieso gibst du den Mann dann als Drehbuchautor aus?« Bevor O.W. antworten konnte, öffnete der Direktor die Tür. »Entschuldige, Carl. Dir ist langweilig, habe ich recht?«

»Weil Alessandro inkognito bleiben möchte.«

»Warum? Er könnte im Hotel eine Vorstellung geben.« Kälin nahm den maunzenden Kater auf den Arm.

»Er hatte in letzter Zeit etwas Pech. Alessandro sucht einen Geldgeber, der sein nächstes Projekt finanziert.«

Fischer zog ein Taschentuch und trat einen Schritt zurück. Kälin bemerkte es. »Was hast du?«

»Die Katze.«

»Du magst Carl nicht?«

»Nur aus der Ferne.« Fischer blinzelte. »Ich bin allergisch auf deinen Liebling.«

»Das wusste ich nicht.« Kälin zog sich zur Tür zurück. »Meine Investitionen basieren auf gewinnorientierten Kalkulationen, Otto. Ich kann deinem Zauberkünstler nicht helfen, fürchte ich.«

»Warum lernst du ihn nicht wenigstens kennen?« Fischer nieste. »Siehst du, es geht schon los. Heute beim Dinner?«

»Abends kümmert sich meine Frau um die Gäste. Ich vermeide das Dinner, wenn möglich.« Kälin trat über die Schwelle nach draußen.

»Zum Dinner! Überleg es dir bitte«, rief O.W. ihm nach.

Nachdenklich lief Kälin den Korridor hinunter. Ein Zauberer, *menschheitsumspannende Dimension* – mit jedem Jahr kam ihm Otto versponnener vor. Ich sollte vor meiner eigenen Tür kehren, dachte Kälin. Manchmal weiß ich es, manchmal weiß ich es nicht. Fürst Rainier heiratet Grace Kelly. Das Schauspielhaus Zürich spielt die Uraufführung von Dürrenmatts neuem Stück. Wie hieß es noch mal?

»Wie heißt das neue Stück von Dürrenmatt?«, fragte Kälin den Kater.

Jetzt erst bemerkte er den Jungen am anderen Ende des Korridors. »Günther?«

»Papa.«

»Was machst du hier?«

»Ich hab dich gesucht.«

»Ist etwas passiert?«

»Ich habe gelesen.«

»Was liest du denn?«

»Über China und die Krieger, die es dort gab.«

»Von wem hast du solche Bücher? Von Patters, habe ich recht?«

»Er hat mich in seine Bibliothek mitgenommen.«

»Unser Chefbutler ist ein gebildeter Mann.«

»Ich möchte in eine chinesische Schule gehen, Papa. Da lernt man vierzigtausend Buchstaben.«

»Es gibt keine chinesische Schule in den Bergen.«

»Patters hat mir ein Buch von Mong Tse gezeigt. Das war ein Philosoph vor zweitausend Jahren.«

»Das klingt interessant.« Kälin fand es sonderbar, kurz hintereinander von einem spiritistischen Zauberer und einem chinesischen Philosophen zu hören.

Als ob er etas gewittert hätte, sprang Carl zu Boden und lief auf die Tür am Ende des Flures zu.

»Halt ihn auf!«, schrie Kälin.

Als der Kater an Günther vorbeirannte, fauchte er. Erschrocken trat der Junge zurück.

»Du hättest ihn festhalten müssen! Er darf nicht ins Freie.« Mit vorwurfsvollem Blick rannte Kälin an seinem Sohn vorbei. »Draußen erfriert er.«

»Entschuldige, Papa«, sagte der Junge, obwohl sein Vater ihn nicht mehr hörte.

3

Frau von Hoppe nahm die Halskette aus der Schatulle. »Erika findet immer so wunderbare Hausangestellte. Ich weiß gar nicht, wie sie das macht in dieser gottverlassenen Gegend.«

Der Anhänger hatte die Form einer Hyperbel. Vorsichtig entwirrte sie die kleinen Diamanten, die sich verheddert hatten. »Ein ziemlich eintöniger Haufen ist das in diesem Jahr. Da steht uns ein langweiliger Sommer bevor.«

»Immerhin ist O.W. Fischer hier.« Corinne hängte die Bluse nicht erst auf, sondern legte sie auf das Bett. Frau von Hoppe wollte sie zum Dinner tragen.

»Es mag dir amüsant erscheinen, mit einem Filmstar unter demselben Dach zu wohnen, aber nach der ersten Aufregung des Wiedererkennens gibt es mit diesen Leuten so schrecklich wenig zu reden.«

»Sie kennen ihn von früher?«

»Gott, *kennen* – bei der Bambiverleihung haben wir an ein und demselben Tisch gesessen.«

»Würden Sie mich ihm vorstellen?«

Ungeduldig hielt Frau von Hoppe die Kette an ihren Hals. »Na! Worauf wartest du? Hilf mir.«

Corinne brauchte eine Weile, um den komplizierten Verschluss zu befestigen. »Wieso haben Sie am Bahnhof gesagt, dass ich Ihre Nichte bin?«

»Mir ging dieser Chauffeur auf die Nerven. Die primitiven Kerle aus den Bergen glauben, wir wären hier alle auf Du und Du.«

»Irgendwann wird der Chauffeur dahinterkommen, dass es nicht stimmt.«

»Und wenn schon.« Frau von Hoppe hielt ihr das Armband hin. »Was wird denn im Dienstbotentrakt so getratscht?«

»Woher soll ich das wissen?«

Ein eindringlicher Blick. »Du hast meine Bluse ja wohl nicht im Salon gebügelt. Sag schon, was redet man im Bügelzimmer?«

»Ich habe den Eindruck, dass Frau Kälin im Hotel nicht sehr beliebt ist.«

»Erika ist ein Ungeheuer. Die Leute haben Angst vor ihr, kaum dass sie einen Raum betritt.«

»Aber sie ist doch Ihre Schwester.« Mit dem Armband ging es schneller.

»Als Kind hat sie auch mich tyrannisiert.« Frau von Hoppe griff zur Puderquaste. »Einmal hat sie mich einen ganzen Tag lang in den Kleiderschrank gesperrt und unserem Vater seelenruhig zugesehen, wie er mich überall suchte. Als sie mich gegen Abend herausließ, hatte ich mich von oben bis unten angepinkelt.« Illusionslos tupfte sich Frau von Hoppe übers Gesicht. »Mit ihren eigenen Kindern macht Erika es genauso. Kein Wunder, dass Anna zu Schwermut neigt.«

»Erikas Tochter ist depressiv?«

»Das habe ich nicht gesagt. Es fehlt ihr nur einfach die Kraft, etwas aus eigenem Antrieb zu unternehmen. Erika behauptet, Anna hätte das von ihrem Vater, aber das stimmt nicht. Arthur mag zurückhaltend sein, aber er hat ein Wirtschaftsimperium aus dem Boden gestampft, wenn man das in der Schweiz so nennen darf.« Sie stand auf und betrachtete sich im Spiegel. »Morgen frühstücke ich im Bett. Wenn ich aufstehe, gleich hinein ins Tweedkostüm. Spaziergang gegen zwölf, aber nur die flache Route zur Hofbrandhütte. Das Kraxeln in den Viertausendern überlassen wir den Lebensmüden.«

»Ich dachte …«

»Ja?«

»Ich habe mir eigentlich vorgenommen, den Piz Palü auszuprobieren.«

»Den *Piz,* du?« Frau von Hoppe musterte sie konsterniert. »Willst du im Rollstuhl landen?«

»Mit einem Führer natürlich.«

»Und wenn du runterfällst? Was mache ich dann ohne dich?«

»Über den Ostgrat soll es einen gut markierten Aufstieg geben.«

»Mein liebes Kind, mit deinem Handicap schlag dir das besser aus dem Kopf. Der Piz ist die schwerste Tour in der Gegend. Er wird nur von trainierten Kletterern gemacht. In dieser Saison ist er überhaupt noch nicht bestiegen worden, habe ich mir sagen lassen.«

Corinne gab Frau von Hoppe die Handschuhe. »Ich werde schon nicht runterfallen.«

Überrascht musterte Frau von Hoppe ihre Gesellschafterin. »Warum auf einmal so ambitioniert?«

Corinne trat ans Fenster. »Was ist denn da unten los?«

»Wo?«

»Vor der Einfahrt.«

»Die Leute kommen zum Dinner. Das *Grand Arnold*

ist der einzige Ort weit und breit, wo man was Anständiges zu essen kriegt.«

»Nein, ich glaube, das ist die Bergrettung.« Corinne öffnete das Fenster. »Herr Patters spricht mit ... mit ...«

Frau von Hoppe zog den Handschuh bis knapp unter die Schulter. »Mit wem?«

»Dort ist Kälin.«

»Arthur?«

»Er hat Skier dabei.«

»Er will nachts skifahren?«

»Ihre Schwester ist auch unten.«

Frau von Hoppe kam zu Corinne. »Da muss etwas passiert sein.« Plötzlich zeigte sie auf einen weiß gekleideten Herren. »Sieh mal an, da ist ja auch dein Idol.«

»Er trägt einen weißen Anorak«, murmelte Corinne.

»Was für ein Pfau.«

Zu zweit standen sie am Fenster. Ein weiteres Fahrzeug der Bergrettung kam die Serpentinen hoch.

* * *

Die Kinder waren zuletzt um sechs Uhr abends gesehen worden. Da die meisten Gäste ruhten oder sich für das Abendessen fertig machten, war die Hotelhalle weitgehend leer. Der Rezeptionistin fiel auf, dass Günther eine wetterfeste Jacke trug. Seine Schwester Anna übergab Mademoiselle Bévelier einen Brief.

»Ein Brief an Patters?«, fragte Elsy. »Aber Sie begegnen ihm bestimmt gleich beim Abendessen.«

»Zum Essen bin ich nicht hier«, antwortete Anna.

»Sie wollen noch einmal hinaus?« Elsy sah in ihren Unterlagen nach. »Es wurde kein Wagen für später bestellt. Soll ich Bartolo Bescheid geben, dass er den Alvis bereit macht, Fräulein Kälin?«

»Nicht nötig. Sehen Sie nur zu, dass Patters den Brief bekommt.«

Elsy zeigte zur Treppe. »Da kommt Bartolo gerade. Wollen wir ihn wegen des Autos fragen?«

»Ach, geben Sie her!« Anna nahm den Brief wieder an sich und lief dem Chauffeur entgegen. »Bringen Sie das zu Patters, Bartolo.«

»Gerne, Fräulein Kälin. Er bespricht nur gerade die Diät von Herrn Hansen mit dem Küchenchef.«

»Es hat keine Eile.« Sie drückte ihm den Brief in die Hand und kehrte zu ihrem Bruder zurück. Günther bat sie, ihm mit dem Rucksack zu helfen. Mademoiselle Bévelier schnappte noch einen Wortwechsel zwischen den Geschwistern auf.

»Ich habe das Buch«, sagte Günther. »Jedes Wort chinesisch.«

»Hat Patters gesehen, dass du es genommen hast?« Die beiden brachen in den Privattrakt der Hoteldirektion auf.

Bartolo brachte Annas Brief ins Büro des Chefbutlers.

»Wieso hat mir Fräulein Kälin den Brief nicht persönlich gegeben?« Patters betrachtete das Schreiben.

»Weil Sie gerade im Gespräch mit dem Küchenchef waren.«

»Richtig. Herr Hansen macht uns wieder Schwierigkeiten.«

»Was ist es diesmal?«

»Er ist Vegetarier.«

»Was soll das sein?«

»Er isst kein Fleisch. Ich konnte das klären. Statt der Kuttelsuppe bekommt er Gemüsebouillon und einen Toast statt der Schlachtplatte.« Der Chefbutler hielt den Brief vor seine Augen, als ob er ihn lesen könnte, ohne den Umschlag zu öffnen.

Bartolo wollte gehen.

»Moment.« Patters legte das Schreiben beiseite. »Sie sollten sich doch bei mir melden.«

»Aber ich habe mich gerade bei Ihnen gemeldet.« Bartolo behielt die Klinke in der Hand.

»Das war das vierte Mal heute. Was habe ich Ihnen letztens gesagt, Bartolo?«

»Sie sagten, dass aller guten Dinge drei sind.«

»Aller *üblen* Dinge sind drei, sagte ich. Sollte sich ein derartiger Vorfall wiederholen, erhalten Sie Ihre Papiere, sagte ich. Wie konnten Sie so impertinent sein, die Begleiterin Frau von Hoppes auszufragen?«

»Das Fräulein und ich hatten uns unterwegs schon unterhalten.«

»Während der Fahrt haben Sie keine Konversation zu führen. Die Strecke ist tückisch. Es lenkt Sie ab, wenn sie ständig in den Rückspiegel schauen.«

»Ich brauchte nicht in den Rückspiegel zu schauen, Herr Patters. Das Fräulein hat neben mir gesessen.«

»Wieso?«

»Sie sagte, es gefällt ihr vorne besser.«

Patters griff zum Briefmesser. »Sie dürfen Fragen der Gäste beantworten. Im übrigen sind Ihre Augen, Ohren und Lippen versiegelt.«

Bartolo holte tief Luft. Wenn er jetzt seinen Mund hielt, war die Sache ausgestanden. Doch es lag in der Natur der Rätoromanen, ihren Mund nicht zu halten.

»Wenn meine Augen versiegelt sind, wie soll ich dann den Wagen steuern, Herr Patters?«

Bevor Patters den Donner über Bartolo entfesselte, schlitzte er das Kuvert auf und entnahm den Brief.

4

Trotz der außergewöhnlichen Ereignisse machte Erika Kälin wie jeden Abend ihre gewohnte Runde. Erst die Lobby, die Fondue-Stube, der Speisesaal und zuletzt die Bar. Sie beruhigte die Gäste. Es werde alles getan. Man würde die Kinder bestimmt bald finden. Man zollte ihrer Haltung allgemein Respekt. Für eine Mutter sei so etwas schrecklich, sagten mehrere Damen.

»Wozu der Aufwand?« Erika stellte ein Bein vor das andere, die grüne Seide ihres Kleides changierte. »Anna hätte den Brief einfach in ihrem Zimmer lassen können oder in deinem Büro. Aber sie geht damit erst an die Rezeption, dann beauftragt sie Bartolo, den Brief Patters zu bringen. Warum schreibt sie unserem Butler? Weshalb zelebriert sie die ganze Szenerie, nur um ihren Abschiedsbrief an den Mann zu bringen?«

»Erika, um Gottes willen, ich bitte dich!« Kälin saß im bunten Licht der chinesischen Lampe. Er starrte sie an.

»Beruhige dich, Arthur. Ich will ja nur sagen: Anna meint es nicht ernst damit.«

»Nicht ernst?« Er hielt die beiden handgeschriebenen Blätter hoch. »Wortwörtlich schreibt sie: Sie möchte nicht mehr leben. Das nennst du nicht ernst?«

»Wenn ich mich umbringen will, tue ich es einfach. Ich schreie es nicht in die Welt hinaus. Ich laufe nicht an die Hotelrezeption, zum Chauffeur und bestimmt nicht zum Butler. Wer sich umbringen will, tut es.«

Auf Kälins Stirn spielten die Farben des beleuchteten Glases. »So kaltschnäuzig, wie du tust, bist du gar nicht.«

»Deine Entrüstung ist ordnungsgemäß zur Kenntnis genommen.« Sie ließ sich auf das Sofa fallen und beschirmte die Augen. »Ich habe Kopfweh. Das Wetter schlägt um.«

»Das ist deine ganze Sorge?«

»Es ist nichts weiter als eine Charade von Anna«, beharrte Erika. »Weshalb nimmt sie sonst ihren Bruder mit, kannst du mir das verraten? Was soll Günther dabei? Zusehen, wie sie sich vom Felsen stürzt? Er hat seinen Rucksack dabei, wozu? Wollen die beiden campieren? Glaube mir, das alles stimmt hinten und vorne nicht. Geh morgen ruhig noch einmal mit der Bergwacht auf die Suche, Arthur, aber wenn du mich fragst, ist das verlorene Liebesmüh. In drei, vier Tagen tauchen die beiden bestimmt wieder auf.«

»Wo können sie nur sein?« Seine Augen gingen im Salon umher. Der Kater versteckte sich irgendwo im Dunkeln. »Nirgends im Umkreis von dreißig Kilometern gibt es eine Herberge, wo man sie nicht sofort erkennen würde.«

»Vielleicht sind sie in eine Scheune gekrochen.«

»Nachts fällt die Temperatur hier oben auf unter null.«

»Das hat Anna bestimmt bedacht.«

Kälin las den Brief noch einmal. »Wenn Günther etwas passiert ...«

»Das macht auch mir die größte Sorge. Günther ist ein Zarter. Ihm könnte wirklich etwas zustoßen.«

Kälin nahm ihre Anteilnahme dankbar auf. »Heute Nachmittag hat er mir von einem Buch erzählt.«

»Ihr habt euch gesehen?«

»Nur ganz kurz, eine Zufallsbegegnung.«

»Wann?«

»Gegen halb fünf.«

»Was war das für ein Buch?«

»Etwas von einem Philosophen. Angeblich sollte Patters Günther ein chinesisches Buch geben.«

»Wir müssen Patters danach fragen.«

»Ja, gut. Gleich morgen.«

Sie stand auf. »Nein, jetzt.«

»Es ist Mitternacht.«

»Es geht um meinen Sohn.« Erika verließ den Salon.

Kälin erwischte den Kater unter dem Lesetisch und nahm ihn auf den Arm. Manchmal weiß ich es, dachte er, manchmal weiß ich es nicht. Ich weiß, dass in Portugal Männern seit Kurzem das Schwimmen in Badehosen erlaubt ist. Kälin sah in die forschenden Augen des Katers.

* * *

Corinne massierte ihr Bein. Wahrscheinlich lag es an den frostigen Nächten, dass es schmerzte. Sie verwendete Kamphergeist, kalt und brennend zugleich. Danach fühlte es sich eine Weile an, als wäre es ein normales, gut durchblutetes Bein. Verkürzte Nerven. Das war der Grund, weshalb sie wie eine Karikatur daherkam und die Blicke der Leute auf sich lenkte. Wenn sie sitzend mit jemandem plauderte, sahen ihr die Menschen freundlich ins Gesicht. Kaum stand sie auf, blickte jeder nur noch auf ihren Gang. Sie selbst fand das Gehopse, dieses Wiegen von einer Seite zu andern, inzwischen normal. Ihr Körper gab es vor, und sie gehorchte. Die meisten zeigten Corinne nicht, dass sie ihre Bewegungen abnorm fanden. Man war im Gegenteil besonders zuvorkommend zu ihr, so wie man einen Blinden nicht fragte, ob er keine Augen im Kopf hätte.

Auch an Bartolo hatte sie diesen *hilfsbereiten* Blick bemerkt. Als sie in Bernina Diavolezza angekommen waren, hatte Corinne gespürt, dass sie ihm gefiel. Eine hübsche Zofe, ein mehrwöchiger Aufenthalt, er hatte wohl Spekulationen angestellt. Erst während sie den Koffer auf das Autodach hoben, war es ihm aufgefallen. Mehrmals hatte er im Wagen ihre Beine betrachtet. Auch er war nur freundlich zu ihr, weil er sie bedauerte. Mit der hinkenden *Nichte* wollte sich der Chauffeur bestimmt nicht abgeben.

Corinne öffnete die Kommode und nahm ein gefaltetes Unterhemd heraus, legte es auf das Bett und schlug das Tuch zurück. Darin befand sich eine gerahmte Fotografie, stark verblichen, an den Rändern eingerissen, das Bild einer jungen Frau. Sie trug ein Theaterkostüm. Kostüme von früher muteten heutzutage sonderbar an. Das Bild musste in den dreißiger Jahren entstanden sein. Die Frau lächelte nicht, sie musterte den Betrachter eher vorwurfsvoll, als wäre sie nicht damit einverstanden, fotografiert zu werden. Corinne stellte das Bild auf ihren Nachttisch. Es war Zeit für Frau von Hoppes Tee. Sie verließ das Zimmer und klopfte nebenan.

»Komm nur«, hörte sie von drinnen.

»Woher wussten Sie, dass ich es bin?«, fragte sie beim Eintreten.

»Glaubst du, ich erkenne deinen Gang nicht?« Vom Bett aus winkte Frau von Hoppe mit der Serviette. Der Toast war kalt geworden, über die Marmelade hatte sie sich mokiert: gekaufte Aprikosenmarmelade. So ein Fauxpas durfte einem Grand Hotel nicht unterlaufen. Die Küche hatte ihre Konfitüre selbst einzukochen

»Komm, erzähl schon.« Als Frau von Hoppe das Tablett beiseiteschob, fiel die zierliche Vase mit der Rose um.

Corinne verhinderte ein Malheur. Da die gnädige Frau ihren Morgentee langsam und genüsslich trank, war es nötig, das Wasser ein zweites Mal aufzukochen. Corinne hatte die nötige Gerätschaft aufs Zimmer kommen lassen. Sie entzündete den Rechaud. In Bonn benutzte sie ein Elektrogerät, in der Schweiz wärmte man noch auf die alte Art. Sie tat frisches Wasser in den Kessel.

»Nachher will ich Erika meine Aufwartung machen«, sagte Frau von Hoppe. »In welcher Verfassung ist sie?«

»Ich habe Ihre Schwester heute noch nicht gesehen.«

»Der Suchtrupp ist letzte Nacht unverrichteter Dinge zurückgekehrt. Es kann ihr also nicht gut gehen. Erika mag eine Tyrannin sein, aber diese Sache ist ein schwerer Schlag für sie. Was erzählt man sich so im Hotel? Du musst doch etwas gehört haben.«

»Es soll weitergesucht werden.« Corinne befüllte das Teeei und wärmte die Kanne vor. »Eine Zeitung hat Wind von der Sache gekriegt. Mehrere Reporter sind eingetroffen.«

»Ich kann dir auch sagen, warum.« Frau von Hoppe stopfte ein zweites Kissen in den Rücken. »Weil dein Frauenschwarm es sich nicht hat nehmen lassen, bei der Suchaktion mitzumachen.«

»O.W. Fischer? Glauben Sie wirklich?«

»Wenn der eitle Pfau sein Rad schlägt, kommt die Presse immer angerannt. Die Reporter sind nur wegen ihm hier, und Erika muss den Rummel ertragen.«

»Aber er wollte bestimmt helfen.«

»Im weißen Anorak? Es wäre ihm zu gönnen, bei Nacht und Nebel auf die Nase zu fallen.« Frau von Hoppe kicherte, während sie eine trockene Toastscheibe knabberte. »Wenn ich nachher zu Erika gehe, mach mir das mitternachtsblaue Kostüm zurecht.«

»Sie sagten, Sie wollten das Tweedkostüm anziehen.«

»Das war, bevor die Kinder verschwunden sind. In so einer Situation zeige ich mich meiner Schwester nicht im Freizeitdress.«

»Die grüngetupfte Bluse passt aber nicht zum mitternachtsblauen Kostüm.«

»Natürlich nicht. Ich nehme die weiße.«

»Die ist nicht gebügelt.«

»Herrgott! Weshalb langweilst du mich mit solchen Details? Dann gehst du eben noch einmal nach unten und bügelst.«

»Ja, Frau von Hoppe.«

»Sei nicht eingeschnappt. Mit einem Unglück wie diesem konnte niemand rechnen.«

»Glauben Sie, dass es ein Unglück war? Dass den beiden wirklich etwas passiert sein könnte?«

»Ich weiß nicht. Da sei der Himmel vor.«

Corinne ließ den Tee ziehen und servierte ihn. Nachdenklich rührte Frau von Hoppe um.

Corinne setzte sich auf die Bank mit dem Blumenmuster. »Darf ich fragen, wann Ihr Mann ankommt?«

»Hoppe? Ursprünglich wollte er erst in drei Tagen anreisen. Eine Kabinettssitzung habe ihn aufgehalten. So nennt er das zumindest.«

»Stimmt es denn nicht?«

»Bei seiner Geliebten ist er, da möchte ich wetten.«

»Er könnte aber doch wirklich an einer Kabinettssitzung teilnehmen.«

Frau von Hoppe warf ihr eine Kusshand zu. »Gott schütze dich für deine Leichtgläubigkeit, liebes Kind.« Sie öffnete einen Knopf des Nachthemds. »Nun ist es aber so, dass Rudi immer schon viel an Erikas Tochter lag. Er mag Anna von Herzen. Deshalb will er nun früher kommen. Ausgesprochen lästig finde ich das.«

»Wie könnte er hier denn behilflich sein? Die Bergrettung und die Polizei suchen bereits das ganze Gebiet ab.«

Frau von Hoppe schob die Unterlippe vor, ein abenteuerlustiger Glanz trat in ihre Augen. »Habe ich dir schon erzählt – aber das behältst du gefälligst für dich –, dass ich unter gewissen Umständen einen anderen geheiratet hätte?«

»Wen?«

»Arthur Kälin.«

»Er ist der Mann Ihrer Schwester.« Corinne straffte den Oberkörper.

»Meine Schwester und ich haben um diesen Mann Karten gespielt.«

»Wie meinen Sie das?«

»Wir haben Pharo gespielt, und Kälin war der Einsatz. Ich habe verloren.«

»Hätten Sie lieber Herrn Kälin heiraten wollen? Haben Sie ihn geliebt?«

»Um die Liebe geht es in solchen Fällen nicht. Kälin ist Industrieller, außerdem menschlich scheu und leicht formbar. Er ist also ein idealer Ehemann. Tja, Erika war die Glücklichere.« Frau von Hoppe seufzte. »Dabei hat sie den Mann nur unglücklich gemacht.«

»Und Ihr Mann? Herr von Hoppe ist doch auch eine gute Partie. Verzeihen Sie, dass ich das so sage.«

Frau von Hoppe lächelte. »Mein Mann ist ein alter Nazi, das weiß jeder. Als Nazi hat er immer noch die besten Verbindungen zu den allerbesten Kreisen. Deshalb sitzt er auch im Wirtschaftsministerium.« Impulsiv schlug sie auf die Daunendecke. »Und was habe ich davon? Das ganze Jahr über vertue ich meine Zeit in dem langweiligen Bonn und darf zusehen, wie die Geliebten meines Mannes Revue passieren.«

»Weshalb trennen Sie sich nicht von Ihrem Mann?« Corinne stand auf.

»Rudi ist ein netter Kerl, wir verstehen uns recht gut. Ich lasse ihm sein Plaisir und suche mir mein eigenes.«

»Haben Sie denn auch einen Geliebten?«

»Es gibt noch andere Vergnügungen als die Liebe, Corinne. Männer sind schrecklich durchschaubar. Mich interessiert am Leben das Geheimnis.«

»Was für ein Geheimnis?«

Frau von Hoppe war durch das Gespräch immer

vergnügter geworden. Sie schob das Tablett beiseite und schlug die Decke zurück. Während sie aufstand und sich von Corinne in den Morgenmantel helfen ließ, rezitierte sie:

»Da lächelt der König mit arger List
und sprach nach kurzem Bedenken:
Drei Tage will ich dir schenken.
Doch wisse, wenn sie verstrichen die Frist,
eh du zurück mir gegeben bist,
so muss er statt deiner erblassen
und dir ist die Strafe erlassen.«

»Ich verstehe nicht, gnädige Frau.«

Frau von Hoppe nahm eine Zigarette aus der Schatulle. »Das sollst du auch nicht.«

5

Bartolo hatte nur fünf Jahre die Schule besucht. Danach war er in Dienst getreten, zuerst im Sägewerk. Die Plackerei mit den schweren Stämmen erschöpfte ihn derart, dass er abends keinen Lebensantrieb mehr hatte. Das gefiel ihm nicht, er kündigte und heuerte in der Folge bei mehreren Stellungen an. Bis er eines Tages in Pontresina einen silbergrauen Alvis stehen sah. Blaue Streifen zierten die geflügelte Haube, das Verdeck ließ sich öffnen.

»Ein Schmuckstück, nicht wahr?«, sagte Arthur Kälin, damals mit vollem schwarzem Haar und einem Schnäuzer.

»Ich glaube, etwas Schöneres kann es auf der Welt nicht geben.« Bartolo berührte den Kühler. »Das ist eine *Grey Lady.* Drei-Liter-Serie, Reihensechszylinder.«

»Schade, dass du ihn noch nicht fahren darfst.«

»Ich kann fahren«, begehrte Bartolo auf.

»Hast du denn eine Fahrerlaubnis?«

»Die brauche ich nicht. Ich kann es trotzdem.«

»Laut Beschluss über den Automobilverkehr im Engadin brauchst du eine Genehmigung.« Zu Bartolos Überraschung forderte Kälin ihn auf, sich ans Steuer zu setzen.

Ehrfürchtig rutschte er auf den Sitz aus grauem Samt und legte seine Finger um das elfenbeinfarbene

Lenkrad. »Mein Freund Tschudi hat die Prüfung schon gemacht. Darum weiß ich, wie das abläuft.« Er drückte das Gaspedal durch. »Es hat nur zehn Minuten gedauert. Tschudi musste einmal um die Kirche fahren, damit war die Sache erledigt. Nachher haben wir im *Raben* gefeiert.«

»Wozu braucht dein Freund Tschudi denn eine Fahrerlaubnis?«

»Er soll den Postbus chauffieren.«

Kälin beugte sich in den Wagen. »Nicht so lange aufs Gas drücken, er säuft sonst ab. Würdest du ihn gerne fahren?«

Der Blick Bartolos war Antwort genug. »Wieso fahren Sie ihn nicht selbst? Wenn ich so ein Auto hätte, ich würde es nicht aus der Hand geben.«

»Ich brauche jemanden, der ihn während meiner Hochzeit fährt.«

Jetzt erst erkannte Bartolo den Herrn mit dem Schnäuzer. Es gab Bilder von ihm in der Zeitung. Ein Industrieller aus Graubünden würde das *Grand Arnold* wiedereröffnen, hieß es, das in den Bankrott gerutscht war. Dieser Graubündener war also der Verlobte von Erika Arnold.

»Wir müssten uns mit deiner Prüfung allerdings beeilen«, lächelte Kälin. »Die Hochzeit ist in drei Tagen.«

»Das reicht«, erwiderte Bartolo zuversichtlich.

»Wie willst du bis übermorgen eine Fahrerlaubnis haben?«

»Herr Abgottspon hält in unserer Gegend die Herrenfahrkurse ab. Ich kenne ihn gut.«

Kälin hielt Bartolo die Hand hin. »Wenn du das schaffst, bist du mein Chauffeur.«

Bartolo schaffte es. Das Examen dauerte fünf Minuten. Als Herr Abgottspon später mit ihm auf die Fahrerlaubnis anstieß, war die Tinte darauf noch nicht getrocknet. Bartolo bekam einen grauen Anzug verpasst und drehte einige Proberunden mit dem Alvis. Tags darauf stieg die Braut mit wehendem Schleier in den Wagen. Die Hochzeitsgäste beeilten sich, nach der Zeremonie aus der eiskalten Kirche zu kommen. Bartolo chauffierte seinen neuen Herrn und seine neue gnädige Frau den Berg hinauf ins Grand Hotel.

Bartolo besaß keine Bildung. Komplizierte Zusammenhänge erschlossen sich ihm nicht, trotzdem hatte er damals genau gespürt, dass im Fond der Limousine kein glückliches Paar saß. Er spürte einen Mann, der alles zu tun bereit war, um diese Frau glücklich zu machen. Er spürte eine Frau, der das egal war. Arthur Kälin hatte Bartolo eine Stelle gegeben und ihn ans Lenkrad des Alvis gelassen. Kälin konnte sich der unverbrüchlichen Treue seines Chauffeurs sicher sein. Fünfzehn Jahre war das nun her, fünfzehn gute Jahre im *Grand Arnold*. Diesen Herbst feierte Bartolo seinen dreißigsten Geburtstag.

Es war der zweite Abend, seit die Kinder verschwunden waren. Er spürte die Veränderung. Als ob das große Haus unter einer unbekannten Anspannung stünde. Die Gespräche wurden leiser geführt, es gab kaum Betrieb in der Lobby. Auch im Speisesaal schien die Stimmung gedrückt. Bartolo kam es vor, als würden sogar die Lampen und Lüster heute schwächer brennen. Er machte sich auf den Weg zu Fräulein Förster.

* * *

Corinne hatte gebeten, zum Nachtmahl nicht erscheinen zu müssen. Frau von Hoppe entließ sie in Gnaden, heute brauchte sie keine Gesellschaft, da sie mit Kälins speiste.

Was raubte Corinne den Appetit? War es die trügerische Ruhe, mit der im Hotel alles weiterlief? Dabei geriet doch alles aus dem Lot. Das *Grand Arnold* war kein Tummelplatz der reichen Gesellschaft mehr, sondern ein einsamer Außenposten inmitten feindlicher Berge. In zweitausend Metern Höhe herrschten nur der Wind und die Götter. Das war kein Lebensraum für Menschen. Wer sich hierher verstieg, fand sich plötzlich ausgesetzt in der Leere, verwundbar und schutzlos.

Corinne kämpfte mit dem Brechreiz. Die vielen Gedanken, die verschwundenen Kinder, ein langer Abend und nichts zu tun. Eine Tätigkeit musste her. Ein Buch würde nicht helfen, früh ins Bett zu gehen würde alles nur schlimmer machen. Die Bluse, dachte sie. Die vermaledeite Bluse der Frau von Hoppe, die täglich etwas anderes anziehen wollte, als sie am Vorabend bestimmt hatte. Corinne würde am besten gleich alle Blusen bügeln. Dann war sie beschäftigt und für die Launen derer von und zu Hoppe gewappnet.

Sie verließ ihr Zimmer, klopfte zur Sicherheit nebenan, aber die gnädige Frau war schon gegangen. Corinne hatte den Schlüssel, trat ein und nahm sämtliche Blusen aus dem Schrank. Sie benützte die Dienstbotentreppe, ging zweimal fehl, bis sie das Bügelzimmer wiederfand. Sie legte die Blusen zurecht, steckte das Eisen an, ein älteres Modell, es brauchte mehrere Minuten, um heiß zu werden. Während sie wartete, schlüpfte Bartolo herein. Sie erschrak und freute sich zugleich.

»Rauchpause?«

Er schloss die Tür und lehnte sich dagegen. »Ich habe Sie gesehen.«

»Wann?«

»Gerade vorhin, als Sie mit der Wäsche auf dem Arm durch das Haus geirrt sind. Jetzt bin ich sicher.«

Sie prüfte die Temperatur des Eisens. »Worüber?«

»Frau von Hoppe ist nicht Ihre Tante.«

»Warum kümmern Sie sich nicht um Ihre eigenen Angelegenheiten?« Weshalb war sie kratzbürstig zu Bartolo? Er sagte nichts als die Wahrheit. »Sie haben recht, ich bin nicht die Nichte.«

Er öffnete das Fenster und steckte sich eine Zigarette an. Durch den Rauch hindurch musterte er Corinne. »Was sind Sie, ihre Gesellschafterin?«

»Frau von Hoppe hat mich aus Freundlichkeit zu sich genommen.«

»Freundlichkeit? Aber Sie stehen doch in Dienst bei ihr.«

»Bevor ich zu ihr kam, war ich in einer Anstalt.«

Bartolo überspielte seine Überraschung und nahm einen langen Zug. »Waisenhaus?«

»Nicht ganz. Ein Internat für schwer erziehbare Mädchen.« Lauernd erwartete sie seine Reaktion.

»Das habe ich mir gedacht.« Er stieß den Rauch aus.

»Was?«

»Dass Sie anders sind.«

»Ich bin nicht anders.«

Unwillkürlich warf er einen Blick auf ihre Beine.

»Sie sind der taktloseste Mensch, den ich kenne.«

»Weil ich nicht so tue, als würde ich es nicht bemerken?«

»Alle anderen versuchen darüber hinwegzusehen.«

»Wird es dadurch besser? Jeder macht sich Gedanken darüber, jeder belügt Sie.« Unverhohlen zeigte er auf den eingedrehten linken Fuß. »Woher kommt das?«

»Ich hatte es immer schon.«

»Von Geburt?«

»Wahrscheinlich. Die ärztlichen Aufzeichnungen reichen nur bis zu meinem sechsten Lebensjahr zurück.«

»Kein Unfall?«

»Nein. Müssen wir darüber reden?«

»Nein.« Er lächelte.

Sie stellte das Bügeleisen in die Halterung, wischte sich die Hände ab, trat ans Fensterbrett und küsste Bartolo auf den Mund.

Während ihr das Herz bis zum Hals klopfte, fragte sie: »War das jetzt ein Unfall?«

»Warten Sie, das müssen wir herauskriegen.« Mit gleicher Sorgfalt legte er die Zigarette ab, umarmte Corinne und küsste sie lange und fordernd. »Ein schöner Unfall.«

Sie küssten einander eine Weile. Seine Hand glitt auf ihr Hinterteil.

»So schnell?« Sie lachte. »Wenn Patters dich sehen könnte.«

»Dann fliege ich endgültig raus. Es wäre auch schon passiert, wenn die Sache mit den Kindern nicht dazwischengekommen wäre. Um ein Haar hätte ich meinen Hut nehmen müssen.«

Sie behielt seine Hand auf ihrem Hinterteil. »Wegen mir?«

»Weil ich *unehrerbietig* zu dir war.«

»Mein Zimmer liegt gleich neben dem Frau von Hoppes.«

Er musterte sie mit ein wenig Misstrauen. »Du hättest also nichts dagegen?«

»Wie ich schon sagte: Ich bin ein schwer erziehbares Mädchen.«

»Wie alt bist du?«

»Neunzehn.«

»Hast du schon ...?«

Sie verengte die Augen zu Schlitzen. »Öfter, als ich dir gestehen sollte.«

Er zog sie an sich. »Wie lange hast du heute bei Frau von Hoppe zu tun?«

»Sie isst mit den Kälins. Danach ist sie betrunken. Sie will nicht, dass ich sie betrunken sehe. Ich schlage für sie nur das Bett auf und lege das Nachthemd bereit.«

Sein Blick ging zum Bügelbrett. »Was ist mit den Blusen?«

Sie nahm seine Hände. »Man könnte jemanden vom Hotel bitten, sie zu bügeln.«

Bartolo schaltete das Bügeleisen aus.

6

»Es tut mir leid, gnädige Frau.«

»Was gibt es, Patters? Wir essen noch.«

»Ich kann später wiederkommen.«

»Etwas Dringendes?« Erika legte das Besteck beiseite.

»In gewisser Weise.« Patters verbeugte sich vor Direktor Kälin und Frau von Hoppe. »Ich bitte vielmals um Verzeihung.«

Erika stand von der Tafel auf, trat mit dem Butler in den Salon und schloss die Schiebetür. »Was ist los?«

»Ich habe Ihnen gestern Nacht nicht die ganze Wahrheit gesagt, gnädige Frau.«

»In Bezug worauf?«

»Dieses Buch. Ich war zu benommen, zu überrascht. Sie sind um Mitternacht in mein Zimmer gekommen, und da …«

»Das war ungeschickt, ich weiß.«

»In dieser Situation habe ich Ihnen etwas verschwiegen.«

Erikas Blick ging zur Glastür. Im Speisezimmer hob Kälin neugierig den Kopf. »Zur Sache, Patters.«

»Ich habe Ihrem Sohn vor einiger Zeit von dem Philosophen Mong Tse erzählt. Von seinen Schriften und seiner Lyrik, die ich aus dem Buch kenne, das Herr Günther aus meiner Bibliothek entnommen hat.«

»Nicht so zurückhaltend, Patters, nennen wir das Kind beim Namen: Günther hat es geklaut. Wieso?«

»Weil ich Ihrem Sohn dieses Buch niemals freiwillig ausgehändigt hätte.«

»Warum? Was steht denn drin?«

Patters trat von einem Fuß auf den anderen. »Mong Tse war ein Philosoph, ein Dichter, aber in erster Linie ist er Krieger gewesen. Im zwölften Jahrhundert galt das für einen Adeligen als standesgemäß. Mong hat sich an den Feldzügen des Kaisers Huizong beteiligt.«

»Weiter.«

»In dem besagten Buch beschreibt Mong Tse den pfirsichfarbenen Mond, die Frühlingsblüten, die Schönheit eines Mannes beim Baden, doch das Buch beinhaltet auch Beschreibungen von unvorstellbarer Grausamkeit.«

Langsam ging Erika zum Sofa, setzte sich aber nicht. »Grausamkeit im Krieg?«

»Offenbar war Mong ein Meister in den Künsten des Leidens.«

Sie hob den Blick. »Und?«

»Er kannte Foltertechniken, die zu grauenvoll sind, als dass ich sie aussprechen könnte. Er folterte auf Geheiß des Kaisers. Mong Tse hat viele Menschen im Angesicht Seiner Majestät gefoltert. Manchmal tage- und wochenlang. Er verstand es, das Sterben eines Menschen bis zum Äußersten hinauszuzögern.«

»Hören Sie auf, um Gottes willen. Das wird in diesem Buch beschrieben?«

»Auf wissenschaftliche und ich möchte sagen, auf eine geradezu liebevolle Weise.«

»Wieso haben Sie meinem Sohn so ein Buch empfohlen?«

»Wegen seiner Schönheit, gnädige Frau. Mong Tse findet Bilder von einer Kraft, die uns westlichen Menschen nicht zur Verfügung steht. Schönheit und Grausamkeit liegen bei ihm dicht beieinander.«

Sie sank auf die Couch. »Günther sagte mir, dass ihn chinesische Schriftzeichen faszinieren. Aber …« Sie blickte auf. »Er kann sie nicht lesen. Er versteht kein Chinesisch. Der grausame Inhalt des Buches sagt ihm also nichts.«

Patters seufzte tief. »Auch ich beherrsche kein Mandarin, gnädige Frau. Leider liefert das Buch eine exzellente deutsche Übersetzung.«

Erika fasste sich an die Taille und strich langsam daran hinunter. »Ich verstehe. Tja, nun ist es leider nicht mehr zu ändern.« Langsam stand sie auf. »Danke, Patters, dass Sie es mir gesagt haben.«

»Darf ich mich erkundigen, gibt es schon etwas Neues von Günther und Fräulein Anna?«

»Nein, nichts.« Sie öffnete die Schiebetür. »Morgen geht die Suche weiter.«

Das Glas schloss sich vor dem Butler.

Im Näherkommen musterte Erika ihre Schwester. Mit verhangenem Blick starrte Wilhelmine vor sich hin. Die zweite Flasche war leer. Erika brachte Kälin eine dritte, er öffnete sie. Die Kartoffeln und der Fenchel waren unansehnlich geworden. Erika räumte die Platten ab.

»Was wollte Patters?« Der Korkenzieher drang schief ein, Kälin musste ihn ein zweites Mal ansetzen.

»Das erzähle ich dir später. Noch Salat, Wilhelmine?«

»Danke, nichts mehr. Es war ausgezeichnet, wie immer.«

Erika stellte das Geschirr auf die Anrichte. »Also, was machen wir mit den Aasgeiern da draußen?«

Kälin brachte den Korken nicht in einem Stück aus dem Flaschenhals. »Was wäre, wenn wir einfach gar nichts unternehmen?«, fragte er.

»O.W. Fischers Aktion war lächerlich und überflüssig. Und wir haben jetzt den Ärger damit.«

»Otto hat es nur gut gemeint.« Kälin goss etwas Wein in sein Glas und holte mit dem Dessertlöffel ein Stück Kork heraus.

»Er ist ein Hochstapler, ein Aufschneider, ein Filmheld, der glaubt, auch im wahren Leben ein Held zu sein.« Erika kam zum Tisch zurück.

»Er hat sich bei dem Sturz ziemlich wehgetan.«

»Recht geschieht ihm. Was muss er sich auch bei Vollmond auf die Skier stellen?«

»Ein Pfau mit blauen Flecken«, kicherte Frau von Hoppe.

Als Kälin seiner Schwägerin nachschenken wollte, bemerkte er, dass der Wein verdorben war.

»Seinetwegen haben wir jetzt die Schnüffler von der *BUNTE*, die Fotografen vom *Münchner Merkur*, und sogar die Television auf dem Hals.« Erika holte eine weitere Flasche.

»Wenn O.W. hier oben ist, gibt es doch jedesmal Presserummel«, beschwichtigte Kälin.

»Ich will aber keinen Presserummel, wenn es um meine Kinder geht. Das ist eine Familienangelegenheit.«

Kälin versenkte den Korkenzieher. »Ich glaube, dass sich die Kinder nach Italien durchschlagen wollen.«

»Wie kommst du darauf?« Erika nahm Platz.

»Anna hat neulich erwähnt, dass sie noch nie im Leben in Siena war.«

»Na und? Wir waren mit den Kindern in Rom und Venedig. Was ist so Besonderes an Siena?«

»Es könnte mit dem Fliesenhersteller zu tun haben.«

Unwillig schüttelte Erika den Kopf. »Fliesen?«

Frau von Hoppe langte nach der Flasche und schenkte sich selbst ein. »Fliesen?«

»Ein gutaussehender Italiener war hier, Fliesengroßhändler. Vorigen Monat hat er seine Tour durch die Schweiz gemacht und sich anschließend bei uns erholt.«

»Hat er Anna kennengelernt?«

»Sie haben zusammen Tennnis gespielt.«

»Du glaubst, Anna schreibt einen Brief wie diesen, um in Wirklichkeit mit einem Fliesenhersteller durchzubrennen?« Erika schüttelte den Kopf.

»Wer aus Liebe durchbrennt, nimmt seinen jüngeren Bruder nicht mit«, gab Frau von Hoppe zu bedenken.

»So ist es. Günther passt nicht ins Bild.«

»Wir sollten dem Fliesenhersteller trotzdem telegrafieren«, schlug Kälin vor.

»Was willst du ihm schreiben?«

»Ich frage ihn, ob unsere Tochter bei ihm ist.«

»Um nach Italien zu kommen, müssten sie über die Berge.«

»Sie könnten von St. Moritz aus die Bahn nach Mailand genommen haben«, murmelte Frau von Hoppe versunken über ihrem Glas.

* * *

Bartolo nahm das gerahmte Foto vom Nachttisch. »Deine Mutter?«

»Ich weiß nicht.«

»Wer ist das?«

»Ich weiß es nicht.«

»Weshalb stellst du dir das Bild einer Unbekannten ans Bett?«

»Es ist das einzige Bild, das ich von früher habe.«

»Wann beginnt für dich früher?«

»Die Zeit vor dem Internat.«

»Erinnerst du dich etwa nicht daran, was vorher war?«

»Ich bin nicht sicher, ob es Erinnerungen sind oder Geschichten, die mir jemand erzählt hat, vielleicht auch etwas anderes.«

»Geschichten?«

Corinne zog sich die Decke über den Kopf. »Müssen wir das jetzt machen?«

»Was machen wir denn?«

»Uns *kennenlernen*.«

Er wollte die Decke zurückschlagen, aber sie ließ es nicht zu. »Was spricht dagegen, uns kennenzulernen?«

Unter der Decke küsste sie ihn. »Ich war fünf oder sechs. Ich habe bei einer Familie gewohnt.«

»Wo?«

»In einer Stadt.«

»Eine Schweizer Stadt?«

»In Deutschland. Den Mann mochte ich. Die Frau habe ich gehasst. Ich habe alles Mögliche getan, um sie meine Abneigung spüren zu lassen. Ich habe ihre Kleider zerschnitten. Vielleicht habe ich mir auch nur gewünscht, das zu tun. An das Gefühl erinnere ich mich noch.«

»Und dann?«

»Dann bin ich ins Internat gekommen. Der Mann hat mich dorthin gebracht. Ich habe ihn nie wiedergesehen.«

Bartolo hielt die gerahmte Fotografie in die Höhe. »Und diese Frau?«

»Ich mag sie, glaube ich. Ihr Kostüm.«

»Was stellt sie dar? Eine Chinesin?«

»Sieht so aus. In welchem Theaterstück tritt eine Chinesin auf?«

Bartolo betrachtete das Bild noch näher. »Vielleicht war es ein Varieté. Sie könnte die Assistentin eines Magiers gewesen sein. Ich habe so etwas schon einmal gesehen. In einer Revue trat zwischen den Musiknummern ein Zauberer auf.«

Corinne küsste ihn.

»Du hast gesagt, dass du hier geboren bist. Woher willst du das wissen, wenn du dich an nichts erinnerst?«

Sie hörte nicht auf, ihn zu küssen. »Es steht in meiner Geburtsurkunde.«

Als Bartolo sie an sich zog, fiel die Fotografie zu Boden, aber sie zerbrach nicht.

»Ich hebe es auf«, flüsterte er.

»Das hat Zeit.«

7

Den leichten Mantel über dem Arm lief Rudolph von Hoppe zum Eingang des *Grand Arnold*. Der Alvis hatte ihn den Berg hochgebracht, Bartolo kümmerte sich um den Koffer.

Der Chefbutler begrüßte Hoppe. »Herr Staatssekretär, wir freuen uns.«

Wortlos lief Hoppe an Patters vorbei, die Drehtür wehte ihn ins Hotel. »Bestellen Sie meiner Frau, ich bin im Tearoom«, sagte er zur Rezeptionistin.

»Ich habe Frau von Hoppe heute noch nicht gesehen«, entgegnete Elsy höflich.

Hoppe hielt eine Antwort nicht für nötig, sportlich nahm er die Freitreppe. Vor dem Eingang zum Tearoom stand ihm jemand im Weg. Eine ältere Dame erkundigte sich beim Clerk, ob man eine bestimmte Kräutermischung für ihren Magen-Darm-Tee zusammenstellen könne. Hoppe rauschte so dicht an der Dame vorbei, dass ihr Spitzenkragen in stürmische Bewegung geriet.

»Einen Augenblick bitte, mein Herr«, rief der Clerk. »Sobald ich mit der Dame fertig bin, werde ich mich um einen Tisch für Sie kümmern.«

Hoppe drehte sich um und warf dem Clerk einen vernichtenden Blick zu. Der Angestellte schrumpfte zum Zwerg. »Verzeihen Sie, Herr Staatssekretär. Ich …«

Den Rest hörte Hoppe nicht mehr.

Er missachtete das Schild mit der Aufschrift *Reserviert für Familie Schulte-Michels* und setzte sich an den Tisch am Fenster. Das Fräulein mit weißer Schürze und weißem Häubchen brachte ihm die Karte.

»Kaffee, Schlagsahne, Schwarzbrot«, befahl er, ohne einen Blick darauf zu werfen. »Bündnerfleisch, fein geschnitten. Zwei Eier im Glas, drei Minuten, keine Sekunde länger.«

»Bündnerfleisch führen wir im Tearoom nicht«, gab die Bedienung zu bedenken.

Mit fliegenden Frackschößen kam der Clerk hinterher. »Das geht schon in Ordnung, Sofia. Es wird alles getan, Herr Staatssekretär.« Er zog die Kellnerin mit sich. Unter Getuschel erteilte er ihr eilige Order.

Hoppe war hungrig. Wenn er in diesem Zustand war, trat das Hoppe'sche Wesen noch unverhohlener zutage. Wie ein Schwert, das durch Butter ging, fühlte er sich dann. Hoppe trug sein gelichtetes Haar streng gescheitelt. Er kultivierte einen Schnäuzer, doch der Schmiss, der vom Schläfenbein über die Wange zur Oberlippe führte, fragmentierte seinen Bartwuchs. Als junger Mann hatte er Mensuren geschlagen, meist mit dem Säbel. Aus allen war er als Sieger hervorgegangen, bis auf die letzte. Der Schmiss ließ ihn gezeichnet aussehen, er schämte sich dessen nicht. Dagegen hatte ihm der Weltkrieg keine einzige Schramme beigefügt, obwohl er in Norwegen, Griechenland und Nordafrika an vorderster Linie gestanden hatte. Rudolph Theophil Freiherr von Hoppe und Littenau, seit 1936 Parteimitglied, hatte es in Hitlers Krieg bis zum Oberst gebracht. Von Berufs wegen

Jurist, war er in den letzten Kriegsmonaten als Beisitzer zu Hinrichtungstribunalen abkommandiert worden. Nie wurden so viele Partisanen exekutiert wie im Winter 1944. Der Vollzug folgte unmittelbar auf das Urteil. Die Richter hatten ihm beizuwohnen. Bei dutzenden Erschießungen hatte Hoppe zugesehen, manchmal weckte ihn das Blut noch heute in der Nacht. Nicht die blutigen Körper der Hingerichteten peinigten ihn, sondern das Blut auf den Fliesen der Fleischerei, wo die Erschießung stattfand. Der Metzger selbst war unter den Leichen gewesen. Danach spülte ein Soldat das Blut mit dem Wasserschlauch fort.

»Meine Liebe.« Korrekt stand Hoppe auf.

Die Eier, das Bündnerfleisch, auch die nachbestellte Marmelade hatte er aufgegessen. Der Brotkorb war leer.

»Die haben mich geweckt«, sagte Frau von Hoppe mit Missfallen in der Stimme.

»Auf meine Bitte hin.« Er küsste ihr die Hand.

»Wohl eher auf deinen Befehl.« Mit der freien Hand zerstrubbelte sie seinen dünnen Scheitel. »Du musst die ganze Nacht durchgefahren sein, Rudi.«

»Aus Sehnsucht nach dir.« Er korrigierte seine Frisur und wartete, bis sie sich gesetzt hatte.

»Hat dich deine Bonner Gespielin zu sehr in Anspruch genommen?« Sie öffnete die Serviette. »Hast du es bei ihr nicht mehr ausgehalten?«

»Ich habe keine Ahnung, wovon du sprichst.«

Beide lächelten.

Hoppe überschlug die Beine. »Adenauer sehnt sich nach der Zeit zurück, als er nicht nur Bundeskanzler, sondern auch Außenminister war. Ständig pfuscht er Brentano in die Arbeit hinein.« Er nahm eine Zigarre aus dem Etui. »Es stört dich doch nicht?«

Wilhelmine nickte huldvoll.

»Adenauer verzögert die Ratifizierung der Römischen Verträge. Es ist falsch von ihm, die Russen von der europäischen Politik auszuschließen. Sie stehen vor unserer Haustür, aber er tut, als existierten sie nicht. Sobald Chruschtschow den Sputnik in die Atmosphäre schießt, kann er seine Sprengköpfe an jedem beliebigen Punkt der Erde hochgehen lassen.«

»Ich habe ein bisschen Kopfweh, Rudi«, unterbrach ihn Wilhelmine. »Mir ist es noch zu früh für Weltpolitik.« Sie bestellte Kaffee und Alka Seltzer.

»Bist du wieder zu tief in den Cognac gestiegen?« Hoppe biss die Zigarrenspitze ab.

»Das lag an Erikas Wein. Man sollte den Schweizern verbieten, Rotwein anzubauen. Sie verstehen nichts davon.«

»Nachher will ich gleich zu ihr. Weiß man schon etwas Neues?«

Vorsichtig schüttelte Wilhelmine den schweren Kopf. »Sie telefonieren mit Italien.«

»Vermutet man die Kinder dort?«

»Es gibt eine verrückte Theorie von Kälin.«

Hoppe war behaglich zumute. Dreizehn Stunden Zugfahrt, ein Schnarchender im Abteil, der Ärger mit Adenauer, die schwankende Montan-Union, die Suezkrise, und trotzdem wurde es Hoppe von Minute zu Minute wohliger ums Herz. Das war Wilhelmines Verdienst. Sie tat ihm einfach gut. Zehn Minuten mit ihr, und seine Schultern entspannten sich, er spürte ein inneres Lächeln aufsteigen. Hoppe freute sich auf die

Berge. Er hatte nicht die passende Garderobe dabei, um in die Höhe zu steigen, doch das ließ sich organisieren. Er freute sich auf Erika, die schöne, die listige Erika. Wer war in diesem Sommer wohl ihr Galan? Erika besaß die Fähigkeit, Affären mit Männern zu haben, auf die man zu allerletzt tippen würde. Ein Liftpage, ein schüchterner Botaniker oder ein in die Jahre gekommener Faun? In der Zeitung stand, O.W. Fischer logiere im *Grand Arnold*. An dem würde Erika ihre Tarantelkünste bestimmt nicht ausprobieren. Sie wollte keinen Mann, der sie nur als Spiegel seiner Liebeskünste benützte. Hoppe zog an der Zigarre und sah der Rauchwolke nach, die sich im Tearoom verflüchtigte.

* * *

»Herrlich! Bergwetter!«, rief O.W. Fischer.

»Erhol dich lieber noch, Otto.« Kälin betrachtete den Paravent, der ihn und den Schauspieler trennte, ein chinesisches Möbel aus Bambusrohr, mit bestickter Seide bespannt. Dahinter wurde der Filmstar massiert.

»Es ist kaum noch geschwollen«, antwortete O.W.

»Der Doktor sagt, die Sehne sei gezerrt.«

»Ich habe ungewöhnlich dehnbare Bänder, das wurde mir als Bub attestiert. Ein anderer hätte so einen Sturz mit einem Sehnenriss gebüßt.« O.W. keuchte unter den Händen von Serafina.

»Troppo stretto?«, fragte die Masseuse.

»Meraviglioso. Continua. – Ich will bald hinauf, Arthur, am besten gleich morgen. Besorg mir bitte einen Führer.«

»Du hast Glück«, antwortete Kälin nach kurzer

Überlegung. »Mein Schwager ist heute angekommen. Auch er will die Tour machen. Ich werde den alten Penn fragen. Der ist die Gletscherroute schon bei jedem Wetter gegangen.«

»Ich soll zusammen mit deinem Schwager …?« O.W. klang wenig begeistert. »Ich mag es nicht, mich nach dem Tempo von jemand anderem zu richten.«

»Bei deiner Verletzung wird Rudolph sich eher nach dir richten müssen.«

»Wer ist denn dieser Schwager?«

»Habe ich das nie erzählt? Rudolph von Hoppe.«

»Der Hoppe mit der braunen Vergangenheit?«

»Ich bitte dich, sei still. Nicht vor der Masseuse.«

»Serafina versteht kein Wort Deutsch.«, entgegnete O.W. »Stimmt's, Serafina? Im Übrigen sind wir auch schon fertig.« Man hörte O.W. von der Liege rutschen. Im weißen Bademantel kam er um den Paravent, eine Zigarette im Mundwinkel. »Ich habe mein Geld im anderen Zimmer, Arthur. Wärst du so nett …?« Er rieb Daumen und Zeigefinger aneinander.

Kälin gab der Masseuse eine Münze. Sie bedankte sich und verließ die Suite.

»Ich soll also mit dem Nazi-Hoppe auf den Piz steigen? Ist das ratsam, solange die Journaille hier im Hotel lauert?«

»Darüber wollte ich mit dir sprechen. Du musst unbedingt mit den Zeitungsleuten reden, Otto.«

Sie nahmen auf den Sofas gegenüber Platz. O.W. legte die Hand mit der Zigarette auf die Lehne.

»Ich muss gar nichts, ich mache Urlaub.«

Kälin bemerkte die Ascheflocke, die auf den Samt fiel. »Wenn du denen ein schönes Interview gibst, sind sie zufrieden und verschwinden. Dann hast du – dann hat das Hotel endlich wieder Ruhe. Wenn sie nämlich nicht über dich schreiben, Otto, schreiben sie über meine Kinder und dass die Suche erfolglos war.«

»Gibt es schon irgendetwas Nennenswertes?«

»Auf der Westseite der Bernina hat man einen Handschuh gefunden und ins Hotel gebracht. Wir waren in größter Sorge, aber Erika sagt, er gehört nicht Günther. Die Polizei überprüft die Fahrgäste, die in den letzten Tagen mit dem Zug Richtung Mailand gefahren sind. Das geht aber nicht so schnell.«

»Und es bringt nichts«, antwortete Fischer seelenruhig. »Auf diese Weise wirst du sie nicht finden. Sie könnten mittlerweile in Italien sein, in Tirol, überall. Sie könnten auch schon tot sein.«

»Otto, wie kommst du dazu …?«

»Entschuldige.« Elegant hob Fischer die Hand. »Es gibt allerdings eine Methode, wie du feststellen kannst, ob deine Tochter noch am Leben ist.«

Kälin beugte sich vor. »Und zwar?«

»Alessandro Ostia.«

»Dein Zauberer?« Enttäuscht sank Kälin zurück.

»Lass es ihn wenigstens versuchen. Ich schwöre dir, dieser Mann hat Kräfte, die sich unserem Verständnis entziehen.«

»Sei mir nicht böse, Otto, aber das ist mir zu okkult. Ich kann mit dem Hokuspokus nichts anfangen.«

Fischer nahm den letzten Zug, sprang auf, warf die Kippe in eine Vase und trat auf den Balkon. Sonnenstrahlen spielten in seinem aschblonden Haar. »Dieser Mann ist ein Medium, Arthur. Er sieht eine Welt, die unseren Augen verschlossen bleibt. Ich bin sicher, Alessandro weiß, wo sie sind«, sagte er in jenem näselnden Geheimniston, den man aus seinen Filmen kannte. Mit einem Zwinkern drehte er sich um. »Ich habe übrigens deine Frau gefragt, Arthur. Sie ist einverstanden.«

»Was heißt das?«

»Ich habe ihr mein Angebot vorgetragen. Erika möchte Alessandro kennenlernen.«

Kälin stand auf. »Otto, das war übergriffig von dir.«

»Ich weiß, sei mir nicht böse. Ich will nur helfen.« Fischer kam zurück und legte Kälin die Hand auf die Schulter. »Ich schlage dir folgenden Handel vor. Ihr lasst euch von Alessandro beraten, dafür gebe ich der Presse heute noch ein wunderschönes Interview. Wenn du willst, steige ich sogar mit deinem Schwager auf den Berg.« Fischer schickte seinen Worten das berühmte Lächeln hinterher. »Also wenn das kein Angebot ist!«

* * *

Humphrey Bogart war tot, Toscanini war gestorben, Joe McCarthy ebenfalls. Ich weiß es, aber dann weiß ich es wieder nicht. Der Zustand stellte sich immer häufiger ein. Kälin machte das auch an der Tatsache fest, dass er zweimal täglich das Hemd wechseln musste. Der Schweiß, das war die Angst. Er drohte den Kampf gegen das Verschwinden zu verlieren.

Nur sie konnte diesen Zustand eindämmen, nur sie. Sie war gut und sanft und immer für ihn da. »Sie ist immer für uns da«, sagte Kälin zum Kater. Bevor er bei ihr eintrat, nahm er Carl auf den Arm. »Benimm dich. Sei nicht aufdringlich«, ermahnte er das

Tier. »Wenn du dich zu putzig aufführst, kümmert sie sich weniger um mich.«

Carl schnurrte, doch in seinen Augen lag jener sphinxische Ausdruck, der bei einem Siamkater niemals Gewissheit gab.

Kälin klopfte, schlüpfte hinein und schloss leise die Tür. »Wie schön, dass du noch nicht zum Dienst musst«, begrüßte er Elsy Bévelier.

Mit offener Bluse kam sie aus dem Bad. »Meine Pause ist gleich zu Ende.« Sie wusch Hals und Dekolleté mit einem Schwamm.

»Ruf doch unten an und sag, dass du später kommst.« Kälin ließ den Kater zu Boden und sank auf Elsys Bett.

Sie küsste ihn auf die Wange. »Mon pauvre chéri, hast du wieder deine Ahnungen?«

»Sie kommen immer öfter.« Er streichelte ihren Hals, ihr Schlüsselbein. »Sie sind so real, als ob es Erinnerungen wären.«

»Willst du nicht zum Docteur gehen?«

»In dieser Gegend weiß jeder alles über jeden. Wenn ich einen Nervenarzt aufsuche, könnte ich genausogut von den Bergen herunterrufen, dass ich nicht ganz dicht bin.«

»*Pas tout à fait serré* – nicht ganz dicht –, das klingt hübsch.«

Der Kater maunzte an Elsys Bein hoch. Sie bückte sich, ohne ihn zu streicheln. »Bonjour, Carl. Ich darf dich nicht küssen, weil ich mir gerade die Hände gewaschen habe.«

»Kannst du heute Abend?«, seufzte Kälin.

»Wenn du in dieser Stimmung bist, fühle ich mich bei dir immer wie deine Krankenschwester.«

»Du bist keine Krankenschwester für mich.« Er umarmte sie. »Siehst du, es geht schon besser, nur weil ich zwei Minuten mit dir bin.«

»Du bist süß.« Ein Kuss. »Ich muss gehen. Der arme Herbert hatte noch keine Pause.«

»Ich muss dich also mit meinem Portier teilen?« Kälin seufzte. »Heute Abend komme ich und bringe den Zweiundfünziger mit. Den magst du doch so gern. Ich gelobe, all meine dunklen Ahnungen bei Erika zu lassen. Wir könnten Karten spielen«, schlug er vor.

»Das sagst du immer, dass wir Karten spielen, und dann spielen wir doch nie Karten.« Sie fuhr durch sein Haar, das an den Schläfen feucht war.

Zärtlich biss er in ihre Hand. »Was kann ich denn dafür, dass du so hübsch bist?«

Sie stand auf, wich dem Kater aus, der um ihre Beine scharwenzelte, und öffnete die Tür. »Ich gehe besser zuerst. *À ce soir, mon ami.*«

* * *

»Du glaubst nicht, wen ich gerade gesehen habe«, sagte Rudolph von Hoppe beim Eintritt.

Erika saß am Schreibtisch. »Setz dich, ich bin gleich so weit, Rudi.« Mit dem Bleistift glitt sie eine Rubrik abwärts und machte in der untersten Zeile ein Häkchen.

Ziellos strich er durch das Zimmer, musterte eine Armbrust an der Wand, eine Fotografie aus guter alter Zeit. »Das Hotel ist ausgebucht, habe ich gehört.«

»Wieso interessiert dich das?«

»Ich wollte das Zimmer wechseln, aber eure Rezeptionistin sieht da keine Chance.«

»Das liegt daran, dass die rumänischen Exzellenzen unangekündigt eingetroffen sind. Elsy jongliert bereits auf höchstem Niveau.«

»Eine *tüchtige* Kraft, diese Elsy.« Hoppe hoffte, Erika würde den Unterton in seiner Stimme registrieren, aber sie blieb bei ihren Rubriken.

»Bist du mit deinem Zimmer unzufrieden, Rudi?«

»Nebenan telefoniert ständig einer. Ich verstehe leider jedes Wort. Der Mann scheint ein Schausteller zu sein. Er redet über Vorstellungshonorare, Requisiten und Besucherzahlen.«

»Wieso schläfst du nicht bei Wilhelmine?« Erika hob den Kopf. »Ach so, ja natürlich, ich vergaß.« Schmunzelnd schrieb sie weiter.

Hoppe nahm eine Fotografie aus dem Regal. »Mein Gott, dass wir einmal so jung waren.«

»Ich bin es immer noch.«

»Damals hatte ich noch wesentlich mehr Haare auf dem Kopf.«

Erika schlug das Registerbuch zu. »So. Fertig.« Sie sprang auf, lief zu ihm und betrachtete das Bild. »Weißt du, wann das war?«

Er überlegte. »Hilf mir.«

Kurz vor dem schicksalhaften Kartenspiel.«

»Bist du sicher?«

»Schau doch.« Sie deutete auf die Wölbung ihres Hosenanzugs. »Ich war schon schwanger, man hat es aber noch kaum bemerkt.«

Hoppe stellte das Bild zurück und setzte seinen treudeutschen Blick auf. »Ich hätte meine Verpflichtungen für das Kind wahrgenommen, das weißt du.«

Sie streichelte seinen Oberarm. »Ich weiß. Aber wem hätte das genützt? Du warst im Gefängnis, Entnazifizierungshaft bei den Amerikanern, ich war die Tochter einer verarmten Hoteldynastie, die vor dem Ruin stand. Unser Kind hätte einen schweren Start gehabt.«

»Was für ein Glück, dass du beim Pharo das bessere Blatt hattest.« Er legte den Arm um Erikas Schulter, gemeinsam schlenderten sie zur Chaiselongue.

Sie legte den Kopf an seine Schulter. »Mit Glück hatte das nichts zu tun.«

»Wie meinst du das?«

»An dem Abend, als Wilhelmine und ich uns entschlossen haben, das Schicksal entscheiden zu lassen, war sie kurz im Bad. Da habe ich mir die Karten gelegt.«

»Du hast Willie betrogen?«

»Tu nicht so überrascht. Ich habe mich ziemlich geschickt dabei angestellt. Ich ließ Wilhelmine sogar abheben.«

»Selbst nach Jahrzehnten erlebt man mit dir noch Überraschungen.« Hoppe nahm das lederne Etui aus der Tasche. Er wollte rauchen.

»Nicht hier drin, ich bitte dich.«

Er schob die Zigarre wieder zurück. »All diese Jahre«, sagte er nachdenklich. »Hat Kälin nie etwas vermutet?«

»Er hat die Geschichte von Annas Frühgeburt geglaubt. Vielleicht wollte er sie einfach glauben.« Sie stieß Hoppe mit der Schulter an. »Wen hast du vorhin gesehen?«

»Wie?«

»Als du reinkamst, sagtest du: *Du glaubst nicht, wen ich gerade gesehen habe.*«

»Ja, richtig. Ich habe beobachtet, wie dein Mann zu eurer Rezeptionistin ins Zimmer geschlüpft ist.«

»Wusstest du das nicht?«

»Du weißt es also schon?«

Erika machte eine wegwerfende Geste. »Die beiden sind fast schon ein altes Ehepaar. Rührend, dass Kälin es immer noch vor mir geheimhält.«

»Stört es dich nicht im Geringsten?«

»Dass mein Mann einen schlechten Geschmack hat, wusste ich schon vorher.« Sie rückte von Hoppe ab. »Er hat übrigens eine verrückte Theorie. Kälin nimmt an, dass Anna und Günther in Italien sind.«

»Wilhelmine hat es mir erzählt. Und jetzt?«

»Kälin will nach Siena reisen und der Sache auf den Grund gehen.«

»Vielleicht möchte er nur mal eine Weile aus dem Hotel verschwinden.«

»Und ich habe dann sein schreckliches Katzenvieh am Hals.«

»Wäre dir das nicht ganz recht, ihn ein paar Tage los zu sein?« Hoppe tippte Erika auf die Nasenspitze.

»Wir versinken in Arbeit. Ich weiß nicht, wo mir der Kopf steht. Wenn Kälin jetzt auch noch die Kommandobrücke verlässt …« Sie erwiderte seine zärtliche Geste. »Und du? Was willst du mit deiner Zeit anfangen?«

»Ich steige auf den Piz Palü.«

»Du, Rudi? Ist dir das nicht zu anstrengend?«

»In ein paar Jahren wird es mir bestimmt zu anstrengend sein. Deshalb sage ich: *Carpe diem*! Weißt du, wer mich begleitet?«

»Penn, unser Führer, nehme ich an.«

»Der auch. Aber außerdem darf ich mich der Gesellschaft des beliebtesten Filmstars unseres Jahrzehnts erfreuen.«

»O.W. kommt mit?«

»Er freut sich auf unser gemeinsames Gipfelglück, behauptet Kälin.«

»Du und O.W. auf dem Piz!« Erika musste lachen.

8

Hoppe trat seiner Frau in beeindruckender Adjustierung gegenüber. Die Knickerbocker schlossen formvollendet unter dem Knie, die Stutzen waren handgestrickt, der Bergschuh genagelt und mit Einlassungen für die Steigeisen versehen. Er trug ein blaugrün kariertes Hemd, darüber den weißen Pollunder und die schwere Lederjacke. An seinem Gürtel baumelte ein Sortiment aus Karabiner, Reverso und Abseilachter.

»Das ist wirklich zu viel verlangt. Das musst du einsehen, Willie.« Hoppe tupfte Bergfett auf seine Jochbeine und die Wangen. Die Augustsonne war nicht zu unterschätzen.

Frau von Hoppe lag im Bett, einen Schal um die Schultern. Sie blickte von ihrem Magazin auf. »Aber Corinne hat bereits mit dem Bergführer gesprochen. Penn hat nichts dagegen.«

»Bitte, Wilhelmine.« Hoppe schlug den Verständniston an. »Ich finde es richtig, dass du während der Sommerfrische Gesellschaft haben wolltest und habe kein Wort gesagt, als du Corinne eingeladen hast, dich zu begleiten. Ich fand es sogar rührend, dass du das Mädchen mit seiner … Gehstörung ausgerechnet in die Berge mitnimmst. Aber es ist nicht einmal im Traum daran zu denken, sie auf den Piz Palü mitzunehmen.«

»Mach dich nicht wichtig, Rudi«, erwiderte sie sanft. »Auf eurer Route ist keine gefährliche Wand zu bezwingen. Der Klettersteig ist bis zur Hütte gut ausgebaut. Dort könnt ihr Corinne zurücklassen und zum Gipfel aufsteigen.«

»Du stellst dir das zu einfach vor. An den schwierigen Stellen gibt es zwar Leitern und künstliche Tritte, man hat auch Halteseile angebracht, trotzdem braucht es ein Paar gesunde Beine, um hinaufzugelangen.«

»Corinnes Beine sind gesund, sie sehen nur sonderbar aus.« Auf Hoppes Kopfschütteln setzte Wilhelmine nach. »Sie wünscht es sich so sehr, und ich wüsste nicht, wie ich ihr diesen Wunsch erfüllen soll, solange sie nicht durch eine professionelle Seilschaft geschützt wird.«

Ungeduldig schlug er die Handflächen gegen die Hosennaht. »Ich will Sport treiben, Willie. Ich habe nicht die geringste Lust, den Bergführer für deine verkrüppelte Gesellschafterin zu spielen.«

Ein langer, geduldiger Blick. »Ich hatte gehofft, dass du im Alter freundlicher wirst, Rudi, aber du bist nur noch taktloser geworden.«

Einmaliges Klopfen, Corinne stand in der Tür. »Gnädige Frau, ich wollte fragen …« Lange derbe Hosen, blaue Wetterjacke, ein roter Schal, weiße Schirmmütze, die Schneebrille auf die Stirn geschoben. »Verzeihung, ich wusste nicht. Guten Morgen, Herr von Hoppe.«

»Morgen, Corinne. Na, wie fühlt sich das an, mit meiner Frau durch die ganze Welt zu reisen?« Ein unwillkürlicher Blick auf ihre Füße. Das schwere Schuhwerk verbarg den Gehfehler.

»Weiter als bis in die Schweiz sind wir bis jetzt nicht gekommen.«

»Schlagfertig sind Sie, Fräulein. Aber besitzen Sie auch Ausdauer?« Mit einer markanten Bewegung fuhr sich Hoppe über den Schnäuzer.

»Ich habe mit dem Führer gesprochen. Er hat mir die Route genau beschrieben.«

»Das beantwortet meine Frage nicht. Trauen Sie sich den Piz tatsächlich zu?«

»Hätte ich mich sonst derart verkleidet?«

Obwohl sie lächelte, bemerkte Hoppe einen kalten Glanz in ihren Augen. Weshalb provozierte sie ihn? Ihre Beteiligung an der Tour war von seiner Zustimmung abhängig. Weshalb sagte sie nicht *Herr Staatssekretär* zu ihm, wie alle anderen?

»Haben Sie schon gehört, dass außer Penn noch jemand mit uns unterwegs sein wird?«

Corinne nickte mit geröteten Wangen.

Frau von Hoppes Miene hellte sich auf. Sie begriff als Erste, dass ihr Mann soeben zugesagt hatte. Sie legte das Magazin beiseite. »Ich muss dich warnen, Rudi, Corinne wird kaum noch Augen für dich haben. Sie ist rettungslos in unseren Filmstar verschossen.«

»In Eis und Schnee werden Sie wenig Gelegenheit für eine schwärmerische Unterhaltung haben«, lächelte Hoppe.

»Dort oben sind wir nichts als *Seilkameraden*«, antwortete Corinne.

Das brachte Hoppe zum Lachen. »O.W. Fischer, ein Seilkamerad? Das dürfte amüsant werden.«

»Penn sagt, Aufbruch ist um sechs.« Corinne zeigte nach draußen, wo ihr Rucksack stand.

»Es ist noch nicht einmal halb.«

»Ich habe noch nicht gefrühstückt.« Sie trat ans Bett Frau von Hoppes. »Haben Sie noch einen Wunsch?«

»Nur den, dass du gesund wiederkommst.«

»Dann also in einer halben Stunde, Herr Staatssekretär.« Corinne ging zur Tür.

Gleich darauf schlüpfte sie zu Bartolo ins Zimmer. Angezogen, wie sie war, legte Corinne sich zu ihm und schlug die Decke über beide. Draußen dämmerte es gerade. Die Tage wurden merklich kürzer. Der Piz, dachte sie, ich steige auf den Piz. Sie hatte davon zu träumen gewagt, aber bis zuletzt nicht daran geglaubt. Corinne nahm Mütze und Brille ab und legte sie zu Boden.

Für einen Moment schlug Bartolo die Augen auf. »Der frühe Vogel ...«, murmelte er.

»Kommst du mit, frühstücken?«

»Nein. Es ist viel zu früh.« Er legte beide Arme um sie. »Bleib.«

»Ich muss was essen.«

»Ich habe Schokolade. In der Schublade.«

»Das ist nicht die richtige Unterlage.«

»Unterlage ...«, seufzte er und schlief wieder ein.

Corinne löste sich aus der Umarmung, nahm ihre Sachen und ging. In der *Schwämm*, einer Vorhalle mit Tischen und Bänken, wurde für frühe Bergsteiger serviert. Dort saß Penn und kaute bedächtig. Er war siebzig, hieß es. Bei dem wettergegerbten Gesicht wäre jedes Alter vorstellbar gewesen. Sie nickten einander wortlos zu. Corinne bekam Hirsebrei mit Speck. Sie löffelte im gleichen Tempo wie Penn. Zu ihrer Überraschung war der Brei gezuckert. Sie hätte nicht beschreiben können, wie groß ihre Vorfreude war.

Penn stand auf und nahm seinen Rucksack. Er war doppelt so groß wie der von Corinne. Penn sagte nichts, zeigte nur mit den Augen zum Ausgang. Corinne folgte ihm ins Freie.

9

Nach Osten fiel der Piz Palü zum Gletscherplateau des *Altipiano di Fellaria* ab, nordseitig fußte er im Persgletscher. Da das Gebirgsmassiv seine Schauseite der Diavolezza zuwandte, konnte man vom Hotel aus die Wetterlagen in der Höhe gut beobachten. Neuschnee im August war nichts Ungewöhnliches, im Hochgebirge schneite es zu jeder Jahreszeit. Letzte Nacht waren fünfzig Zentimeter gefallen. Die Messgeräte am Gletschermund gaben minus zehn Grad Celsius an. Bekannt war, dass sich bei starker Sonneneinstrahlung kritische Schwachschichten in der Schneedecke bildeten, die bei einem plötzlichen Temperaturabfall zu Tal gingen.

»Das Miteinander von Fremden«, sagte O.W. Fischer gerade. »Das ist das Besondere am Bergsteigen. Man kennt sich nicht, doch für die Dauer eines Tages ist man auf Gedeih und Verderb aneinander gebunden.«

Vor Corinne wiegte der Rucksack des Herrn von Hoppe hin und her und hinter ihr plauderte der Schauspieler. Penn hatte bestimmt, dass sie aus Sicherheitsgründen in der Mitte gehen sollte. Es genierte sie, den Star im Rücken zu haben, denn gerade vor ihm hätte sie ihren Watschelgang gern verborgen.

Eine frühmorgendliche Begrüßung war dem Anstieg vorangegangen. Das Händeschütteln entfiel, keiner wollte die Handschuhe ausziehen.

»Von Hoppe«, stellte der Staatssekretär sich vor.

»Fischer, grüß Gott.«

»Corinne Förster.«

O.W. hatte weniger Haare auf dem Kopf als in seinen Filmen. Als er ihren neugierigen Blick dorthin bemerkte, setzte er eine weiße Schirmmütze auf. Heute hatte er den weißen Anorak gegen eine grüne Windjacke eingetauscht. Der Bergführer bedurfte keiner Vorstellung. Die Rucksäcke wurden aufgenommen. Man verließ das *Grand Arnold*, die Basisstation.

Penn absolvierte die ersten neunhundert Höhenmeter zügig. O.W. war mittlerweile verstummt. Jeder war mit sich selbst beschäftigt, seinem Körper, seinem Atem. Corinne achtete darauf, wohin sie trat. Sie wollte ihrem Handicap nicht auch noch einen Sturz hinzufügen. Auf keinem Meter der Strecke sollte man ihr helfen müssen. Sie bemühte sich, den gleichmäßigen Trott Penns nachzumachen. Wem es gelang, in dieses ruhige Schritt-für-Schritt zu verfallen, der stand irgendwann am Ziel. Corinne sah wenig von der Landschaft. Sie hatte den Boden vor sich, den nächsten Tritt, die Kante, die zu überwinden war. Vor ihr der Pfad, meistens Granit, manchmal Schnee. Hinter ihr der rasche Atem des Berühmten.

Einmal drehte sie sich um und erkannte, wie sehr O.W. der Aufstieg anstrengte. Schweiß auf seiner Stirn. Er spürte ihren Blick, verbarg seinen Zustand nicht, kein lächelndes *Das ist doch ein Kinderspiel!* Im Gegenteil. O.W. streckte kurz die Zunge heraus und seufzte. Corinne nickte. Sie hatte das Handicap ihrer Beine, aber er war über vierzig. Sie folgte dem Pfad.

Die Gruppe umging den Piz Trovat auf seiner Westseite. Der Piz Cambrena kam in Sicht. Auf einer Höhe von dreitausend Metern begann Gletscherterrain. Sie mussten sich anseilen. Penn half Corinne mit den Knoten. Hoppe machte es richtig, O.W. machte es falsch.

»Ist schon einige Zeit her, seit ich …« Der doppelte Achterknoten wollte ihm nicht gelingen.

»Mach es noch einmal.« Einer der ersten Sätze, die Penn sprach. Er öffnete den Knoten für Fischer, half ihm sonst nicht, machte es ihm auch nicht vor. Bald würden sie mehrere Seillängen voneinander entfernt gehen, dann war Hilfe unmöglich. Wer ins Hochgebirge stieg, musste die Knoten beherrschen. Stolz wie ein Schüler hielt Fischer den Achterknoten schließlich empor. Hoppe zeigte keine Ungeduld. Er schaute nach dem Sonnenstand.

Erst flach, dann steiler werdend ging es zum Cambrena-Eisbruch weiter. Wer sich den höchsten der drei Palü-Gipfel zum Ziel setzte, musste der Hauptspur durch die zerklüftete Firnlandschaft folgen. Verwehte Buckel, heimtückisch unter Schnee, Firnschneiden, deren Verlauf nur zu erahnen war.

Über Hindernisse hoch hinaufgelangt, blieb Penn plötzlich stehen und betrachtete den Wetterstand, wie man ein vertrautes Gesicht nach Spuren der Veränderung absuchte. Mehrere Minuten stand er so, hielt den Kopf in den Wind, griff ins Eis, bröckelte den Firn zwischen den Fingern.

»Wird nichts mit *Muot dal Palü*«, sagte er.

Hoppe fasste mit beiden Händen ins Seil. »Was

wird nichts? Um den Mittelgipfel zu ersteigen, sind wir schließlich hier.«

»Wird nichts.«

»Warum?«

»Lawine.«

»Ich sehe keine Lawine.«

»Sie kommt.« Penn zeigte zu dem östlich gelegenen Felspfeiler hinüber. »Der Piz Orientale wäre möglich.«

Fischer kam heran. »Der Ostgipfel? Soll mir auch recht sein.«

»Geht aber auch nicht.« Penn löste das Seil, nahm den Rucksack ab und setzte sich. Damit war die Rast offiziell.

»Wieso geht der auch nicht?« Hoppe griff zur Wasserflasche.

Mit dem Daumen zeigte Penn auf Corinne. »Wegen ihr. Vor dem Orientale gibt es keine Schutzhütte mehr. Nichts. Bis zum Gipfel nichts.«

In der Stille konnte man die Männer denken hören.

»Dann müssen Sie leider umkehren, Fräulein«, sagte Hoppe. »Ich lasse mir nicht die Tour vermasseln, nur weil wir Sie mitgenommen haben. Das werden Sie einsehen.«

Corinne sagte nichts.

»Wäre das überhaupt denkbar, dass sie den Weg allein zurückfindet?« Fischer holte ein weißes Brötchen aus dem Rucksack. »Ich kann mich unterwegs an mehrere Gabelungen erinnern.«

Corinne sagte nichts.

»Eine andere Lösung gibt es aber nicht.« Hoppe wollte die Sache zum Abschluss bringen. »Wir rasten, dann trennen wir uns. Sind Sie einverstanden?« Das ging an Penn. Er hatte zu entscheiden.

Penn schnitt Brot ab und kaute.

Ein leichter Wind, sonst war es still.

Corinne trank einen Schluck. »Ich kann es«, sagte sie, zu Penn gewandt. »Nicht wahr?«

Er schnitt ein Stück Speck ab. »Ja, du kannst es.«

»Sie kann was?«, rief Hoppe irritiert.

»Oben im Firn geht die Steigung auf fünfzig Grad, da wird es schwerer.« Mit dem Speckstück zeigte Penn auf O.W. Fischer. »Dort wird es für ihn auch schwer. Ihm fehlt die Puste. Wenn er es kann, kann sie es auch.«

»Moment«, mischte sich Hoppe ein. »Wir steigen nicht auf den Gipfel, für den wir Sie gebucht haben, außerdem sollen wir jemanden mitschleppen, der für diesen Marsch ungeeignet ist?«

Corinne holte die Hartwurst aus dem Rucksack. »Sie machen sich zu viele Sorgen, Herr Staatssekretär. Ich vertraue Penn. Ich werde Sie auf den Piz Orientale begleiten.« Sie biss ab. »Einverstanden, Herr Fischer?«

»Wenn Sie mir was von Ihrer Wurst geben, Fräulein, bin ich mit allem einverstanden.« Er hob sein trockenes Brötchen. »Wir schaffen das schon, Herr von Hoppe.«

Hoppe trank Wasser und tat, als ob er das Gipfelpanorama betrachten würde.

»Bitte sehr, Herr Fischer.« Corinne gab ihm die halbe Wurst.

»Sagen Sie Otto zu mir.« Er setzte sich auf eine Felskante. »Von wo kommen Sie?«

»Ich bin mit Frau von Hoppe aus Bonn angereist.«

»Ich meine, ursprünglich, wo sind Sie aufgewachsen? Ich werde aus Ihrem Akzent nicht klug.«

»In meiner Geburtsurkunde steht, dass ich im Engadin geboren bin.«

* * *

Der Firn war bezwungen, der erste Felskontakt brachte Ernüchterung. Schneeregen musste gefallen sein, eine feine Eisglasur überzog den Granit. Sie legten Steigeisen an. Jeden Schritt musste man mit dem Pickel sichern, jede Seillänge war erkämpft. Sobald einer rutschte, blieben alle stehen und sicherten. Wenn sie nicht darauf gefasst waren, konnte einer alle zum Absturz bringen. Oft stand Penn still und ließ die anderen herankommen.

Über dem Piz Cambrena brach die Sonne durch. Hier war es eisfrei. Doch an der Westseite des Pfeilers kehrte die Eiszeit zurück, der Wind schnitt. Selbst mit Schneebrille erkannte Corinne kaum die Umrisse Hoppes vor sich. Penn sicherte von nun an jede Seillänge. Zum Ostgrat konnten es nur noch ein paar hundert Meter sein. Von dort war der Gipfel nicht mehr weit, aber das Eis, der Wind und die Gefahr zogen Zeit und Weg in die Länge.

»Wie hoch sind wir?«, hörte Corinne Hoppe rufen.

»Dreitausendsechshundert«, kam Penns Antwort.

Noch zweihundert Meter, dachte sie, dann habe ich den Ostgipfel des Piz Palü erklommen. Wenn man Witterung und Eis außer Acht ließ, war der Anstieg nicht besonders schwierig. Wo die Steigung zu stark wurde, halfen Leitern über den Fels. Wo der Grat durch luftige Höhe führte, gab es Seile aus Stahl, dort hängten sie ihre Karabiner ein und kletterten weiter.

Bei längeren Steilstellen brachte Penn Klemmkeile im Fels an. Einmal arretierte auch Fischer sein Seil in einem Zwischenring und sicherte von unten. Falls einer stürzte, fiel er nicht tiefer als bis zur letzten Sicherung.

Ohne erklärbaren Grund fiel die Temperatur plötzlich stark ab. Corinnes Brille beschlug, der Schweiß an ihrer Schläfe kristallisierte. Minus zehn, minus zwanzig Grad, und es fiel noch weiter.

Penn blieb stehen.

»Fall«, rief er.

Niemand verstand ihn.

Penn schaute hinauf. Die Sonne brannte auf dem Schnee. Frischer Triebschnee, in der Nacht gefallen, darunter vereister Altschnee. Der Wind, die plötzliche Kälte, Penn sah es, Penn wusste es.

»Zum Westgrat! Fall!«, schrie Penn. Keiner von ihnen hatte bisher von ihm ein lautes Wort gehört.

Er selbst rannte los, auf Steigeisen ein schwieriges Unterfangen. Hoppe verstand als Erster die Gefahr und schloss sich an. Er und Penn arbeiteten sich knapp unter dem Gipfel nach Westen voran. Corinne tat die ersten Schritte, unter ihr schlug O.W. dieselbe Richtung ein. Corinnes Seil straffte sich nach oben, Hoppe war zu schnell. Er zerrte, sie konnte sein Tempo nicht halten. Das Seil spannte auch nach unten. Fischer kannte mit einem Mal keine Erschöpfung. Nur weg von hier!

Corinnes Beine, ihre verkrüppelten Füße wurden ihr diesmal zum Verhängnis. Die Nervenlähmung seit ihrer Geburt, zu wenig Sauerstoff während sie zur Welt kam, die Schädigung der Nerven, seit damals. Rund um sie konnten die Männerbeine um ihr Leben rennen, der alte Führer mit Erfahrung, der Staatssekretär, gestählt im Krieg, der Schauspieler, alternder Bonvivant, in der Not rannte er wie ein Junger. Corinne konnte das nicht, rennen, hatte es nie gekonnt. Humpeln, hopsen wie ein ungeschicktes Tier, das konnte sie, mehr nicht. Sie nahm dieselbe Richtung und war doch nicht schnell genug.

Hoppe durchschaute die Gefahr. Sie hing an ihm, sie hinderte ihn daran, sich in Sicherheit zu bringen. Hoppe zerrte, Corinne fiel hin, eine Seillänge unter ihm fiel sie in den Schnee. Rappelte sich auf, aber Hoppe ging das zu langsam. Er wollte die Schlinge aus dem Karabiner lösen. Durch die Spannung misslang es. Ein Griff zum Messer, er setzte es ans Seil.

»Nein!«, schrie Penn.

Hoppe kümmerte der Führer nicht. Er schnitt es durch. Das Seil sauste zu Tal, auf Corinne zu. Ab jetzt bildeten Fischer und sie eine eigene Seilschaft.

Die Lawine war erst wenige Sekunden alt. Größer als ein Schneebrett, tödlicher als eine Pulverwolke. Nasser Schnee, von der Sonne ins Rutschen gebracht, vom Temperaturabfall zu Eis gefroren, so kam sie auf die beiden zu. Hoppe und Penn waren in Sicherheit. Fischer zerrte von unten am Seil. Ein paar Meter noch, und auch er hätte sich aus der Lawinenschneise gerettet. Corinne war wieder auf den Beinen und humpelte dorthin, wo die Männer sich in Sicherheit gebracht hatten. Penn winkte. Sie erkannte, dass sie es nicht mehr schaffen würde. Fischer schrie zu ihr hoch, bettelte förmlich, sie möge ihre armen Beine in ein Paar Flügel verwandeln und sich über die Lawine aufschwingen. Nur fort, nur fort von hier!

Was immer sie Übles in ihrem Leben getan und

erlebt hatte, dieses Eine wollte Corinne nicht auf ihrem Sündenkonto verbuchen: Sie wollte nicht schuld sein, Otto Wilhelm Fischer in den Tod gerissen zu haben.

Corinne besaß ein Messer, kein besonders gutes Messer, sie schnitt damit die Wurst. Sie setzte es an das Seil. Diesmal schrie Penn nicht. Wer sich vom Seil losschnitt, war ein Feigling, er ließ den Kameraden, die Seilschaft im Stich. Doch Penn und Hoppe sahen, was Corinne vorhatte, während die Lawine an ihnen beiden vorbeirauschte. Sie sahen zu, wie das Fräulein den Filmstar vor dem Tode rettete.

Corinnes Messer schnitt erbärmlich. Verzweifelt säbelte sie, mit mäßigem Erfolg. Eine Faser nach der andern durchtrennte sie und war doch nicht schnell genug. Als die Lawine Corinne erfasste und mit sich riss, hing Fischer noch an ihrem Seil. Die Wucht des Aufpralls reichte jedoch, das Seil riss. Corinne spürte es, während sie fiel und rollte, spürte, der Zug ließ nach, das Seil schnellte davon. O.W. war gerettet. Er ist gerettet, dachte sie, während jedes Denken aufhörte. Wie laut sich das anfühlte, wie brüllend, dabei war es doch nur Schnee. Feines Geflocke, weihnachtlicher Friede, Schnee umarmte Corinne, ummantelte und deckte sie zu. Schnee. Nicht weißer, schwarzer Schnee. Schwarz war alles, weil es dunkel wurde von dem vielen Schnee, weil er hoch über ihr war und sie weiter und weiter mit sich riss. Der Schnee kannte die Richtung. Nicht glatt, nicht geschmeidig ging es abwärts, wie ein wütendes Getrampel kam es ihr vor.

Corinnes Beine waren jetzt egal. Der Schnee übernahm das, was Corinne nicht gegeben war, das Tempo. Die Geschwindigkeit, nie erlebt, Erlebnis, nie, für immer. O.W., dachte etwas in Corinne, ich habe O.W. Fischer gekannt. Ich habe ihm erspart zu sterben, so oder so ähnlich, kein Gedanke, nur Gefühl. Das Gefühl, die Gewissheit, dass es noch etwas zu tun gab. Um zu sterben, war sie nicht zurückgekehrt in die Höhe, wo sie geboren war. Zu viel, zu schnell, der Grund fiel ihr nicht ein, der Schnee, sie nahm sich vor, wenn sie das überlebte, würde sie sich bestimmt erinnern.

10

»Es war aber nicht so!«

Erika hielt das Beweisstück erhoben. »Es steht Wort für Wort da drin.«

Ähnlich wie Regierungen im Krisenfall einen ausländischen Botschafter einbestellten, so hatten die Kälins O.W. Fischer in den Thronsaal des *Grand Arnold* einberufen. In dem weiten Raum, der Konferenzen, Staatsbanketten und Hochzeiten Platz bot, befragte die Hotelierfamilie den Schauspieler.

Erika legte das Extrablatt auf den dreihundert Jahre alten Walnussholztisch. Im Begriff, daraus zu zitieren, merkte sie, dass sie ohne Brille bei dem dämmerigen Licht zu wenig sah. An diese Situation gewöhnt, reichte Kälin ihr ohne ein Wort seine Lesebrille. Als ob sie die Sehhilfe eigentlich nicht nötig hätte, hielt Erika die Gläser vor die Augen und las.

»*Einmal ein Held, immer ein Held.* – So lautet die Überschrift.« Ihr Blick ein einziger Vorwurf.

»Sie werden mir hoffentlich nicht die ganze Schmiererei vorlesen, gnädige Frau.« Unwillig ließ sich Fischer auf einen Stuhl fallen, der vor Altersschwäche knarrte. »Denn kein Wort davon ist wahr.«

»Dann hören Sie weiter: *Wir treffen den Filmstar in seiner Ferienresidenz, dem traditionsreichen* Hotel Arnold *in den Engadiner Alpen. Bis zum Himmel ist es von hier aus nur noch ein kleines Stück. O.W. scheint uns erschöpft, aber bestens gelaunt. Die erlittenen Strapazen perlen von ihm ab wie Hochquellwasser. Freimütig gibt er Auskunft über sein lebensgefährliches Abenteuer, dessen alleiniger Held er war. Doch O.W. wahrt dabei eine Bescheidenheit, die uns beeindruckt.*«

»Himmel Herrgott, ihr wisst doch selber, was diese Schmierer sich ausdenken!« Der charmante Wiener Ton verschwand, in breitem, unflätigem Niederösterreichisch machte O.W. sich Luft. »Man sagt diesen Hyänen, dass es anstrengend war, vor einer Lawine davonzukommen, und sie schreiben was von *durchlittenen Strapazen*. Das ist die Scheiße mit den Journalisten, egal, was du erzählst, sie verdrehen es, wie es ihnen passt!«

»Hier steht, dass Sie Fräulein Förster unter der Lawine ausgegraben und gerettet haben.«

»Blödsinn!« Fischer sprang auf. »Jetzt erzähle ich es ein letztes Mal, dann nie wieder. Und dann will ich auch von Ihnen nichts mehr davon hören, gnädige Frau, sonst können Sie mich nämlich am Arsch lecken. Auch du, Arthur, das sag ich dir, dann reise ich nämlich ab!«

»Beruhige dich, Otto.« Kälin brachte dem Schauspieler ein Glas Wasser. Carl, der Kater, hatte bisher von einem Sessel aus die Szene beobachtet, nun sprang er zu Boden.

»Soll ich das auch an mir *abperlen lassen*, euer berühmtes Hochquellwasser?«, rief Fischer unversöhnlich. »Eine Zumutung ist das. Ich lass mich doch hier nicht verhören, von dir nicht, Arthur, und schon gar nicht von deiner Xantippe!«

»Mäßigen Sie sich, Herr Fischer.« Erika ließ die Zeitung sinken.

»Ich werde mich nicht mäßigen! Ich sage, wie es passiert ist, und dann pack ich meine Sachen.«

»Das würde einen sonderbaren Eindruck machen, Otto, wenn du jetzt abreist«, gab Kälin zu bedenken.

»Das ist mir egal!« Fischer war nicht zu bremsen. »Pfeif deinen Wachhund zurück. Ich lass mich von deiner Madame nicht behandeln wie ein Schulbub, der was ausgefressen hat.«

»Bitte fassen Sie sich«, lenkte nun auch Erika ein, die begriff, dass sie und ihr Haus vor einem veritablen Skandal standen. Wenn ein Mann wie O.W. Fischer etwas Unvorteilhaftes über das Hotel sagen sollte, wäre das schlimmer als eine Skisaison ohne Schnee. Sein Name, sein Wort wirkten wie ein Multiplikator. Im Handumdrehen würden die Magazine davon erfahren, und dann geisterte die Nachricht durch die ganze deutschsprachige Welt.

»Ich bin gespannt auf Ihre Darstellung«, sagte Erika in einem Ton, der Vertrauen schaffen sollte. »Der Presse ist nicht zu trauen, da haben Sie natürlich recht. Es tut mir leid, dass Sie Ihren Urlaub nicht in jener Ruhe genießen können, für die unser Haus bekannt ist.«

Kälin warf seiner Frau einen bewundernden Blick zu. Wenn jemand imstande war, die Situation zu befrieden, dann seine Erika. Er kraulte Carls Nacken, der Kater schnurrte.

»Also gut.« Fischer setzte sich, diesmal auf einen anderen Stuhl, der seine Schilderung nicht durch Knarren stören würde. »Wir waren nur noch zweihundert Meter unter dem Gipfel. Penn bleibt stehen.

Er sieht es, wittert es, hört es vielleicht, jedenfalls bemerkt er die Lawine, bevor wir auch nur das Geringste registrieren. Er schreit, wir sollen rennen. Hoppe schließt sich sofort an. Corinne folgt, aber bei ihr geht es nicht so schnell. Sie kommt langsamer voran. Hoppe erkennt die Gefahr, entscheidet und schneidet das Seil zwischen sich und Corinne durch.«

»So ein Feigling.« Kälin schüttelte den Kopf.

»Rudi ist ein Fluchttier«, warf Erika ein. »Er wusste immer schon, wann er sich in Sicherheit bringen muss.«

Fischer trank Hochquellwasser. »Corinne und ich hängen am selben Seil. Wir laufen zusammen, aber ich bin schneller. Plötzlich ist dieses Gebirge aus Schnee direkt über uns.« Er sah das Ehepaar an. »Ich hätte nie gedacht, dass sich Schneemassen so schnell bewegen können.«

»Staublawinen erreichen dreihundert Stundenkilometer.« Kälin ließ den Kater vom Arm. »In eurem Fall war es allerdings Nassschnee, erzählt Penn.«

»Mir hat es gereicht.« Fischer stützte die Ellbogen auf die Knie und massierte seine Schläfen. »Ich denke, das schaffen wir auf keinen Fall. Ich stelle mich darauf ein, dass es uns beide erwischt, dass wir uns durch das Seil aber schnell einer zum anderen vorarbeiten können. Da sehe ich, wie Corinne …« Ein ungläubiges Kopfschütteln. »So etwas habe ich noch nicht erlebt. Sie schneidet ihr Seil durch. Sie weiß, dass sie mich mitreißen würde, und schneidet es einfach durch. Ich halte mich für keinen Feigling, aber dieses Fräulein da im Schnee, die hatte wirklich Schneid.« Er richtete sich auf. »Eine Sekunde später ist der Schnee da. Er reißt sie um, er reißt sie mit.

Das Einzige, was ich in dieser Situation getan habe, war, genau hinzuschauen. Ich habe meine Augen nicht von ihrer blauen Wetterjacke gelassen. Die ganze Zeit wusste ich, wo Corinne gerade war. Versteht ihr? Das war meine ganze Heldentat. Die Lawine reichte nicht besonders weit hinunter, wahrscheinlich weil der Schnee nass war. Ein paar hundert Meter unter mir kam sie zum Stehen. Ich bin losgerannt, soweit es das Terrain zuließ. Ich laufe dorthin, wo ich den blauen Anorak zuletzt gesehen habe. Inzwischen ist er verschwunden. Ich winke Penn. Mit seinen Steigeisen klettert er erstaunlich schnell zu mir herunter. Er hatte so ein Ding dabei, ich kenne das aus der Schule. Unser Professor hatte einen Zeigestab, den man ausziehen konnte, einen ähnlichen Stab holt Penn hervor und beginnt zu stochern. Einen oder zwei Meter waren die Schneemassen hoch. Nach kaum fünf Minuten hat Penn sie gefunden. Er stößt auf ein Hindernis, packt seinen Spaten aus, sagt, ich soll mit den Händen graben. Schließlich kommt auch der feine Herr von Hoppe auf die Idee, uns zu helfen. Kurz darauf stoßen wir auf einen blauen Fetzen, eine Hand, einen Arm, dann war es nicht mehr schwer. Corinne hat geatmet, sie hat geblutet. Ohnmächtig war sie. Aber sie hat es überlebt.« O.W. atmete tief durch. »Da habt ihr meine angebliche Heldentat.« Er stand auf. »Alles Weitere entnehmen Sie bitte der Zeitung, gnädige Frau.«

»Das war wirklich eine kleine Heldentat von Ihnen, Herr Fischer«, antwortete Erika besänftigend. »Wenn Penn die ganze Lawinenoberfläche hätte absuchen müssen, wäre die Kleine nicht mehr am Leben.«

»Wahrscheinlich haben Sie recht.«

»Ich hoffe, Sie überlegen sich das noch einmal mit der Abreise. Wir freuen uns nämlich, Sie beherbergen zu dürfen, Herr Fischer.«

»Ich weiß noch nicht.« Er zierte sich. »Ich will es Alessandro natürlich nicht antun, seine Ferien abbrechen zu müssen.«

»Ach ja, Ihr Freund«, griff Erika das Thema auf. »Eigentlich hatten wir ja eine Verabredung mit ihm. Wäre nicht das Lawinenunglück dazwischengekommen …«

»Alessandro steht Ihnen nach wie vor zu Ihrer Verfügung.« Fischers schlechte Laune verflog. Er wurde ernst genommen, man respktierte ihn. Er konnte schließlich nichts daür, berühmt zu sein. »Ich könnte die spiritistische Sitzung auch jetzt noch vermitteln, gnädige Frau.«

Kälin ging dazwischen. »Ich bleibe dabei, Otto, mir ist das zu okkult.«

O.W. trat auf seinen Freund zu. »Nach Tagen gibt es von deinen Kindern immer noch keine Neuigkeit, Arthur. Was kann es da schaden, wenn ihr euch ein Wissen zunutze macht, das nur Alessandro besitzt?«

»Ich finde, wir sollten es tun«, stimmte Erika bei.

»Heute bitte ich, mich allerdings nicht mehr in die Pflicht zu nehmen«, schränkte Fischer ein. »Ich habe nämlich etwas vor. Habe mir sogar den Wagen kommen lassen.«

»Wo soll es denn hingehen?«

»Ins Krankenhaus. Ich besuche Corinne in St. Moritz.«

»Das wird sie freuen.«

»Ich brauche allerdings deine Hilfe, Arthur.«

Fischer legte die Stirn in Falten. »Wenn die Zeitungsleute sehen, dass ich das Hotel verlasse, folgen sie mir.«

»Bestimmt sogar.«

»Ich muss irgendwo aus dem Haus schlüpfen, wo es keiner merkt.«

»Bartolo wird den Wagen hinter die Schwämm fahren«, schlug Kälin vor. »Da sieht euch niemand.«

»Danke, Arthur. Danke auch Ihnen, gnädige Frau. Nichts für ungut wegen vorhin. Ich habe halt auch nur Nerven.«

»Schon vergessen, lieber Herr Fischer. Es ist bestimmt nicht leicht, bei allem, was man tut, im Rampenlicht zu stehen.«

»Sie machen sich keine Vorstellung, gnädige Frau, wie anstrengend das ist. Wollen Sie nicht Otto zu mir sagen? Das macht alles leichter.«

»Gerne, Otto. Da brauchen wir aber ein Glas Wein zum Anstoßen.«

»Wenn es weiter nichts ist.« Kälin schloss die Vitrine auf.

»Ich heiße Erika.« Sie ließ sich von O.W. die Hand küssen.

11

Seeblick vom Krankenbett. Nur in St. Moritz gab es solchen Luxus. Die Klinik existierte immerhin seit 1929 und war auf die besonderen Bedürfnisse des zerbrechlichen Menschen im Hochgebirge zugeschnitten. In diesem Hospital wurden Schultern, Wirbelsäulen, Hüften und Sprungelenke repariert. Dem Röntgenbild nach zu schließen, waren Corinnes Wirbel nicht in Mitleidenschaft gezogen worden. Ihre Schulter tat weh, auch das Knie, sie hatte Abschürfungen im Gesicht, ein Arm steckte in der Schlinge. Im Übrigen war der anhaltende Schock die schlimmste ihrer Verletzungen. Wäre Corinne weitere drei, höchstens fünf Minuten unter dem Schnee begraben gewesen, hätte man sie nur noch tot bergen können. Sie hatte das Gebot jedes Lawinenopfers missachtet, einen Hohlraum vor dem Gesicht zu schaffen, um unter der Schneemasse ein wenig Luft zu bewahren. Hätten Fischer und Penn sie nicht so schnell gefunden, in ihrer Ohnmacht wäre sie erstickt.

Corinne stand natürlich kein Einzelzimmer zur Verfügung. In dem hübschen, hellen Raum gab es drei Betten, von denen nur ein weiteres belegt war. Man hatte einen Vorhang dazwischengezogen, die Zimmernachbarin hatte Besuch. Corinne sah die beiden Personen nicht, hörte aber jedes Wort. Hinter dem Vorhang spielte sich eine kleine Liebesgeschichte ab. Der Besucher war ein junger Koch aus dem *Badrutt's Palace*. Corinne hatte von dem Märchenhotel gehört. Das *Badrutt's Palace* war ein Mythos, halb Tudorschloss, halb Kathedrale. Gegen das *Badrutt's* erschien das *Grand Arnold* wie eine billige Absteige.

»Hast du das schon einmal gegessen, Åstrid?«, fragte der Besucher.

»Nein.« Die Patientin hatte einen singenden Akzent, weshalb Corinne darauf tippte, dass sie Skandinavierin war.

»Ich koche es dir einmal. Das musst du probieren.« Er sprach Schweizerdeutsch. »Wir servieren es unseren Gästen als Jause. Wir nennen es *Corviglia Schnee.*«

»Was ist das, René?«

Corinne hörte ihn lachen. Dann war es still. Die Bettwäsche raschelte.

»Nicht«, flüsterte Åstrid.

»Wen stört es denn?«, entgegnete René.

Åstrid schien sich durchzusetzen, das Rascheln hörte auf. »Also, was ist *Corviglia Schnee?*«

»Kartoffelstampf mit Kaviar.«

»Ist das nicht sündhaft teuer?«

»Alles ist teuer bei uns. Deshalb können es sich nur die Reichsten der Reichen leisten, bei uns abzusteigen.«

»Irgendwie ist das …« Åstrid suchte das passende Wort. »Ungerecht.«

»Die ganze Welt ist ungerecht. Dagegen kann man nichts machen. Unsere Gäste kommen mit dem Privatflugzeug, beziehen ihre Chalets auf dem Suvretta-Hang oder logieren bei uns. Tagsüber führen sie ihre Nerze, Zobel und Hunde aus, und wenn sie hungrig werden, kommen sie ins Restaurant. Dann verwöhne ich sie.«

»Dagegen sollte man etwas machen«, widersprach die Skandinavierin.

»Was denn?«, fragte René. »Sie haben Geld und wollen es ausgeben. Sie erwarten das Beste vom Besten.«

»Mir gefällt das nicht. Es gefiel mir von Anfang an nicht. Sobald die Saison vorbei ist, fahre ich nach Hause.«

Jetzt begriff Corinne, dass Åstrid kein Gast in St. Moritz war, sondern eine Saisonarbeiterin, Kellnerin vielleicht oder Zimmermädchen in einem Hotel.

»Wir haben besprochen, dass ich ein gutes Wort für dich einlege, und dann fängst du im *Palace* an, Åstrid.«

»Besprochen ist gar nichts«, antwortete sie hörbar kühler. »Ich hasse Verschwendung. Ganz St. Moritz scheint nur aus Verschwendung zu bestehen.«

René merkte, dass er ein heikles Thema angeschnitten hatte, und wechselte es.

»Weißt du, was neulich passiert ist?«

Rascheln der Bettwäsche.

»Ich habe dir gesagt, du sollst damit aufhören.«

»Entschuldige.«

Schweigen breitete sich auf der anderen Seite des Vorhangs aus.

Vielleicht wurde Åstrid bewusst, dass sie zu schroff mit ihm gewesen war. Ein Schweizer hatte seinen Stolz. »Also, was ist passiert?«, fragte sie sanfter.

René trotzte. »Du gibst mir die Schuld für etwas, das nicht auf meinem Mist gewachsen ist. Was kann ich dafür, dass es reiche Leute gibt und dass sie nach Moritz kommen? Ich bin ein armer Schlucker, Åstrid, das kannst du mir glauben.«

»Du verdienst zweitausend Franken monatlich, hast du gesagt.«

»Das geben unsere Gäste bei der Abreise als Trinkgeld.«

»Aber ich verdiene nicht einmal die Hälfte von dir.«

Beide schwiegen wieder. Nichts raschelte, aber irgendetwas schien zu geschehen. Corinne spitzte die Ohren.

»Oh, René –«

Sie seufzte.

Sie schwieg.

Es raschelte wieder.

»René – René –«

Die Tür ging auf, ohne dass geklopft worden war. Wegen des Vorhangs konnte Corinne nicht sehen, wer eintrat.

»Oh, pardon«, hörte sie. Die Stimme war vertraut.

Nebenan raschelte es heftiger. Ein Stuhl wurde gerückt, jemand stand auf.

»Wir haben nur …«, stammelte René.

»Das seh ich, junger Mann«, erwiderte O.W. Fischer. »Bitte sich von mir nicht stören zu lassen.«

Mit diesen Worten umkreiste er den Vorhang, stand leibhaftig vor Corinne und hielt etwas hinter dem Rücken versteckt.

»Grüß dich Gott, du junge Invalide. Das Sträußerl ist zwar nicht besonders, aber selbst im mondänen St. Moritz verkaufen sie nichts Besseres.« Er zog ein freundliches Blumengebinde hervor.

»Otto, wie schön. Danke, dass Sie gekommen sind.«

»Wie geht's, wie steht's?« Ungeniert ließ er sich an ihrem Bettrand nieder.

»Viel besser. Es war ja von Anfang an nicht besonders schlimm.«

»Nicht schlimm? Wir haben uns ernste Sorgen gemacht, der Penn und ich.«

Bevor sie weitersprachen, musste Corinne grinsen, da nebenan Aufregung entstand. Der Schauspieler wurde erkannt.

»Du täuschst dich«, zischte René.

»Er ist es«, widersprach Åstrid. »Sie hat ihn Otto genannt.«

Der Vorhang wurde bewegt. Ein neugieriges Augenpaar kam zum Vorschein und verschwand wieder.

»Er ist es. Er ist es wirklich!«

O.W. seufzte, machte eine beruhigende Geste zu Corinne, stand auf und zog den Vorhang zurück.

»Ja, ich bin's. Und ich verspreche Ihnen ein wunderschönes Autogramm, wenn ich ein paar Minuten mit meiner Bekannten allein sein kann.«

Die jungen Leute waren im Moment sprachlos.

»Wie ich sehe, sind Sie nur am Arm verletzt, Fräulein«, fuhr O.W. fort. »Glauben Sie, dass Sie aufstehen können?«

»Ja, aber … Aber natürlich«, strahlte die blonde Åstrid. »Wir gehen was trinken«, ermunterte sie den dunkelhaarigen René. »Vergessen Sie das Autogramm nicht, Herr Fischer.«

Er drückte die Hand aufs Herz. »Ehrenwort.«

Die jungen Liebenden verließen das Zimmer.

Corinne fuhr sich durchs Haar und brachte ihr

Nachthemd in Ordnung. Sie wusste nicht, wohin mit den Blumen.

»Die legen wir erst einmal dahin.« Er nahm sie ihr ab.

»Soll ich die Schwester rufen, wegen einer Vase?«

»Lieber nicht.«

»Sie haben recht.« Sie lächelte. »Sonst müssen Sie ein zweites Autogramm schreiben.«

Er setzte sich wieder. »Bevor ich es vergesse: Da möchte Ihnen später noch jemand guten Tag sagen.«

»Wer denn?«

Der junge Mensch, der mich hergebracht hat.«

»Bartolo?«, rief sie erfreut.

»Aha?« O.W. lächelte. »Man kennt sich also?«

»Bartolo und ich kennen uns ein bisschen.«

»Nach Ihrem Lächeln zu schließen, sogar ein bisschen besser.«

»Hören Sie auf, Otto.« Sie schüttelte den Kopf.

»Was ist das nur hier oben?« Er zeigte auf das Nachbarbett. »Das scheint ein veritables *Hôpital d'amour* zu sein. Liegt es an der Höhenluft?«

»Sie machen sich lustig über mich.«

»Gar nicht. Ich freu mich, dass alles so gut ausgegangen ist.« Er nahm ihre Hand. »Ich weiß nur nicht, ob ich noch lange in dieser inspirierenden Höhe bleiben kann.«

»Sie wollen reisen, warum?«

»Die Aasgeier machen mich wahnsinnig. Und es werden täglich mehr.«

»Die Zeitungsleute?« Sie erwiderte seinen Händedruck.

»Als wir vorhin aufgebrochen sind, Bartolo und ich, ist uns ein Wagen vom österreichischen Fernsehen entgegengekommen. Was will der ORF denn in der Schweiz? Die sollen daheim über ihre Burgschauspieler berichten, nicht über mich.«

»Sie können einem leidtun, Otto.«

»Danke. Das ist zwar überraschend, wenn man einen Krankenbesuch macht, aber ich hör es trotzdem gern.«

Sie lachten.

»Was sagt der Arzt? Wann kommen Sie heraus?«

»Morgen schon, glaube ich.«

»Wie schön, dass es so rasch heilt.«

Sie beugte sich zu ihm. »Ich glaube eher, das hat damit zu tun, dass meine Versicherung dieses Krankenhaus nicht bezahlen will.«

Sie wurden unterbrochen. Das junge Paar kam zurück, beide hatten Limonade dabei.

»Gunter Sachs ist seit gestern bei uns im *Badrutt's*«, erzählte René. »Am ersten Abend gab es natürlich eine Party. Seine Freunde haben sich am Lüster hin und her geschwungen, und der ist zu Boden gekracht. Am nächsten Morgen hat Gunter Sachs einen Scheck ausgestellt. Damit war die Tarzan-Nummer vergessen. Wie findest du das?«

Åstrid sagte nichts. Sie hatte nur Augen für O.W.

12

Frau von Hoppe hatte schon früher an Séancen teilgenommen, was sie in dieser Runde zur Expertin machte. Seit Bonn die deutsche Hauptstadt war, wollte sich die Stadt am Rhein mit Sensationen schmücken, die man sonst aus Berlin kannte, Kultur, Verruchtheit, Okkultismus. Berlin war kaputt, der Russe würde von dort nie wieder fortgehen.

Kein Mensch konnte vorhersagen, welche Richtung die Sitzung nehmen würde. Frau von Hoppe hatte ihrer Schwester daher moralische Unterstützung zugesichert. Die Fenster des Salons waren abgedunkelt. Über dem runden Tisch brannte die chinesische Lampe und tauchte das Zusammentreffen passenderweise in magisches Licht.

»Sind wir bereit?«, fragte Alessandro Ostia.

Bei ihrer ersten Begegnung auf der Höhenstraße war es Frau von Hoppe nicht aufgefallen, dass der Magier eine Hasenscharte hatte. Sie gab seinem Äußeren etwas Gebrochenes. Er trug einen schwarzen Umhang und wies jedem einen Platz zu. Das weckte Frau von Hoppes Misstrauen. Bei Veranstaltungen wie diesen waren manchmal Spiegel im Spiel, mit deren Hilfe der Magier Informationen zugespielt bekam. Sie setzte sich daher an Kälins Platz, der rutschte weiter und bekam Erikas Sitz, wodurch das Ehepaar zur Rechten und Linken des

Magiers saß. Die Veränderung schien Ostia nicht zu stören.

Kälin hatte Frau von Hoppe erzählt, was O.W. Fischer ihm über den Mann verraten hatte. Alessandro Ostia hieß in Wirklichkeit Leo Kriegler und hatte sich nach Kriegsende durch Varieténummern einen Namen gemacht. Seine Spezialitäten waren Hypnose, Wahrsagerei und politische Prophetie. Seine spiritistischen Börsentipps hatten kurzfristig die Aktienkurse beeinflusst. Das erschien Frau von Hoppe keine besonders erstaunliche Fähigkeit, da sie die Börse ohnehin für eine Vereinigung von Wahrsagern hielt.

Ostia schien die skeptische Stimmung im Raum zu spüren. Nachdem er sich gesetzt hatte, sah er die Anwesenden schweigend an, einen nach dem anderen. Seine Augen waren hellgrau, die Brauen bedrohlich schwarz. In Kombination mit der Hasenscharte strahlte dieser Mann eine gewisse Dämonie aus.

»Sie halten mich für einen Scharlatan, Herr Kälin«, sagte er. »Sie lassen mich Ihre Herablassung spüren, Frau von Hoppe, und Sie, gnädige Frau ...« Er wandte sich zu Erika. »Sie fragen sich gerade, ob wir Otto nicht besser dazugebeten hätten.«

»Daran habe ich in der Tat gerade gedacht. Woher wissen Sie das?«

Mit einer bescheidenen Geste ließ Ostia den ersten Beweis seiner Künste unbeantwortet. »Oh«, machte er plötzlich. Ein weiteres langgezogenes »Oooh« folgte.

Entnervt verdrehte Kälin die Augen und deutete den Frauen an, dass er den Unsinn nicht lange mitmachen würde.

»Ihre Hand, Arthur.« Stark und unvorhersehbar

fasste Ostia die linke Hand Kälins. Der Hoteldirektor wollte sie zurückziehen, aber der Griff war eisern. »Auch Ihre, Erika.«

Frau von Hoppe wunderte sich, wieso ihre spontane Änderung der Sitzordnung den Magier nun genau in die Position gebracht hatte, die er brauchte. Er hatte beide Kälins im Griff, während Wilhelmine sich außerhalb des Zirkels befand.

»Sprechen wir über die Kinder?«, fragte Erika leise.

»Das weiß ich nicht«, sagte Ostia. »Das kann nur einer wissen.«

»Wer?«

Ostias Stimme verwandelte sich. Er knurrte plötzlich, es klang wie der kehlige Laut eines fremden Wesens. An seinen Händen traten die Adern hervor, er schloss die Augen. »Was hier gesagt wird, bestimme nicht ich, Herr Kälin, sondern Sie.«

Frau von Hoppe erwartete, dass Kälin die Worte des Magiers geringschätzig abtun würde, doch auch er schien verändert. Sein Gesicht war von hohem Ernst erfüllt, die Farbe wich aus seinen Zügen. Mit weit aufgerissenen Augen saß er da.

»Ich?«, wiederholte er. »Ich.«

»Sie sehen die Wirklichkeit des Spiegels«, fuhr Ostia fort. »Jene Wirklichkeit, die auf der Rückseite des Spiegels zum Vorschein kommt.«

»Das Böse? Meinen Sie das Böse?«, fragte Erika.

»So etwas gibt es nicht. Es gibt nur Wunsch, Begehren, Hoffnung, Erfüllung, Enttäuschung. In keinem dieser Gefühle ist Gut und Böse enthalten.«

Kälin nickte. »In keinem.«

»Was sehen Sie, Arthur?«

»Kannst du etwas sehen?«, ging Erika dazwischen. »Kannst du Anna sehen?«

Frau von Hoppe wurde daran erinnert, dass ihre Schwester schon als Mädchen den Dingen immer zu schnell auf den Grund gehen wollte. Die Welt *zwischen* den Tatsachen, das Verschleierte, das Ungenaue interessierte sie nicht. Erika verstand nicht, dass Ostia augenblicklich in diese Welt eindrang.

»Ja«, sagte Kälin.

»Du siehst Anna? Wo?« Unbewusst schüttelte Erika die Hand des Magiers.

»In … In …« Kälin wusste nicht weiter.

Ostia half ihm. »In dir selbst, Arthur?«

»Ja, in mir. Meine Tochter in mir.«

Wer hätte geglaubt, dass ausgerechnet Kälin ein Medium sein sollte, dachte Frau von Hoppe. Wie immer Ostia das angestellt hatte, er versetzte Kälin in einen anderen Zustand. Hypnose war keine Zauberei, mittlerweile war sie gewissermaßen in den Rang einer Wissenschaft aufgestiegen, und Ostia schien ein fähiger Hypnotiseur zu sein.

»Wo ist Anna, Arthur?« Erika funkte wieder dazwischen. »Siehst du sie an einem bestimmten Ort?«

»Wir können dort nicht hin«, flüsterte er.

»Können nicht hin?«

»Keiner von uns.« Er atmete hektisch.

»Wieso nicht? Ist sie tot? Sind die Kinder tot? Wieso können wir nicht hin?«

»Sie ist …« Unter größter Anstrengung dachte Kälin nach. »Ich weiß es. Aber ich weiß es nicht.« Er stieß einen Schrei aus. »Ich weiß es! Sie ist nicht weit fort. Sie ist … hier!« Er rang nach Luft.

»Im Hotel?«, rief Erika.

Kälin keuchte, sein Kopf sank vornüber.

»Erzähl uns von dem Jungen«, sagte Ostia. »Wo ist Günther?«

In diesem Moment begann Kälin zu weinen.

Erika sah ihren Mann an. »Arthur, mein Lieber, was hast du? Kannst du Günther sehen? Siehst du unseren Sohn?«

»Tod«, schluchzte Kälin. »Da ist Tod.«

»Wo ist der Tod?« Mit der freien Hand öffnete Erika den obersten Knopf ihrer Bluse.

»Nahe.« Kälin wollte aufstehen.

Ostia ließ es nicht zu. »Was er sieht, ist nur *eine* mögliche Wirklichkeit«, erklärte er den Frauen. »In dieser Wirklichkeit existiert der Tod.« Ostia sah nicht Kälin an, nicht Erika, er richtete seinen Blick auf Frau von Hoppe. »Aber wo einmal Tod ist, wird immer Tod sein.«

Frau von Hoppe erwiderte den Blick des Mannes mit der Hasenscharte. »Natürlich. Der Tod verschwindet nicht. Wo Tod ist, *muss* immer Tod bleiben.«

»Er stirbt«, sagte Kälin.

»Wer stirbt?« Erikas Nasenflügel zitterten. »Günther?«

»Im Turmzimmer.« Kälin starrte auf seine Hand, die der Magier festhielt. »Ist das die Wahrheit?«

»Manchmal ist Lüge im Spiel«, antwortete Ostia.

»Wer lügt?« Erikas Stimme war nur noch ein Krächzen.

Ostia ließ erst Erikas Hand los, dann die von Kälin. »Die bitterste Wahrheit ist besser als die süßeste Lüge. Es muss stattfinden, wann es immer stattfindet. Im August.«

»Warum im August?«, fragte Erika.

»Es ist immer August«, erklärte der Magier. »Zu jeder Zeit ist es März, April, Mai, es ist immer alles, und alles gleichzeitig. Deshalb können wir es sehen.« Ein trauriges Lächeln für Frau von Hoppe. »Nicht wahr?«

»Ich habe keine Ahnung, wovon Sie sprechen.«

Langsam kehrte Kälin aus der Trance zurück. Farbe trat in sein Gesicht.

»Was ist los?«, fragte er. »Warum fangen wir nicht endlich an?« Sein Blick fiel auf Erika, die einen verstörten Eindruck machte. Er bemerkte die Hand Ostias dicht neben seiner. »Was soll das? Ach. Ich verstehe, bei Spiegelfechtereien dieser Art fasst man sich an den Händen. Sollen wir das etwa auch tun?«

Ostia zog seine Hand zurück. »Es gibt keinen anderen Weg, als hinter den Spiegel zu schauen, Herr Kälin.«

Erstaunt betrachtete Kälin seine feuchten Finger. Eine Schweißperle löste sich von der Nasenspitze und fiel auf den Tisch. »Was ist das?«

»Die Zukunft ist nicht festgeschrieben«, sagte Ostia. »Und doch bleibt in jeder Zukunft eine Sache unverrückbar.«

»Was denn?«, fragte Erika.

»Wo Tod ist, wird immer Tod bleiben.« Ostia zog sein Taschentuch hervor und gab es Kälin.

13

»It's spring again
And birds on the wing again
Start to sing again
The old melody.«

Seit Langem war festgelegt worden, dass Ludwig Plantz einen Klavierabend geben würde. Sein Honorar bestand in einem kostenlosen einwöchigen Aufenthalt im *Grand Arnold*. Der berühmte Pianist würde Brahms, Busoni und die Wagner-Transkriptionen von Franz Liszt spielen.

Als Gastgeberin hatte sich Erika veranlasst gesehen, im Saal zu erscheinen, während Kälin sich entschuldigen ließ. Er blieb solchen Anlässen meistens fern. Heute hatte er die zusätzliche Ausrede, er könne unmöglich an einem Unterhaltungsabend teilnehmen, solange seine Kinder vermisst würden.

Ludwig Plantz war ein fröhlicher Mensch. Auf Wunsch der Zuhörer spielte er mehrere Zugaben, und zwar solche, mit denen niemand rechnete. Während des Krieges hatte Plantz ein Faible für den amerikanischen Jazz entwickelt, deshalb bot er nach dem klassischen Programm ein Potpourri aus Songs der dreißiger und vierziger Jahre. Er sang selbst. Inmitten der Schweizer Berge versetzte Ludwig Plantz das Grand Hotel in eine Stimmung, die man hier nicht kannte. Der Swing erfasste das Haus.

»I love you
Hums the April breeze
I love you
Echo the hills«

»Ist das nicht zauberhaft?«, raunte Frau von Hoppe.

Erika hatte sich zu ihrer Schwester in die vorletzte Reihe gesetzt. »Ich kenne das Gedudel bereits«, flüsterte sie. »Er hat diesen *spontanen Einfall* jedes Jahr, und ich muss dich warnen: Herr Plantz hat ein schrecklich langes Repertoire.«

Lächelnd tätschelte Frau von Hoppe die Hand der Schwester. »Ich mag amerikanische Schlager.«

»Trinken wir nachher etwas zusammen?«

»Heute nicht, ich bin ziemlich erledigt.«

»Wie kommt das?«

»Seit zwei Tagen muss ich ohne Corinne auskommen. Ich glaube, es gibt nichts Anstrengenderes als einen Hotelaufenthalt ohne Gesellschaftsdame.«

»In dem Fall gehe ich auch früh zu Bett.« Erika faltete die Hände im Schoß.

»Was macht Arthur gerade?«

»Wieso?«

»Ich meine, wie geht es ihm nach der Séance? Habt ihr noch einmal über die … Sache geredet?«

»Ostias Hokuspokus?«

»War es das wirklich?« Mit hochgezogenen Augenbrauen sah Frau von Hoppe ihre Schwester an. »Sonderbar, dass er sich an nichts mehr erinnern kann, meinst du nicht auch?«

In der Reihe vor ihnen wurde der ausrasierte Nacken einer Dame unruhig, sie drehte sich um. »Ich würde das gerne in Ruhe hören«, zischte sie.

»Sie hören es doch«, entgegnete Frau von Hoppe freundlich.

»Können Sie sich nicht draußen unterhalten?« Der Nacken drehte sich wieder zurück.

Die Schwestern lächelten.

»Wo ist Arthur jetzt?«, flüsterte Frau von Hoppe.

»Er hat sich in sein Reich unterm Dach zurückgezogen.« Erika glitt vom Stuhl und schlüpfte aus dem Saal, ohne dass Herr Plantz es bemerkte.

»*When a little bluebird who has never said a word*
Starts to sing spring spring
When a little bluebell in the bottom of the dell
Starts to ring ding ding«

Selbst hier oben konnte Kälin die Musik deutlich hören. Er verstand die Worte nicht, wusste aber, wann ein Lied zu Ende war, weil der Applaus zu ihm hochdrang. Da er keine Lust hatte, in den Personaltrakt zu schleichen, wo ihm jederzeit Angestellte begegnen konnten, erwartete er Elsy hier oben. Im Turmzimmer war er sicher, dass ihn niemand, nicht einmal Erika belästigen würde. Kälin schenkte sich Vogelbeerschnaps ein, trank das Gläschen leer, füllte es auf und setzte sich in den Arbeitssessel. Der Kater sprang auf seinen Schoß.

»Mir fehlt Günther«, sagte Kälin. »Anna natürlich auch. Als du noch ein kleines Kätzchen warst, hat Anna dich einmal mit einem Wollknäuel gefoppt. Sie warf das Knäuel, du bist hinterhergesaust, aber als du angekommen bist, hat sie das Knäuel weggezogen. Das hat dich rasend gemacht.«

Aus veilchenblauen Pupillen sah der Kater seinen Herrn an. Er schnurrte nicht, leckte sich nicht das

Fell, blickte nur hoch zu seinem besten Freund, hörte zu und betrachtete die sprechenden Lippen. Kein Blick eines Menschen hätte prüfender, anklagender sein können. Kälin hielt dem Katzenblick nicht stand. Er bedeckte Carls Kopf mit seiner Hand und kraulte ihn.

»Vier Tage. Du lieber Himmel, sie sind schon den vierten Tag verschwunden.« Kälin dachte die Namen der Kinder, sah ihre Gesichter, erinnerte sich an Situationen, die sie zusammen erlebt hatte. Die vielen schönen Stunden zu zweit und zu dritt. Die sonderbare Begegnung mit Günther auf dem Flur fiel ihm ein. Wie aus dem Nichts war der Junge aufgetaucht. Dieses chinesische Buch war verschwunden. Hatte Günther es wirklich aus Patters' Bibliothek gestohlen?

Hörbar stieß Kälin die Luft aus. Warum war er so unendlich traurig? Woher kam diese allumfassende Trauer? Es lag nicht nur an den Kindern. Etwas war nicht in Ordnung, er hatte vergessen, was es sein könnte. Wo blieb Elsy? Ihr Dienst war längst beendet.

»Man darf auch einmal traurig sein«, sagte Kälin zu Carl, langte zum Serviertisch und goss sich Vogelbeerschnaps nach. Die Traurigkeit überschwemmte ihn wie körperliches Unwohlsein. Er ließ den Kater zu Boden gleiten, stand auf und ging im Turmzimmer umher. Wäre Tag gewesen, hätte er den Blick auf die Diavolezza gehabt. Wegen dieser Aussicht hatte er den Entschluss gefasst, das *Grand Arnold* in neuem Glanz erstrahlen zu lassen. So einen Blick gab es nirgendwo sonst auf der Welt. Kälin hatte Erika einmal gestanden, dass dies der ausschlaggebende Impuls gewesen war, Hoteldirektor zu werden. Das hatte sie gekränkt, weil sie natürlich annehmen musste, er hätte das Hotel aus Liebe zu ihr vor dem Verfall gerettet. Inzwischen hatten sich Erikas Gefühle grundlegend verändert. Mittlerweile war es ihr egal, was Kälin sagte oder verschwieg.

»Sie hasst mich«, sagte er zu Carl. »Sie hasst mich von ganzem Herzen. Weißt du, warum? Weil sie an mich gefesselt ist. Ohne mich und mein Geld gäbe es das *Grand Arnold* nicht mehr. Das muss schrecklich für Erika sein, unter ihrem Stand geheiratet zu haben. Die Arnolds sind ein altehrwürdiges Schweizer Geschlecht. Ich dagegen bin nur ein Emporkömmling mit geschäftlichem Erfolg.«

Er kehrte zu den Spirituosen zurück. »Inzwischen hat sich Erika alles von meinem Geld gekauft, was man sich nur wünschen kann. Zurückgeblieben ist die unendliche Leere, einen Mann geheiratet zu haben, für den meine Frau sich schämt.« Beklommen sah er sich im Turmzimmer um. »Bedauernswerte Erika.«

Kälin trank den Schnaps in einem Zug aus. Unten im Saal sang Herr Plantz immer noch. Was mochte Elsy so lange aufhalten?

»You could have a great career
And you should, yes you should
If you want a future, darlin
Why don't you get a past?«

Zusammen mit Corinne betrat Bartolo die Halle. In der einen Hand trug er ihre Reisetasche, mit der anderen stützte er sie.

Sie lachte. »Ich kann allein laufen. An den Beinen habe ich nichts, bis auf das Übliche.«

Er ließ ihren Ellbogen los.

»Hörst du das?« Sie blieb stehen.

»Das ist Plantz.«

»Der Pianist? Er spielt heute Abend? Wie schade, dass ich es verpasst habe.«

»Keine Sorge, wenn er mal spielt, hört er nicht so schnell auf.«

Sie wandte sich zum großen Saal. »Glaubst du, dass ich noch hinein darf?«

»Natürlich. Du bist Gast hier.«

Sie erreichte die Flügeltür. »Wärst du so nett, meine Tasche hinaufzutragen. Ich möchte so wenig wie möglich versäumen.«

»Bin ich etwa dein Laufbursche?«

Sie hatte seinen Stolz beleidigt, das tat ihr leid. Corinne fand es rührend, dass er zum zweiten Mal den ganzen Weg nach St. Moritz gemacht hatte, obwohl sie den Zug hätte nehmen können. »Entschuldige. Ich kann meine Tasche auch selbst tragen.«

»Schon gut. Ich mache es ja. Sehen wir uns später?«

»Heute nicht, sei mir nicht böse.«

»Das habe ich mir schon gedacht.« Er löste den Taschengriff aus ihrer Hand. »Ich bringe sie in dein Zimmer.«

»Danke.« Sie wollte weitergehen, drehte sich aber noch einmal um. »Wie willst du in mein Zimmer hineinkommen? Ich möchte nicht, dass du die Tasche auf dem Flur abstellst.«

»Mach dir keine Sorgen. Ich habe den *General.*«

»Du, der Hotelchauffeur, hast im *Grand Arnold* einen Generalschlüssel?«

Ein rascher Kuss. »Anna hat ihn mir einmal gegeben, als ich etwas für sie besorgen sollte.«

»Kälins Tochter?«

»Sie hat den Schlüssel danach nie zurückverlangt.« Bartolo machte auf dem Absatz kehrt.

Corinne öffnete den Türflügel nur so weit wie nötig, um in den Saal zu schlüpfen. Der Pianist nahm seinen Applaus entgegen. Sie entdeckte Frau von Hoppe in der vorletzten Reihe. Corinne wollte nicht von ihr gesehen werden und blieb in einer Ecke stehen. Einigo Zuhörer nahmen an, das Konzert sei beendet, und erhoben sich von den Sitzen. Sie hatten die Rechnung ohne Herrn Plantz gemacht.

14

O.W. hatte Durst. Kein Mensch kümmerte sich um ihn. Um halb zwei Uhr nachts durfte es in einem erstklassigen Hotel nicht vorkommen, dass die Rezeption nicht zu erreichen war. Auch der Zimmerservice schlief offenbar bereits. Der Star machte sich persönlich auf den Weg, etwas zu trinken zu besorgen.

Gänge, Flure, Korridore, der alte Kasten war ein veritables Labyrinth. Auf einer schwach beleuchteten Schwelle blieb O.W. stehen. Hatte er die falsche Abzweigung genommen oder ein anderes Treppenhaus? Ohne eine Ahnung, wo er hingeraten war, sah er sich um. Insgeheim gefiel es ihm, sich mitten in der Nacht verlaufen zu haben. Dies war die einzige Zeit, in der er durch das Hotel streifen konnte, ohne erkannt zu werden.

Vor ihm war eine Tür nur angelehnt. Eine schlichte Tür, der Lack abgeblättert, Fichtenholz, nicht die massive Eiche der Eingänge zu den Suiten. Er musste in den Personaltrakt geraten sein. Nicht nur in seinen Filmen, auch im Herzen war O.W. ein Abenteurer. Kurzentschlossen legte er die Hand an die Türfüllung und drückte sie auf. Ein akkurat gemachtes Bett, alles stand an seinem Platz, ein Mädchenzimmer, dachte er.

»Kann ich etwas für Sie tun?«, fragte eine Frauenstimme hinter ihm.

Er fuhr herum. Auf dem Korridor stand die Rezeptionistin. »Mademoiselle Bévelier.« Er lächelte ertappt. »Ich muss um Verzeihung bitten.«

»Herr Fischer, was gibt es denn?«

»Nicht böse sein, bitte, ich habe mich nämlich verlaufen.«

»In mein Zimmer?«

»Ich wollte wirklich nicht … Die Tür stand offen.«

Erst jetzt bemerkte er, dass die sonst so akkurate Angestellte salopp gekleidet war. Rock und Wolljacke, aber wenn er sich nicht täuschte, hatte sie darunter keine Bluse an.

Sie zog die Jacke zu. »Haben Sie einen Wunsch, Herr Fischer?«

»Den habe ich in der Tat. Trinken will ich etwas, bloß der Zimmerservice …«

»Ist nur bis ein Uhr nachts im Dienst«, sagte sie bedauernd. »Sie hätten in der Bar anrufen sollen.«

»In der Bar, natürlich. Ich habe es an der Rezeption versucht.« Er hob die Arme und ließ sie wieder fallen, zum Zeichen, dass es nicht an ihm war, zu erklären, warum ihm kein Mensch im Hotel zu Diensten stand. Die Erklärungsnot lag beim *Grand Arnold*.

»Ich kann Ihnen gerne etwas bringen«, bot Elsy an. »Was soll es denn sein?«

»Wissen Sie, mittlerweile habe ich nur noch einen Wunsch, dass Sie mir den Weg zurück auf mein Zimmer zeigen, Mademoiselle.«

»Natürlich. Bitte folgen Sie mir.« Elsy zog ihre Zimmertür zu und ging voraus.

Fischer musterte sie von hinten. »Wo kommen Sie denn überhaupt her?« In der Sekunde, als er die Frage stellte, tat sie ihm schon leid. »Verzeihung.«

»Ich hatte im Haus zu tun.«

»Es geht mich nichts an, pardon. Gespenstisch still ist es nach Mitternacht bei euch.«

»Dabei war heute Abend eine ganze Menge los.« Sie erreichten zusammen einen breiten Korridor.

»Das Konzert, richtig. Ich habe mich davor gedrückt.«

»Mögen Sie Klaviermusik nicht?«

»Doch, sehr, aber es gibt Abende, da möchte ich mein verfluchtes Gesicht einfach ausruhen.«

»Verflucht?«

»Mein verflucht bekanntes Gesicht. Manchmal wünsche ich mir, ich könnte ein anderes aufsetzen.«

Elsy öffnete eine Tür. »Sehen Sie, dort hinten geht es zu den Suiten.«

»Danke Ihnen. Ich hoffe, Sie finden wohlbehalten wieder zurück.«

Sie verabschiedete sich und ging.

O.W. war immer noch durstig. Vor der Zimmertür widerrief er seinen Entschluss. Elsy hatte die Bar erwähnt. Ein glänzender Gedanke, er würde dort einen Schlummertrunk nehmen. O.W. kehrte seinem Zimmer den Rücken, lief zur Treppe und erreichte gleich darauf die Lobby. Hinter der Rezeption begrüßte ihn der Nachtportier, als ob er sich keine Sekunde von dort fortbewegt hätte. O.W. wollte gerade in den Korridor zur Bar einbiegen, als er zwei Herrschaften bemerkte, die in einem anderen Flur verschwanden. Die Frau kam ihm ziemlich groß vor, der Mann an ihrer Seite dagegen recht klein. Beide trugen Mäntel und Mützen. Um halb zwei Uhr kamen sie von draußen? Das wäre nur zu erklären gewesen, wenn sie einen Hund dabeigehabt hätten.

O.W. lief zur *Hutterli-Bar* weiter, benannt nach

dem Architekten, der das Hotel renoviert hatte. Beim Eintritt kam ihm der Chefbutler entgegen.

»Ja, Patters, guten Abend«, rief O.W. überrascht. »So spät sind Sie noch unterwegs?«

Der Butler deutete auf eine Tasse mit heißer Schokolade auf seinem Tablett. »Eine letzte Besorgung, Herr Fischer.«

»Ganz schön was los bei euch um halb zwei Uhr früh.«

»Wie darf ich das verstehen?«

»Na ja …« Er deutete in die Richtung, wo der Herr und die Dame verschwunden waren. »Nicht so wichtig. Wer bestellt denn jetzt noch Kakao bei Ihnen?«

»Erlauben Sie mir, Ihnen eine gute Nacht zu wünschen, Herr Fischer«, antwortete Patters mit vollendeter Diskretion.

O.W. betrat die Bar. Sie war leer, bis auf den Mixer und einen einzigen Gast.

»Das ist ja eine nette Überraschung«, rief er. »Ich wollte mich allein besaufen, und jetzt habe ich Gesellschaft.«

Als Alessandro Ostia sich umdrehte, erschrak Fischer. »Was ist denn mit dir, Xandi?«

»Otto«, flüsterte der Magier. Er hatte violette Ringe unter den Augen, sein Haar war durcheinander. Er, der sonst überall mit Krawatte und Stecktuch auftrat, saß mit offenem Hemd da.

Fischer schlüpfte auf den Barhocker daneben. »Was hast du?«

»Spürst du das nicht?«, flüsterte Ostia.

»Was denn? Wechselt das Wetter?« O.W. ließ sich die Getränkekarte geben. »Ich nehme einen Tom Collins, nicht zu viel Zitrone«, sagte er zum Mixer.

»Es geschieht in diesem Augenblick.« Ostia drehte sein Glas auf dem Tresen im Kreis. »Vielleicht ist es schon geschehen.«

»Was denn, was geschieht?« O.W. war mit einem Mal hellwach. Der Blick in andere Wirklichkeiten, Bewusstseinserweiterung, Zeitsprünge, von solchen Phänomenen konnte er nicht genug bekommen. Für gewisse Leute mochte Alessandro ein Scharlatan sein, O.W. aber war überzeugt, dass sein Freund das zweite Gesicht hatte. Er *sah* gewisse Dinge. »Hast du eine Vision gehabt, Xandi? Willst du's mir erzählen?«

»Es geht um Ereignisse, die in der Tiefe der Vergangenheit ruhen.« Ostia schüttelte den Kopf. »Ich weiß allerdings nicht …«

»Du hast mir beigebracht, dass sich Vergangenheit und Zukunft in einem fort überschneiden. Zu jeder Zeit ist August, September, immer Oktober, hast du behauptet. Nur an uns liegt es, die Wirklichkeit in diesem einen ewigen August zu bestimmen.« Der Drink wurde vor ihm abgestellt, O.W. sog am Strohhalm.

Ostia dachte mehrere Sekunden nach, bevor er antwortete. »Du zum Beispiel, Otto. Du solltest eigentlich ein Mädchen werden.«

»Ich? Ein Mädel, wieso?«

»Als du am ersten April 1915 zur Welt kamst, stand die Sonne im Widder. Dein Aszendent war im Löwen, Mars, Jupiter und Sonne im zehnten Haus. Mit anderen Worten: du *musstest* ein Junge sein. Mit Jupiter, Sonne und Mars im Haus des beruflichen Erfolgs konntest du außerdem nichts anderes werden als ein Liebling der Götter. Und ein Frauenschwarm.«

»Wenn du es sagst, wird es schon stimmen«, erwiderte Fischer achselzuckend.

»Allerdings hatte sich dein Vater neun Monate lang auf eine Tochter gefreut. Zeit seines Lebens war er enttäuscht, weil du ein Bub wurdest. Diese Enttäuschung trägst du in dir, Otto, bis heute. Die Enttäuschung deines Vaters wird immer da sein, bis zu deinem letzten Atemzug, sie kann nie Vergangenheit werden. Verstehst du mich jetzt?«

Verwundert betrachtete O.W. den Freund. »Habe ich dir das irgendwann einmal erzählt, den Wunsch meines Vaters?«

»Du brauchst es mir nicht zu erzählen.« Ostia lächelte warmherzig. »Dein inneres Mädchen begleitet dich auf Schritt und Tritt. Die Menschen spüren das Mädchen in dir, aber sehen können es die wenigsten.«

»Wo sitzt denn dieses Mädel jetzt gerade?«, lachte Fischer, weil ihm das Gespräch unheimlich war. »Rechts oder links von mir?«

»Du machst dich lustig.«

»Ich meine es nicht so.« O.W. trank die Mischung aus Gin, Zitrone und Zuckersirup. Eine Weile war es still. »Du hast von Ereignissen in der Vergangenheit gesprochen, Xandi.«

»Die Dinge gehen durcheinander, und es sind viele unterschiedliche. Heute Nacht kommen sie alle zusammen.«

»Wo?«

»Hier.«

»Passiert irgendetwas Schlimmes?«

»Es passiert – jetzt«, murmelte Ostia.

»Wenn du davon weißt, wieso gehen wir nicht los und verhindern es?«

Plötzlich packte der Freund Fischer im Nacken,

zog ihn an sich und küsste ihn auf die Wange. »Otto. Otto!«

»Was denn?«

»Ich reise ab.«

»Wann?«

»Gleich morgen, mit dem ersten Zug. Ich will nicht dabei sein.«

»Wobei denn, Xandi?«

Ostia beglich die Rechnung, stand auf und verließ die Bar, ohne O.W. eine weitere Erklärung zu geben.

15

Kommissar Tschudi war krank. Das war der Grund, weshalb ihm der Präsident diese junge Wachtmeisterin zur Seite gestellt hatte. Tschudi mochte sie nicht. Von Chur aus fuhren sie schweigend in die Höhe. Die Polizistin sprach Italienisch. Dagegen konnte Tschudi nichts machen, Graubünden war der einzige Kanton mit drei Amtssprachen, Deutsch, Italienisch und Rätoromanisch. Die junge Wachtmeisterin hieß Margrit Bässler, das klang nicht Italienisch. Nirgends stimmten die Dinge noch, dachte Tschudi, selbst in der Schweiz. Eine Polizistin, die Margrit hieß und Italienisch sprach. Hübsch war sie, und Tschudi war krank. Jung war sie, und er war seit hundert Jahren Hauptkommissar. In Graubünden gab es nur zwei Kommissariate, Chur und St. Moritz. Tschudi fragte sich, weshalb der Präsident die Dienststelle Chur für den Einsatz bestimmt hatte. St. Moritz wäre näher gewesen.

Halb zur Seite gelehnt lag Arthur Kälin im Arbeitssessel. Auf den ersten Blick sah es aus, als ob er schliefe, wäre da nicht die Wunde an seiner Brust. Blut hatte das Hemd verfärbt. Die Kriminaltechnik war vor Tschudi am Tatort eingetroffen. Auf den Wink des Kommissars setzten die Amtsärztin und die Spurensicherung ihre Arbeit fort.

»Todeszeit?«, fragte er. Tschudi hatte Schmerzen. Das Wurzelgemüse hätte er gestern besser bleiben lassen sollen. Die Leber bestrafte solche Sünden umgehend. Es war nicht das Gemüse gewesen, gestand er sich ein, es war die Wurst, die sie auf dem Gemüse angerichtet hatten. Eine fette, schwere, eine herrliche Wurst. Tschudi fasste in die Rocktasche. Die Pillen waren da. Nicht, dass sie noch besonders geholfen hätten, aber der Griff zu den Pillen ähnelte dem Griff zum Wohnungsschlüssel, wenn man das Haus verließ. Er gab Sicherheit.

Die Wachtmeisterin stand über der zerbrochenen Tasse. Die Flüssigkeit hatte eine braune Verschmutzung auf dem Teppich zurückgelassen. »Qualcuno ha già pulito qui?«

»Hat hier schon jemand sauber gemacht?«, übersetzte Tschudi, da ihn die Ortspolizisten fragend ansahen.

»Seit wir angekommen sind, wurde nichts verändert«, antwortete der große, schwere, starke Polizist und salutierte sinnloserweise.

»Zwischen ein und drei Uhr früh, würde ich sagen«, beantwortete die Amtsärztin Tschudis Frage.

»All'una non è possibile«, ging die Wachtmeisterin dazwischen. »Il maggiordomo non ha servito la cioccolata prima delle una e mezza.«

Tschudi hätte ihr befehlen können, sich im deutschsprachigen Teil des Kantons den Gepflogenheiten anzupassen, er hätte ihr sagen können, dass ihm das Italienische auf die Nerven ging. Aber er verspürte eine besondere Unlust, sich mit der Wachtmeisterin anzulegen, Unlust, überhaupt mit ihr zu sprechen. Dabei hatte sie recht. Die Tat konnte nicht schon um ein Uhr nachts begangen worden sein, da der Butler dem Hoteldirektor erst um halb zwei heiße Schokolade serviert und ihn bei bester Gesundheit vorgefunden hatte.

»Ist der Butler draußen?«

»Er hat sich eine Stunde lang zu Ihrer Verfügung gehalten«, antwortete der große, schwere, starke Polizist. »Er sagte, er hätte sich um andere Dinge im Haus zu kümmern, und ist gegangen.«

»Holen Sie ihn.«

Zum zweiten Mal salutierte der Polizist.

»Ihr Name?«, rief Tschudi, bevor der andere das Turmzimmer verließ.

»Bässler, Herr Kommissar. Uli Bässler.«

»Sie auch?« Er zeigte zwischen dem Großen und der Jungen hin und her. »Zweimal Bässler? Sind Sie etwa …?«

»Keine Verwandtschaft, Herr Kommissar.«

»Avrei desiderato un fratello così forte«, sagte Margrit.

Es war das erste Mal, dass Tschudi die Kollegin lächeln sah. Sie hätte sich also einen Bruder wie den großen Kollegen gewünscht. Er fand es unpassend, dass sie mit dem Ortspolizisten flirtete.

Tschudi trat ans Fenster. Mein Gott, was für ein Blick! Das war die Schweiz, wie jeder sie sich wünschte. So trug jeder Schweizer seine Schweiz im Herzen. Der hellgraue Granit, die weißen Gipfel, die Wolken, von der Sonne elfenbeinfarben gefärbt, der Gletscher, die Geröllhalde, die Almen, kaum auszuhalten die ganze Pracht, so schön, so kräftig, unverwechselbar. Tschudi seufzte.

»Wir müssen unsere Dienstelle im Hotel einrichten«, sagte er. »Es ist zu umständlich, jeden Tag heraufzufahren. Organisieren Sie das.« Er wandte sich nicht vollständig zur Wachtmeisterin um, deutete nur an, dass er mit ihr sprach. »Wen muss man darüber informieren, jetzt, da der Hoteldirektor tot ist?«

In diesem Moment ging die generelle Unlust mit Tschudi durch. Er wollte nicht wieder eine italienische Antwort bekommen, kein einziges italienisches Wort wollte er mehr hören. »Bitte auf Deutsch«, setzte er hinzu.

»Die Frau des Hoteldirektors«, sagte die Wachtmeisterin.

Ihr Deutsch klang nicht schweizerisch, sondern deutscher als deutsch. Nicht der Schatten eines Akzents. Verdammtes Luder, dachte er, sie hat mich die ganze Zeit glauben lassen, sie könne in meiner Sprache nicht bis fünf zählen.

»Dann klären Sie das bitte mit Frau … ähm …«

»Frau Kälin.«

»Sagen Sie, dass wir ein Büro hier brauchen.« Tschudi wandte sich zur Amtsärztin. »Werden Sie die Obduktion in St. Moritz vornehmen?«

»Ja, Herr Kommissar.«

»Gut. Das spart uns Zeit. Und Sie beide …?« Er deutete auf die Männer von der Spurensicherung.

»Wir kommen auch aus Moritz«, antwortete der Ältere. »Sie bekommen die Ergebnisse heute Nachmittag.«

»Gut. Gut.«

Tschudi rieb sich die Hände. Ihm war kalt. Dass er fror, hatte mit der Höhenlage nichts zu tun. Er fror in letzter Zeit ständig. Eine Pille? Noch nicht. Er wollte erst eine nehmen, nachdem er mit dem Butler gesprochen hatte. Den Schmerz aushalten, solange es ging, das war sein Plan.

»Come facciamo, Commissario?« Die Wachtmeisterin trat auf ihn zu.

Er sah in ihren Augen, dass sie erkannte, wie es ihm ging. Er sah, was sie sah, einen alten Mann mit Knollennase, einen Mann mit triefenden Augen und einer mächtigen Brille, deren Gewicht sie ständig nach unten sinken ließ, weshalb Tschudis häufigste Geste das Hochschieben der Brille war. Die Wachtmeisterin sah die Krankheit, die Schwäche und seine Verbitterung, weil er noch keine Lust hatte zu sterben, aber bald sterben würde. Und weil sie das alles sah, übersetzte Margrit Bässler, was sie gerade gesagt hatte, ins Deutsche.

»Wie wollen wir es machen, Kommissar, sollen wir das ganze Hotel absperren?«

»Wurde das nicht angeordnet?«

Sie nickte lächelnd. »Ich habe mir erlaubt, an jedem Eingang einen Kollegen zu postieren.«

Ihr Lächeln gefiel ihm, aber er verzog keine Miene. »Das war richtig. Gibt es im Haus deshalb Ärger?«

»Oh ja, Herr Kommissar.«

»Die Leute wollen raus, nicht wahr?«

»Manche haben Bergführungen gebucht und wollen aufbrechen.«

»Wird nicht gestattet.«

»Manche wollen nach Moritz einkaufen fahren.«

»Wird nicht gestattet.«

»Einer ist heute Morgen bereits abgereist, bevor wir ankamen.«

Das lange Stehen strengte Tschudi an. Er lehnte sich an das Fensterbrett. »Wer?«

»Ein Mann namens Leo Kriegler. Hier ist eine Kopie seines Reisepasses.« Margrit gab Tschudi das Blatt.

»Das ist doch nicht Leo Kriegler.«

»Sie kennen ihn?«

Er betrachtete das Foto genauer. »Ich bin nicht sicher.«

»Soll ich die Fahndung nach dem Mann herausgeben?«

Ein plötzlicher Schmerz brachte Tschudi dazu, sich zu krümmen. Lass mich in Ruhe, sagte Tschudi zum Schmerz. Komm meinetwegen später, in der Nacht, wenn du immer kommst, nicht jetzt. Jede Nacht erwarte ich dich, deshalb schlafe ich kaum noch. Deshalb habe ich diese Ringe unter den Augen. Verpiss dich, schnauzte er den Schmerz an.

»Va tutto bene?«, fragte die Wachtmeisterin.

Der Kommissar überlegte, ob der Präsident ihr von Tschudis Krankheit erzählt hatte. Er musste es ihr erzählt haben. Wer wusste es sonst noch? Wahrscheinlich die meisten. Spätestens wenn sie an seinem Grab standen, würden es alle wissen.

»Sto bene, grazie«, antwortete Kommissar Tschudi. »Geben Sie jetzt die Fahndung heraus.«

16

Es war ein großes altes Hotel. In der Nacht hatte man den Hoteldirektor umgebracht, und doch lief niemand aufgeregt durch die Lobby. Es bildeten sich keine Gruppen, niemand zischelte oder tuschelte. Das Hotel riss sich zusammen. Es blieb gelassen, ehrwürdig, es blieb sonderbar unbeeindruckt. Vielleicht war das nicht erstaunlich, schließlich befand man sich in der Schweiz. Die Sportler, die auf den Gletscher wollten, hatten ihre Skier zurückgestellt und warteten im Tearoom auf weitere Anweisungen. Die Witwe im Fuchspelz, die in St. Moritz eine Bluse kaufen wollte, hatte sich mit anderen Damen zum Bridge zurückgezogen. Chefbutler Patters ging der Polizei mit Rat und Tat zur Hand. Er organisierte einen Raum im Personaltrakt, unweit der Küche, normalerweise das Besprechungszimmer, wo sich die Belegschaft traf, um den Wochenplan zu machen. Ein langer Tisch, ein Telefon mit Hausleitung und Freileitung, mehr brauchte der Kommissar nicht. Ein alter Kommissar, ein typischer Schweizer mit kleinem rundem Hut, knittrigem Anzug, frisch gebügeltem Oberhemd und unmoderner Krawatte.

Corinne goss Frau von Hoppe Tee nach. Frühmorgens war die gnädige Frau bei ihrer verwitweten Schwester gewesen, nun nahm sie ein spätes Frühstück auf dem Zimmer ein.

Frau von Hoppe bestrich einen Toast mit Butter. »Ich habe keine Lust, mich zu beeilen.«

»Wieso sollten Sie sich beeilen?«

»Die Polizei will mich sprechen.«

»Weshalb?«

»Das frage ich mich auch. Nur weil Arthur mein Schwager war, kann ich doch nichts zu den Ermittlungen beitragen.« Sie trank, sie tupfte sich den Mund. »Sehr ärgerlich, das Ganze. Genau genommen verdirbt es mir die Sommerfrische. Ich überlege ernsthaft, abzureisen.«

»Und Ihr Mann? Er ist gerade erst angekommen.«

Frau von Hoppe stocherte mit der Gabel im Rührei. »Alles ist so kompliziert.« Sie blickte auf, eine ungewohnte Herzlichkeit trat in ihre Augen. »Genug davon. Reden wir von dir. Wie fühlst du dich?«

»Das ist doch ziemlich unwichtig«, entgegnete Corinne überrascht.

»Mich interessiert es. Was macht die Schulter? Ganz schön zerschrammt bist du im Gesicht, aber ich glaube, es werden keine Narben bleiben.«

»Das sagt der Arzt auch.« Corinne setzte sich Frau von Hoppe gegenüber. »Schon seltsam, nicht?«

»Was meinst du?«

»Wie schnell das alles passiert ist. Erst die Kinder der Kälins, dann gerate ich in eine Lawine und jetzt … dieses Unglück.«

»Mord ist kein Unglück«, antwortete Frau von Hoppe klar. »Mord ist ein Hinweis darauf, dass etwas nicht in Ordnung ist. Etwas, das zu Beginn noch unbekannt war. Mord steht nie allein da, Mord hat immer einen Grund.« Sie nickte ihren Worten hinterher. »Die Lawine, die dich erwischt hat, das war ein

Ungück. Der Mord an Arthur ist mit anderen Dingen verknüpft.«

»Womit?«

»Der Kommissar wird es herauskriegen. Ich beneide ihn nicht um diese Aufgabe. In einem Haus wie diesem sind die Verflechtungen schwer zu durchschauen. Ich könnte mir vorstellen, dass es eine Menge Leute gibt, die etwas gegen Arthur hatten.« Frau von Hoppe legte ihre Serviette auf den Teller. »Die Polizei wird sich hier nicht beliebt machen. Allein der Ärger, weil keiner das Hotel verlassen darf.«

»Mir erscheint alles erstaunlich ruhig zu sein.«

Frau von Hoppe stand auf. »Die Aufregung beginnt, sobald es die ersten Verdächtigen gibt.« Sie zeigte zum Schrank. »Ich ziehe die Wanderschuhe an.«

»Aber wir dürfen doch nicht hinaus.«

Ein ungeduldiges Schulterzucken. »Wir gehen auf die Wiese, meine Liebe. Wir werden lesen und plaudern. Die Wiese ist eingezäunt, wir können den Polizisten nicht davonlaufen.« Sie wandte sich zu ihren Büchern und nahm zwei Bände. »Rilke oder Georges Simenon, was passt besser zu einem Tag wie diesem?«

»Rilke«, antwortete Corinne spontan.

Frau von Hoppe sah sie belustigt an. »Gehörst du zu denen, die den Tod für etwas Poetisches halten?« Sie hielt ihr den Maigret-Roman entgegen. »Da hast du.«

Maigret erlebt eine Niederlage, las Corinne.

»Mir ist heute mehr nach dem schwülstigen Rilke.« Frau von Hoppe zog ihre Jacke über. »Ich lese den *Cornet,* du den Maigret. Zwischendurch plaudern wir mit der Polizei. Das könnte vielleicht ein abwechslungsreicher Vormittag werden.«

Bei einem Menschen wie Frau von Hoppe hatte Corinne nicht mit viel Mitgefühl gerechnet, doch zumindest mit Anteilnahme. Ihr Schwager war gestorben, der Mann, um den sie vor Jahren mit ihrer Schwester Karten gespielt hatte.

»Er ist tot«, murmelte Corinne. »Da kann man doch nicht einfach …«

In der Tür drehte die Hoppe sich um. »Kommst du?« Sie hatte Corinne nicht gehört. Oder sie wollte nichts davon hören, dass man über den Tod eines Menschen nicht einfach hinweggehen durfte.

* * *

Bartolo stand mit dem Rücken zur Rezeption, um Elsy vor den neugierigen Blicken der Gäste zu schützen. Sie weinte. Sie weinte schon eine ganze Weile. Sie machte dabei hohe, kindliche Laute.

»Hör auf zu jammern«, zischte Bartolo. »Sonst denkt noch jeder, du wärst Italienerin.«

Elsy hatte die Frühschicht. Das war nicht mehr zu ändern gewesen. Vorhin hatte sich Herr Hansen schon darüber gewundert, in welchem Zustand die sonst so beherrschte Rezeptionistin war.

»Schlimme Sache«, sagte er, während er die Banderole seiner Tageszeitung aufriss. »Der arme Kälin, Herzversagen, hört man.«

Die Polizei hatte das Turmzimmer versiegelt. Die Leiche des Direktors befand sich noch im Hotel.

»Ich verstehe dich ja, Elsy«, beruhigte sie Bartolo. »Ich habe ihn genauso gemocht wie du. Nun, vielleicht nicht ganz genauso, aber ich habe ihm viel zu verdanken.«

Elsy schluchzte.

»Beherrsch dich bitte.« Er vergewisserte sich, dass niemand hersah. »Wie wäre es damit?« Bartolo zog eine schmale Flasche aus der Uniformjacke. »Den brauche ich manchmal gegen die Kälte. Wird dir guttun.«

Elsy trank einen kräftigen Schluck.

»Vorsicht, das ist ein Sechzigprozentiger.«

Sie setzte die Flasche ab, als hätte sie Limonade getrunken, zog ein Taschentuch aus dem Ärmel und tupfte sich über die Augen. »Sehe ich sehr zerstört aus?«

Er nahm das Tuch und tat sein Bestes, die zerlaufene Wimperntusche in Ordnung zu bringen. »Bist wieder wie neu.«

»Keiner mochte Arthur so richtig. Jeder hat ihn nur wegen seines Geldes mit Respekt behandelt.«

»Ich nicht.«

»Er hat auch immer gut von dir gesprochen. Aus Bartolo kann noch etwas werden, hat er gesagt.« Sie atmete tief durch. »Aber die anderen … Nicht einmal seine eigene Frau hat ihn ernst genommen.«

»Was wird jetzt werden?«

»Erika übernimmt natürlich das Hotel und alles andere.«

»Sie erbt alles?« Er senkte die Stimme. »Auch die Fabriken, die Ländereien bei Basel, das kriegt alles sie?«

»Die Kinder erben sicher auch etwas«, gab Elsy zu bedenken.

»Und wenn sie nicht zurückkommen?«

»Eine Tragödie.« Die Tränen drängten wieder hervor. »Eine Tragödie ist über unser Haus hereingebrochen.«

Da ein älteres Ehepaar an die Rezeption trat, machte Bartolo Platz.

»Unseren Schlüssel«, sagte der Mann.

»Dreihundertsechzehn«, erwiderte Elsy höflich. »Sie wollten ja ursprünglich auswärts essen, Herr Professor. Soll ich Ihnen zum Lunch nun doch einen Tisch im Hotel reservieren?«

»Was denn sonst?«, schnauzte der Mann sie an. »Diese Polizeibüttel lassen uns nicht hinaus.«

»Eine vorübergehende Maßnahme, Herr Professor.«

»Das wollen wir hoffen. Sonst können Sie uns nämlich die Rechnung machen.« Das Ehepaar rauschte Richtung Fahrstuhl ab.

Elsy beugte sich zu Bartolo. »Wie lange können wir die Lüge über das Herzversagen noch aufrechterhalten?«

»Frau Kälin will es so.«

Ein sehr trauriger Blick von Elsy. »Ich habe ihn wirklich gern gehabt.«

»Jeder wusste das. Ihr zwei wart wie Romeo und Julia.«

»Geh ruhig, Bartolo. Ich habe mich beruhigt.«

Er warf einen Blick durch die Glasfront. Auf dem Rasen stellte ein Hausdiener gerade zwei Liegestühle für Frau von Hoppe und ihre Gesellschafterin auf. Corinne hatte ein Buch in der Hand. Bartolo überlegte, unter welchem Vorwand er sie fortlocken könnte.

17

Die sterblichen Überreste Arthur Kälins wurden um die Mittagszeit abtransportiert, während die Gäste beim Lunch saßen. Man bemühte sich, den Toten unauffällig aus dem Hotel zu schaffen, aber es ließ sich nicht vermeiden, mit dem Blechsarg die Lobby zu durchqueren.

Elsys Dienst war zu Ende, trotzdem blieb sie unten, um ihrem Geliebten die letzte Ehre zu erweisen. Sie hatte die verrückte Vorstellung, dass Arthur sie *sehen* könne. Sein Geist sah, dass Elsy da war, um ihm das Geleit zu geben. Als die Polizisten den Sarg um die Ecke brachten, wurde Elsy Zeuge eines beklemmenden, rührenden Bildes. Zwei Beamte trugen die Blechkiste, dahinter kam der Kater gelaufen. Mit ernstem Ausdruck und kerzengerade erhobenem Schwanz folgte er seinem Herrn. Kein Leichenzug hätte feierlicher sein können als der Weg dieses Toten und seiner Katze.

Elsy trat neben den Sarg, sie wollte Arthur ins Freie begleiten. In diesem Moment sah sie Erika Kälin die Treppe herunterkommen, zusammen mit Frau von Hoppe. Da die beiden sie gesehen hatten, nahm Elsy kurzerhand den Kater hoch und barg ihn an ihrer Brust. Carl wehrte sich nicht, doch sein Blick blieb auf den Sarg gerichtet. Das Tier auf dem Arm zog Elsy sich zur kleinen Tür zurück, hinter der die

Werkstatt war, wo die Skier gewachst wurden. Dort ließ Elsy ihren Tränen freien Lauf.

Die Schwestern erreichten den unteren Treppenabsatz. »Heutzutage ist es in der Höhe gefährlicher als auf den Straßen von Chicago», raunte Erika Frau von Hoppe zu.

»Du bist unmöglich, weißt du das?«, zischte Wilhelmine, während Kälin vorbeigetragen wurde.

»Nur weil er tot ist, kann ich nicht so tun, als ob Arthur und ich noch viel miteinander zu tun gehabt hätten.« Mit betroffener Miene trat Erika an den Blechsarg und wandte sich im nächsten Moment bewegt ab, wobei sie ihr Taschentuch zog.

»Besser so?«, fragte sie die Schwester. »Ist damit meiner Erschütterung Genüge getan?«

Frau von Hoppe berührte Erikas Arm. »Wenn ich bedenke, was jetzt alles auf dich zukommt. Das wird eine harte Zeit.«

»Im Hotel dürfte sich so gut wie nichts ändern«, entgegnete Erika. »Und was den Nachlass betrifft, fahre ich übermorgen nach Zürich und spreche mit Kälins Anwalt. Er kann das Testament nicht eröffnen, solange die Polizei hier herumschnüffelt, aber er wird mich über Kälins Vermögenswerte aufklären.«

Der Sarg wurde abgesetzt, weil das Polizeifahrzeug draußen erst geöffnet werden musste.

»Arthur hat den Kindern bestimmt einiges vermacht«, sagte Frau von Hoppe.

»Sie sind nicht volljährig. Also werde ich treuhänderisch für die Vermögensverwaltung eingesetzt.«

»Damit bist du ab sofort eine stinkreiche Frau.« Lag ein Lächeln im Blick Frau von Hoppes oder eher Besorgnis?

»Das war ich vorher schon. Aber jetzt macht es mehr Spaß.« Erikas Blick ging zu der jungen Wachtmeisterin, die den Abtransport überwachte.

»Dass jemand in ihrem Alter schon mit der Klärung eines Mordfalles betraut wird, verstehe ich nicht. Verstehst du das?«

Margrit Bässler folgte dem Leichnam als Letzte. Sie musterte die Menschen, die sich eingefunden hatten. Die Rezeptionistin kämpfte mit den Tränen und zog sich zurück. Zusammen mit ihrer Schwester kam die Hoteldirektorin die Treppe herunter. Frau von Hoppe war vormittags vernommen worden. Sie und ihre Gesellschafterin hatten angegeben, nach dem Klavierkonzert des gestrigen Abends zu Bett gegangen zu sein. Bis jetzt fehlte im Hotel keines der Messer, das für einen Stich in die Brust in Frage kam, weder in der Küche noch im Restaurant. Hatte der Mörder das Mordwerkzeug etwa mitgebracht? Das würde voraussetzen, dass er oder sie die Tat minutiös geplant hatte. Wahrscheinlicher erschien Margrit, dass jemand ein scharfes, spitzes Messer im Hotel entwendet hatte.

In den Blicken der Leute, die den Abtransport beobachteten, entdeckte sie Trauer, Verwirrung, Bestürzung, Nachdenklichkeit. War auch Schuld dabei? Die Menschen logen, wenn es ihren Zwecken diente, das hatte Margrit rasch gelernt. Meistens logen sie gut. Selbst wenn sie etwas Schlimmes verbrochen hatten, sah man ihnen die Lüge nicht an. Erst wenn man den Menschen beweisen konnte, was sie verbrochen hatten, bröckelte ihre Fassade, und man erkannte ihr wahres Gesicht. Dieses Gesicht trug das Kainsmal der Schuld.

* * *

Für Rudolph von Hoppe war das Mittagessen mit seiner Frau ein inspirierendes Pingpong. Durch Wilhelmine entwickelten sich lebendige Gespräche, bei denen die Argumente blitzschnell hin und her flogen. Heute ging es natürlich darum, wer den Mord begangen haben könnte.

Frau von Hoppe rauchte. »Ein Einbrecher scheidet von vornherein aus.«

Beide hatten das Kalbfleisch à la Elisabeth mit Champignons gehabt und den Nachtisch ausfallen lassen, Frau von Hoppe ihrer leichten Diabetes, Hoppe der Linie wegen.

»Wieso scheidet ein Einbrecher aus?« Er wollte mit der Zigarre noch warten, bis sie der Verdauung dienlich sein würde.

»Weil niemand ohne Ortskenntnis ungesehen bis ins Turmzimmer vordringen könnte. Außerdem hätte ein Einbrecher zwei Stockwerke tiefer im Silberschrank genügend Beute gefunden.«

»Trotzdem könnte es ein Einbrecher gewesen sein«, widersprach er, nur um Wilhelmine ein Gegenargument zu entlocken. »Um halb zwei Uhr morgens ist niemand mehr auf den Korridoren unterwegs, der den Dieb überraschen könnte.«

»Woher weißt du, dass es halb zwei war?«, fragte sie wachsam.

»Mich hat die Polizei ebenfalls befragt, meine Liebe.« Hoppe legte das lederne Etui vorsorglich auf den Tisch.

»Dürfen die dich denn in der Schweiz überhaupt vernehmen? Du genießt immerhin diplomatische Immunität.«

»Stimmt. Aber weshalb sollte ich mich in diesem

Fall dahinter verstecken? Ich kann zu den Ermittlungen nichts beitragen.«

»Wo warst du übrigens letzte Nacht?«, fragte sie unschuldig. »Den Klavierabend hast du geschwänzt.«

»Ich habe mit Bonn telefoniert und ein bisschen was aufgearbeitet. Danach war ich draußen.«

»Ein Nachtspaziergang?«

»Wieso fragst du?«

»Weil ich nicht einschlafen konnte. Ich habe an deine Tür geklopft.«

»Wann?«

»Nach Mitternacht.«

Hoppe markierte das Gesicht eines reuigen Sünders. »Sie haben mich ertappt, Frau Richterin. Ich habe mich ins Zimmer meines Schwagers geschlichen, den ich nie leiden konnte, und ihm den Garaus gemacht.«

Missbilligend schüttelte sie den Kopf. »Wieso müssen alle so pietätlos über Arthurs Tod sprechen?«

»Wer denn noch?«

»Erika benimmt sich wie ein Fisch. Dabei wäre sie ohne Kälin nicht das geworden, was sie heute ist.«

»Die Menschen schätzen es nicht, jemandem dankbar sein zu müssen.« Nachdenklich sah er sie an. »Du dagegen mochtest Arthur.«

»Ja, ich mochte ihn.« Sie drückte die Zigarette aus. »Beim Frühstück habe ich mit Corinne auch in verächtlichem Ton über seinen Tod gesprochen, aber jetzt muss ich eine Lanze für ihn brechen. Arthur hatte seine Fehler, trotzdem war er ein integerer Mann.«

»Ich wollte mich nicht über sein Ableben lustig machen.«

»Das weiß ich.« Sie schob den Aschenbecher auf seine Seite. »Du warst nachts im Freien. Und dann?«

»Dann bin ich schlafen gegangen.«

»Das glaube ich nicht.«

»Wieso?«

»Ich war in deinem Zimmer, fand dich dort nicht und habe einen Zettel unter deinem Kissen versteckt, samt einer Tafel Schokolade.«

Er griff zu den Zigarren. »Was hast du?«

»So wie früher, weißt du es nicht mehr? Als noch ein bisschen Leidenschaft zwischen uns geprickelt hat.«

»Florenz.« Er lächelte.

»Ach, Florenz.« Sie nickte verschmitzt. »Erika wollte unbedingt mit von der Partie sein, und wir beide waren offiziell noch kein Paar. Da habe ich dir kleine Zettel unters Kopfkissen gelegt und meine Lockung durch italienisches Konfekt gewürzt.«

»Du warst sehr romantisch. Das hat mir gefallen.« Er knipste die Zigarrenspitze ab.

»Einmal haben wir Erika in Florenz überlisten können.«

»Während unserer Leidenschaft ist das italienische Konfekt unter dem Kissen geschmolzen.«

Sie lachten.

»Was stand denn heute Nacht auf deinem Zettel?«, fragte er neugierig.

»Dass du noch zu mir rüberkommen kannst, wenn du willst. Du bist aber nicht gekommen.«

»Weil ich keinen Zettel gefunden habe.«

»Wirklich nicht?«

Er hielt ihrem Blick stand. »Wahrscheinlich liegt er noch da.« Hoppe hielt das entzündete Streichholz hoch. »Nein, das Zimmermädchen dürfte ihn beim Bettenmachen wohl weggeräumt haben. Ich wette, sie hat auch die Schokolade gegessen.«

»Ich glaube nicht, dass du Arthur ermordet hast«, sagte Frau von Hoppe. »In deinem Zimmer warst du allerdings auch nicht. Hast du dich im Hotel schon nach weiblicher Beute umgesehen? Solltest du dich von der Lawine nicht besser noch erholen, Rudi?«, fragt sie anzüglich.

Hoppe seufzte. »Ach, Willie, du bemühst dich so, mich als Schwerenöter hinzustellen. Es schmeichelt mir, ich danke dir. Aber wenn es später als elf Uhr wird, bin ich froh, wenn ich in mein Bett fallen kann.« Über den Tisch hinweg ergriff er ihre Hand. »Ich bin gestern draußen auf der Wiese gesessen, weil die Luft so schön war. Und weißt du, wem ich begegnet bin?« Sie zog ihre Hand nicht zurück. »Dem guten Patters.«

»Dem Butler?«

»Ich habe ihm eine Zigarre angeboten, und wir haben geplaudert.«

»Was hatte Patters denn zu erzählen?«

»Er sagte, dass er jeden Morgen um fünf Uhr aufsteht und vor seinem Dienst Gymnastik macht. Ich fragte, wieso er dann um halb zwei nicht im Bett ist. Wenn sein Direktor sich im Turmzimmer aufhält, sagte Patters, hat er meistens nachts noch einen Wunsch.«

»Wieso muss Patters sich darum kümmern? Im Haus laufen genügend Diener herum.«

»Das hat mit der besonderen Beziehung der beiden zu tun.«

»Patters und Arthur haben eine *Beziehung?*« Frau von Hoppe winkte dem Kellner.

»Ich hatte gehofft, dass er mir mehr erzählt, aber in diesem Punkt war Patters die Diskretion in Person.« Hoppe rauchte die ersten Züge.

Frau von Hoppe ließ sich Mineralwasser nachgießen. Der Kellner nahm die leere Flasche mit. »Erika hat erzählt, dass Patters Arthur letzte Nacht heiße Schokolade gebracht hat. Zu dieser Zeit war Kälin noch wohlauf. Patters dürfte also der Letzte gewesen sein, der ihn lebend gesehen hat.«

»Bis auf den Mörder natürlich.«

»Natürlich, bis auf den Mörder.« Frau von Hoppe trank. »Wenn es kein Einbrecher war, wer könnte einen Grund haben, meinem Schwager ein Messer in die Brust zu rammen?«

18

»Ich will, dass Sie etwas dagegen tun«, polterte Tschudi.

»Mille fois pardon, monsieur le Commissaire.« Maître Solinger, der Küchenchef, ließ sich ungern aus seinem Reich abkommandieren. Wenn hier jemand kommandierte, war er es. Der Maître galt als der schönste Mann des Hauses. Schwarz gelockt, mit intensiven grünen Augen und einem berüchtigten Lächeln. Obwohl er sich den ganzen Tag mit Essen beschäftigte, hatte Solinger kein Gramm Fett an sich. Sein Aussehen kam an die Perfektion seiner Kochkunst heran.

»Während der Ermittlungen soll hier mein Büro sein«, sagte Tschudi. »Aber in meinem Büro stinkt es nach Knoblauch.«

»Es *duftet* nach Knoblauch, monsieur le Commissaire.« Der Maître zog die Sache ins Olfaktorische. »Ce sont les parfums de cuisine.«

Neben einer italienischen Assistentin musste sich Tschudi nun auch noch mit einem französischen Koch abgeben.

»Habt ihr denn keine Entlüftung?«

»Bien sûr, aber sie ist schon ein wenig älter.«

»Das Mittagessen ist vorbei. Wieso riecht es noch immer nach Knoblauch?«

»Weil ich das Fleisch für den kommenden Tag mariniere, monsieur le Commissaire. Morgen gibt es *Tomates à l'ail et aux herbes avec bifteck.*«

Für einen Moment träumte Tschudi von diesem Hüftsteak mit Knoblauch-Kräuter-Tomaten. Seine Leber würde ihn für eine solche Sünde mit mehrtägiger Pein bestrafen.

Maître Solinger schien Tschudis Träume zu erahnen. »Sind Sie sicher, dass Sie nur Haferschleim wollen? Heute Abend servieren wir …« Die Zungenspitze des Küchenchefs befeuchtete dessen Lippen.

»Verschonen Sie mich.« Tschudi winkte ab. »Haferschleim und weiter nichts.«

Solinger gab noch nicht auf. »Darf ich Ihnen wenigstens ein paar Rosinen in Ihre *crème d'avoine* tun?«

Tschudi liebte alle Dinge, mit denen der Maître in seiner Hexenküche hantierte. Er liebte Knoblauch in jeder Form, liebte Fleisch und Kartoffeln und scharfe Gewürze und Rotwein. Rotwein liebte er vor allem. Aber die Welt der Genüsse sollte dem Kommissar bis zum Tag seines Todes verwehrt bleiben. Wollte er diesen Tag nur um ein Weniges hinauszögern, durfte es nur noch Haferschleim geben, ungezuckert, ungesalzen, morgens, mittags, abends. Jedes Glas Rotwein brachte die Leber zur Rebellion, jedes Gewürz war ein Aufschrei, jeder Genuss ein Todesurteil. Tschudi seufzte. »Ein paar Rosinen werden mir wohl nicht schaden.«

Während der Maître ging, trat die Wachtmeisterin ein. Sie musterte den großgewachsenen Mann in Weiß.

»Buona sera«, sagte die Polizistin.

»Lo stesso per lei.« Mit einem Lächeln verließ der

Maître das provisorische Hauptquartier des Kommissars.

»Was gibt es?« Tschudi saß an der Stirnfront der Tafel, mit dem Rücken zur Wand.

Sie legte ihm zwei Akten vor. »Obduktion und Spurensicherung.«

»Danke.«

»Inzwischen haben die Kollegen den Mann gefasst, der als Leo Kriegler unterwegs ist. Sie hatten recht, Kommissar.«

»Womit?«

»Er ist der Magier Alessandro Ostia.«

Tschudi schmunzelte. »Ich wusste es. Einmal bin ich mit meiner Nichte im Varieté gewesen. Da gab es einen Zauberer, der …« Er bemerkte ihren aufmerksamen Blick. »Das tut eigentlich nichts zur Sache. Wo habt ihr den Mann geschnappt?«

»Auf dem Bahnhof in Sargans.«

»Was hat er in Liechtenstein verloren?«

»In Sargans hat er ein Billet nach Wien gelöst.«

Tschudi schlug die erste Akte auf. »Und?«

»Sie bringen ihn her. Heute Abend müsste er wieder im Hotel sein.«

Tschudi schob die Brille auf die Stirn und beugte sich über den Bericht. »Ach! – Haben Sie das gelesen?« Er sah hoch.

»Ich war so frei, Herr Kommissar.«

»Was sagen Sie dazu, Kollegin?«

»Ehrlich gestanden hatte ich es mir schon gedacht. Weil an der Einstichwunde kaum Blut zu sehen war.«

»Richtig kombiniert.« Tschudi überkam mit einem Mal glänzende Laune. »Dieser Arthur Kälin wurde also zweimal ermordet.«

»Genau genommen natürlich nur einmal.« Margrit setzte sich an seine Seite. »Wer immer Kälin das Messer in die Brust gerammt hat, der oder diejenige wusste offenbar nicht, dass er schon tot war.«

»Wir haben *einen* Mörder, aber *zwei* Menschen mit Mordabsichten.« Tschudi ließ die Brille von der Stirn auf den Nasenhöcker plumpsen.

»Ob der *unschuldige* Mörder inzwischen weiß, dass er sein Messer in die Brust eines Toten gerammt hat?«

»Wahrscheinlich nicht. Deshalb rechnet er jetzt mit seiner Verfolgung.«

»Oder sie.«

»Oder sie, natürlich.« Er hob den Zeigefinger. »Es braucht allerdings eine Menge Kraft, um das Brustbein und die Rippen eines Mannes mit dem Messer zu durchstoßen.«

»Sie tippen auf einen Mann?«

Tschudi mochte die Wachtmeisterin irgendwie. Er fand es angenehm, eine junge Kollegin zur Seite zu haben und keinen trockenen Kantonspolizisten. Insgeheim fand er es sogar erfreulich, von Küchendüften umweht zu sein. Zum Knoblauch hatte sich inzwischen frischer Thymian gesellt.

»Sie glauben, es war ein Mann?«, wiederholte Margrit.

»Ich tippe auf jemanden, der fest entschlossen war, dabei aber ziemlich nervös. Die Person muss das Turmzimmer hastig betreten haben, sah Kälin im Arbeitssessel und nahm an, dass er schlief. Der Täter nützte die Gelegenheit und stach zu.«

Der große, starke Korporal trat ein. Tschudi schob die Brille hoch. »Was gibt es, Bässler?«

»Ich soll Ihnen das hier bringen.« Der Korporal hielt eine Schale aus Steingut hoch.

»Was ist es?«

»Haferschleim, Kommissar.«

»Geben Sie her.«

Als ob er ein Beweisstück vorlegen würde, stellte der Korporal die Schale ab, aus der es dampfte.

Tschudi lächelte. »Sie haben mir tatsächlich Rosinen hineingetan.«

19

Erika Kälin betupfte die Partie unter ihren Augen mit Hautcreme. Sie betrachtete dabei weniger die Frau im Spiegel, sondern das schlaffe Gewebe, die Krähenfüße, den verächtlichen Mund, die Nase, die schon immer zu groß gewesen war. Sie sah die Hochsteckfrisur, an manchen Stellen toupiert, nahm die Haarnadeln heraus und öffnete ihr Haar. Witwe mit dreiundvierzig, war das gut oder schlecht? Freiheit mit dreiundvierzig fühlte sich gut an, keinen Ehemann um sich zu haben, war sogar eine deutliche Verbesserung. Zum Alleinsein und zum Älterwerden hatte Erika noch keine Meinung.

Für die meisten Menschen waren Kinder der Ausgleich für das Älterwerden. Galt das auch für Erika? Die Komplikationen mit Anna, die Kälin als Tochter hatte untergeschoben werden müssen, später Günther, der Erika sechzehn Stunden in den Wehen gequält hatte. Günther, immer besonders anhänglich an die Mutter, Anna, immer besonders renitent gegen die Mutter. Als sie klein waren, hatte man die Babys dem Au-pair überlassen können. Doch als Anna sich vom Mädchen zur Frau wandelte, wurde sie zur Konkurrentin. Die Scherze der Hotelgäste, ob Erika und Anna Schwestern seien, ließen sich noch ertragen, aber es kam der Tag, an dem die schöne Sechzehnjährige die Mutter auszustechen begann. Erika sah es, Anna spürte es und kostete es aus. In so Vielem kam sie nach Hoppe und so eindeutig nicht nach Kälin, dass Erika sich fragte, ob die Leute Tomaten auf den Augen hatten. Sollte es auch Kälin heimlich gewusst haben? Nun, von heute an war das egal.

Erika cremte sich die Hände ein und zog die Baumwollhandschuhe über. Es war Nachmittag, noch keine Zeit für die abendliche Toilette, doch an einem Tag wie diesem zählte das nicht. Erika war Witwe. Sie hatte als Witwe gebadet und in der Wanne ein bisschen geweint, aus Selbstmitleid, vermutete sie. Sie legte sich auf ihr ausladendes Bett, nahm mit behandschuhten Händen das große Kissen und stopfte es sich in den Rücken. Sie schloss die Augen. Sie öffnete sie wieder. Schon sonderbar, die Sache mit der Prophezeiung. Nie hätte Erika geglaubt, dass es so etwas geben könnte.

»So etwas gibt es nicht«, widersprach sie ihren dummen Vermutungen. »Zufall, weiter nichts.«

Was aber, wenn Kälin es tatsächlich vorhergesehen hatte? *Tod im Turmzimmer*, das waren seine Worte gewesen. *Wo einmal Tod ist, wird immer Tod bleiben,* ein Satz wie aus einer Gruselgeschichte. Erika wollte rauchen oder trinken, irgendetwas, das sie ablenken würde. An Schlaf war nicht zu denken. Sie wollte Gesellschaft. Rudi wäre der Richtige. Sie wollte sich mit Rudi treffen. Nicht in diesem Zustand natürlich, so hatte Rudi sie noch nie gesehen. Die Aussicht, später mit ihm zu plaudern, hob Erikas Laune. Vielleicht konnte sie wirklich noch ein bisschen schlafen.

* * *

»Bässler?«, rief der Kommissar.

»Ja?«, kam es von zwei Seiten.

Erstaunt blickte Tschudi von einem zur anderen. Da hatte er die Bescherung, was sollte er mit zwei Bässlers anfangen?

»Wen meinen Sie?«, fragte der Korporal.

Tschudi piekte mit dem Finger auf ihn. »Ich brauche Mademoiselle Bévelier noch einmal zur Einvernahme. Holen Sie sie.«

»Sofort, Kommissar.« Als der Hüne aus der Bürotür trat, versperrte ihm eine Schweinehälfte den Weg. Der Mann vom Schlachthof schulterte das halbe Tier und schaffte es weiter in die Küche.

Tschudi trat zu Margrit. »Ich hätte Sie bestimmt nicht Bässler genannt, Kollegin.«

»Aber ich heiße Bässler. Wie wollen Sie mich sonst nennen?«

»Vielleicht *Kollegin*?«

»Da können Sie mich genausogut Bässler nennen.«

»Wie Sie sehen, kommt es zu Verwechslungen.«

»Und wenn Sie mich Margrit nennen?«

Er musterte sie argwöhnisch. »In dem Fall würden Sie mich dann wohl Beat nennen, nehme ich an?«

»Nein.«

»Wie sonst?«

»Ich nenne Sie Kommissar, Kommissar.«

»Wäre das nicht … ich weiß nicht, diskriminierend?«

»Nein.«

»Dann ist es beschlossen.« Tschudi setzte sich. »Würden Sie unsere bisherigen Ergebnisse zusammenfassen?«

»Soll das so etwas wie eine Prüfung sein, Kommissar?«

»Nein, Margrit. Ich bin nur müde, ausgelaugt und hungrig. Es würde mir die Sache erleichtern, wenn Sie es für mich täten.«

»Was halten Sie davon, wenn ich Ihnen etwas zu Essen kommen lasse, Kommissar?«

»Ich darf nichts essen, und das wissen Sie. Ärgern Sie mich nicht und legen Sie los.«

Margrit ordnete den Stapel mit den Protokollen in der zeitlichen Reihenfolge und legte sie nebeneinander auf die Tafel.

»Zwanzig Uhr dreißig. Im Hotelsaal beginnt das Klavierkonzert. Kälin schickt seine Frau hinunter, um die Honneurs zu machen. Er selbst zieht sich ins Turmzimmer zurück. Dort blättert er in einem Buch über das Sportangeln.«

Tschudi schob die Brille auf die Stirn. »Woher wissen wir das?«

»Weil das Buch aufgeschlagen auf seinem Schreibtisch lag.«

Margrit beugte sich über das nächste Protokoll. »Zweiundzwanzig Uhr dreißig. Das Klavierkonzert ist zu Ende. Kälin bekommt Besuch von Elsy Bévelier.«

»Wie lange bleibt sie?«

»Bis ein Uhr früh.«

»Ist das bestätigt?«

»Gewissermaßen. Der Schauspieler Fischer begegnete Mademoiselle Bévelier, als sie in ihr Zimmer zurückkehrte. Da war es Viertel nach eins.«

»Was macht O.W. Fischer vor dem Zimmer von Fräulein Bévelier?«

»Angeblich hat er sich im Hotel verlaufen.«

Tschudi hob den Blick. »Könnte Ihnen der gefallen, dieser Filmstar?«

»Was hat das mit dem Mord zu tun?«

»Gar nichts.«

Margrit suchte die richtige Stelle. »Fischer gibt an, dass Mademoiselle Bévelier nur leicht bekleidet ist.«

»Da sie Kälins Geliebte war, ist das nicht verwunderlich. Wozu soll sie sich noch einmal anziehen, nachdem sie ...« Der Kommissar unterbrach sich. »Bitte weiter.«

»Kälin bleibt im Turmzimmer zurück. Gegen halb zwei bringt der Chefbutler ihm eine Tasse heiße Schokolade.«

»Hat Kälin sie telefonisch bestellt, oder geschieht das jede Nacht?«

»Bestätigt ist bisher, dass Staatssekretär von Hoppe nach ein Uhr nachts mit dem Chefbutler auf einer Bank im Freien geplaudert hat. Etwas später wurde der Butler von O.W. Fischer mit der Schokolade gesehen. Patters serviert dem Direktor die Schokolade. Ihm fällt nichts Ungewöhnliches an Herrn Kälin auf. Der Butler geht, Kälin trinkt die Schokolade zur Hälfte.«

Tschudi ließ die Brille auf die Nase sinken. »Und in der Tasse befand sich ganz bestimmt kein Gift?«

»Das Ergebnis der Analyse lautet: Kakao, Milch und Zucker. Das Barbiturat muss Kälin anders zugeführt worden sein.«

»Was wissen wir über dieses Barbiturat?«

»Methohexital ist als intravenöses Anästhetikum zur Narkoseeinleitung zugelassen. Bei einer hohen Überdosis kann es zu Atemlähmung führen. Für einen Mord ist Methohexital allerdings untauglich, weil es im Körper leicht nachgewiesen werden kann. Wenn ich jemanden umbringen will, würde ich ein anderes Gift verwenden.«

»So, würden Sie das, Margrit?« Tschudi musterte seine kühle Assistentin.

Sie schlug den Obduktionsbericht auf. »Die Injektion wurde bei Kälin von rechts in den Hals geführt, direkt in die Aorta. Der Täter oder die Täterin muss Kälin währenddessen festgehalten haben, um die Spritze zu setzen.«

»Wie rasch wirkt Methohexital?«

»Innerhalb von Sekunden.«

Tschudi stützte sich mit den Ellbogen auf den Tisch. »Wie konnte Kälin dann noch die Kakaotasse fallen lassen?«

»Liegt das nicht auf der Hand? Das Gift wirkt, die Tasse fällt«, schlussfolgerte Margrit.

Er schüttelte den Kopf. »In diesem Fall würde die Tasse nicht drei Meter vom Schreibtisch entfernt gelegen haben. Die Leiche saß im Arbeitssessel, die Scherben befanden sich auf der anderen Seite des Teppichs.«

»Der Täter könnte den toten Kälin zum Sessel geschleppt haben.«

»Wozu?«

»Ich weiß es nicht. Denken Sie, der Täter hat die Tasse zu Bruch gehen lassen?«

»Lässt sich noch nicht sagen. Fingerabdrücke?«

»Nur die von Kälin.«

»Wie spät ist es jetzt?«

Margrit sah auf die Uhr. »Halb vier, wieso?«

»Nicht im Moment. In der Mordnacht. Wie spät ist es inzwischen in der Mordnacht?«

»Laut Obduktion muss der Tod zwischen halb zwei und drei Uhr morgens eingetreten sein.«

»Der Täter zieht sich zurück, ohne dass jemand ihn sieht. Kurz darauf taucht der zweite Mörder auf. Er findet Kälin scheinbar schlafend, hebt das Messer und rammt es ihm von oben in die Brust.« Tschudi wippte mit dem Stuhl. »Fällt Ihnen etwas auf? Das Ganze läuft scheinbar wie ein exaktes Uhrwerk ab. Die Geliebte geht, der Butler kommt, der Butler geht, der Mörder kommt, begeht die Tat, der zweite Mörder findet den Leblosen und glaubt, ihn zu töten.« Tschudi setzte den Stuhl hart zu Boden. »Morde geschehen aber nicht präzise wie ein Uhrwerk. Sie sind dreckig, sie sind fehlerhaft. Dieser Fall wirkt irgendwie ...«

»Inszeniert?«

Tschudi stand auf und streckte sich. »Gibt es etwas Neues über das Messer?«

»Durch die Wunde kennen wir Länge und Breite der Schneide. Es wird im ganzen Hotel gesucht.«

Die Tür ging auf. Zusammen mit dem Korporal schwebte ein Schwall an Wohlgerüchen in Tschudis Büro. Er schnupperte.

»Fräulein Bévelier ist hier«, sagte Bässler.

Hilfesuchend blickte Tschudi zu Margrit. »Margrit?«

»Ja?«

»Ich muss jetzt unbedingt was essen.«

»Ich kümmere mich darum. Haferschleim, Kommissar?«

»Verschonen Sie mich. Brot und Käse und ein Glas Weißwein, bitte.«

»Sind Sie sicher, Kommissar?«

»Natürlich bin ich nicht sicher!«, blaffte er sie an. Im nächsten Moment legte Tschudi Margrit die Hand auf die Schulter. »Entschuldigen Sie.«

Im Hinausgehen nickte sie Mademoiselle Bévelier zu.

20

Selbst wenn man einem Menschen keine Sympathie entgegenbrachte, sogar wenn man ihn hasste, änderte sein Tod doch alles, dachte Corinne. Mit dem Tod war jede Schuld getilgt, jede Antipathie beendet. Bei einem geliebten Menschen brachte der Tod Trauer, bei einem gering geschätzten Menschen musste an diese Stelle Versöhnung treten. Erika Kälin hatte ihren Mann nicht geliebt. Vielleicht hatte sie ihn nur geheiratet, um das Hotel zu retten. Aber sein Tod schuf einen Einschnitt, der alles veränderte. Die Gleichgültigkeit der Arnold-Schwestern dem Verstorbenen gegenüber ängstigte Corinne. Ihr eigenes Verhältnis zum Tod konnte man zärtlich nennen. Lag es daran, dass sie seine Nähe mehrmals erlebt hatte? Der Mann, den sie *Papa* nannte, hatte ihr erklärt, woher die Missbildung ihrer Beine kam. Er wusste es von dem Arzt, der Corinne entbunden hatte. Bei jenem Gespräch mit Papa war sie erst sechs, hatte sich aber alles gemerkt. Corinne sei ein Kind gewesen, das keiner wollte. Deshalb habe ihre leibliche Mutter sie nach der Geburt zur Adoption freigegeben. Dieselbe Mutter hatte davor versucht, Corinne schon einmal loszuwerden. Ob es ihr nicht gelungen war oder ob sie Skrupel bekommen hatte, den Fötus zu töten, wusste niemand. Jedenfalls sei Corinne *beschädigt* worden, so der Arzt auf der Entbindungsstation.

Bei der Geburt habe ihr Gehirn zu wenig Sauerstoff bekommen, Nervenbahnen seien nicht ausgebildet worden. Das erklärte die Missstellung der Beine. Es erklärte auch, dass Corinne in ihrem Verhalten anders sei als andere Kinder. Trotzdem habe Papa sie lieb und wolle ihr helfen, ein normales, schönes Leben zu führen.

Corinne sah wenig Schönes in ihrem Leben, und normal war es bestimmt nicht. Sie hatte die Zuneigung ihres Ziehvaters nicht erwidert, dessen Frau hasste sie heute noch. Da Papa den Konflikt zwischen Stiefmutter und Stieftochter nicht länger aushielt, wurde Corinne in ein Internat für schwer erziehbare Mädchen gegeben.

Auch hier schien der Tod ihr heimlicher Verehrer zu bleiben. In dem Heim herrschte ab acht Uhr Nachtruhe. Kein Mädchen durfte das Zimmer danach verlassen. Fast jede Nacht kletterte Corinne aus dem Klofenster, balancierte das Gesimse entlang, sprang vom Vordach zu Boden und machte einen Nachtspaziergang. Über der Internatsuniform trug sie einen Mantel. Manchmal traute sie sich bis ins nahegelegene Dorf. In diesem Ort arbeiteten fast alle in der ansässigen Papierfabrik. Abends betranken sich die Männer. Sie kannten das Mädchen schon, das aus dem *Institut* abhaute, Corinne ließ sich von ihnen einladen. Eines Nachts stellten vier Papierarbeiter ihr eine Falle. Zuerst waren sie nett zu ihr, dann schleppten sie die Dreizehnjährige in den Wald und vergingen sich mehrmals an ihr. Einer sagte, es wäre besser, sie umzubringen. Sie warfen Corinne in ein altes Fuchsloch und erstickten sie mit Erde und Moos. Sie wartete, bis die Geräusche verklungen und die Männer gegangen waren. Danach arbeitete sie sich aus dem Loch heraus. Sie verriet die Männer nicht. In der Gewissheit, dass der Tod noch nicht bereit sei, sie zu holen, nahm sie ihre Nachtspaziergänge drei Tage später wieder auf.

Als die Lawine Corinne mitriss, dachte sie keine Sekunde, dies sei ihr Ende. Während dieser Minuten sah sie den Tod genau, sie hätte sein Gesicht beschreiben können. Er beobachtete sie, griff aber nicht zu. Ähnlich wie im Fuchsloch wurde sie verschüttet, ähnlich wie damals bekam sie keine Luft und wurde doch gerettet. Niemand hätte weniger überrascht darüber sein können als Corinne.

Vor zwei Nächten war der Tod durch dieses Hotel gestreift und hatte Arthur Kälin geholt. Der Tod war ein ernster Geselle, man durfte ihn nicht verächtlich machen. Deshalb verabscheute Corinne die Haltung Erika Kälins und Frau von Hoppes. Wer den Tod verachtete, für den legte er seine Großzügigkeit ab. Der Tod schätzte Menschen, die sich menschlich benahmen, so wie Bartolo. Er war freundlich, dabei nie berechnend, ehrlich, aber nicht naiv, liebend, ohne hilfsbedürftig zu sein. Für Bartolo war die Liebe das Natürlichste von der Welt. Für Corinne war die Liebe das Fremdeste auf der Welt. Wann immer sie die Liebe gesucht hatte, war sie auf den Tod gestoßen.

Sie konnte Bartolo nicht finden. All die Orte, an denen er sich sonst aufhielt, suchte sie ab, die Garage, den Aufenthaltsraum, die Küche, wo er Kaffee trank. Sie klopfte auch an seine Zimmertür. Ausgefahren konnte er nicht sein, der Wagen stand vor dem Hotel.

Corinne lief zur Rezeption. Da Elsy gerade von der Polizei befragt wurde, übernahm ein Aushilfsportier den Dienst. Der junge Mann hatte noch nicht viel Erfahrung und wurde von Gästen, deren Wünsche er nicht schnell genug erfüllte, häufig angeschnauzt. Sein Gesicht hellte sich auf, als Corinne freundlich auf ihn zukam.

»Bartolo? Aber ja«, antwortete der Portier, froh, helfen zu können. »Er ist auf den Berg gegangen.«

»Mitten in der Dienstzeit?«

»Er sagte, seine nächste Fahrt sei erst in zwei Stunden, Patters brauche ihn auch nicht, also wollte er ein bisschen hinaus.«

»Auf welchen Berg?«

»Ich habe ihn zur Diavolezza laufen sehen.« Der Portier zeigte zur Glasfront. »Wahrscheinlich will er zum Lago Bianco. Dort würde ich hinlaufen, wenn ich nur zwei Stunden Zeit hätte.«

»Ist das steil?«

»Nicht besonders.«

»Könnten Sie Frau von Hoppe bitte telefonisch etwas ausrichten?«

Der junge Mann schob Corinne das Telefon hin. »Wollen Sie sie nicht lieber selbst anrufen?«

Corinne war schon auf dem Weg zum Ausgang. »Es genügt, wenn sie meine Nachricht bekommt.«

»Welche Nachricht?«, rief der Portier.

»Dass ich in zwei Stunden zurück bin.«

»Aber Fräulein! Mit diesen Schuhen wollen Sie auf die Diavolezza?«

Corinne betrachtete ihre Pumps. »Es ist nicht besonders steil, sagten Sie.« So schnell sie konnte, hinkte sie auf die Drehtür zu.

* * *

»Haben Sie mit Herrn Kälin geschlafen?« Kommissar Tschudi brach ein Stück Weißbrot.

»Arthur und ich kannten uns schon lange«, antwortete Elsy ausweichend. »Wir waren einander zugetan.«

»Davon bin ich überzeugt.« Der Kommissar fühlte sich so wohl wie schon lange nicht mehr. Gleich einem barmherzigen Engel hatte Margrit eine adrett angerichtete Käseplatte vor ihm abgestellt, dazu das gute Basler Brot und eine Karaffe exzellenten *Marsanne blanche* aus dem Tessin.

»Ich bin heute noch nicht zum Essen gekommen«, hatte er Elsy erklärt. »Es stört Sie doch nicht?«

»Guten Appetit, monsieur le Commissaire.« Sie schien erleichtert, dass ihre Befragung bei Käse und Wein stattfinden sollte.

Tschudi ließ jeden Bissen auf der Zunge zergehen. Vor Genuss hätte er am liebsten die Augen verdreht, doch während eines Verhörs erschien ihm das ungehörig. Er wusste, dass er dieses Hochgefühl büßen würde, spätestens wenn die Weinsäure und das Käsefett seine Leber erreichten. Der Schmerz würde ihm klarmachen, dass er Sünden dieser Art sofort bestrafte.

»Sie waren Kälins Geliebte, Mademoiselle Bévelier.« Tschudi probierte die *Formagella,* zart und würzig umschmeichelte sie den Wein. »Sie haben Herrn Kälin gestern in seinen Privaträumen besucht und waren fast drei Stunden bei ihm. Haben Sie miteinander geschlafen?«

Elsy packte den obersten Knopf ihres Kostüms, als ob sie ihn abdrehen wollte.

»Bitten antworten Sie.« Tschudi schenkte sich aus der Karaffe nach.

»*C’est toujours pareil!*« Mit solcher Wucht brach es aus Elsy hervor, dass der Kommissar, die Karaffe in der Hand, sie überrascht anstarrte. »Même après sa mort, je suis toujours jugée sa chienne! Arthur était un homme solitaire et malheureux et nous nous aimions. Il espérait toujours l’amour de sa femme, mais combien de temps un homme ne peut-il rien espérer? Je sais que je ne suis que son remplaçant, mais c’était de l’amour, commissaire. C’était de l’amour!«

Tschudis Französisch hätte besser sein können, doch so viel verstand er, dass Mademoiselle Bévelier gerade eine Liebeserklärung an den Toten abgegeben hatte. Sie war aufgesprungen und sprach mit erhobener Stimme.

»Ich bedaure Ihren Verlust, Mademoiselle. Darf ich Sie so verstehen, dass Sie und Herr Kälin einander gestern Nacht zum letzten Mal geliebt haben, in seinem Turmzimmer, zwischen halb elf und ein Uhr nachts?«

Selbst erschrocken von ihrem Ausbruch murmelte Elsy: »Ja, wir haben uns geliebt. Ja …«

Tschudi erkannte, dass sie ein Taschentuch suchte, und bot ihr die Stoffserviette des *Grand Arnold* an. »Bitte sehr.«

»Danke.«

»Was haben Sie nach ein Uhr nachts gemacht, Mademoiselle?«

»Ich habe mich verabschiedet und bin schlafen gegangen.«

»Hätten Sie nicht bei Herrn Kälin übernachten können?«

»Das haben wir nie gemacht. Unsere Abmachung

lautete: Jeder schläft in seinem Bett.« Sie legte die Serviette auf den Tisch.

»Warum?« Tschudi überlegte, welchen Käse er als Nächstes probieren sollte. »Sagten Sie nicht, dass Frau Kälin über Ihr Verhältnis Bescheid wusste?«

»Er hat es ihr gesagt, ja. Das liegt viele Jahre zurück. Seither wurde nie mehr darüber gesprochen.«

Er nahm sich vom jungen *Capreggio*. »Wie war Ihr Verhältnis zu Frau Kälin?«

»Während der Arbeit sind wir gut miteinander ausgekommen. Manchmal, wenn sie Arthur und mich beisammenstehen sah, schenkte sie mir einen Blick … Darin lag so etwas wie Verständnis und Dankbarkeit.«

»Dankbarkeit?« Margrit trat an den Tisch. »Mussten Sie nicht befürchten, von Frau Kälin hinausgeworfen zu werden?«

»Nein.«

»Wieso nicht?«, fragte die Wachtmeisterin.

»Weil sie froh war, ihn durch mich los zu sein. Sie brauchte nicht mit ihm zu schlafen.«

»Hat sie Ihnen das gesagt?«

»Arthur hat es erwähnt.« Elsy blickte zwischen den Polizisten hin und her. »Ich gehe davon aus, dass Frau Kälin mir sofort kündigen wird. Sie hat keinen Grund, mich länger zu behalten.«

Tschudi war satt. »Hatte Kälin Feinde?«

»Eine Menge sogar«, erwiderte Elsy, ohne lange nachzudenken.

»Das geben Sie so einfach zu?«

»Arthur hatte viel Geld. Er besaß Land und Fabriken. Einige von uns haben schon früher, noch vor dem Hotel, für ihn gearbeitet.«

Margrit warf einen Blick in die Akte. »In einer seiner Fabriken?«

»Ich war zum Beispiel in der Fabrik in Chur bei ihm angestellt.« Elsy nickte.

»Wer sonst vom Hotelpersonal?«

»Ich weiß es nur von einigen«, entgegnete sie zögernd.

»Schon gut, Mademoiselle. Das kriegen wir auch ohne Sie heraus.« Tschudi schnitt sich ein großes Stück *Grottino* ab. »Was war Kälin für ein Mensch? Wie würden Sie ihn beschreiben?«

»Ernst und lustig. Zurückhaltend. Ein Mann. Er war eben ein Mann.« Zögernd fügte sie hinzu: »Arthur war nicht gesund.«

»Woran litt er?«

»Ich weiß nicht, ob es ein Leiden war. Er hatte eine Befürchtung. Deshalb ist er beim Arzt gewesen. Arthur hat mir den Namen der Krankheit gesagt. *Morbus Binswanger.*«

Tschudi wandte sich an Margrit. »Kennen Sie das?«

»Eine Form von Demenz.« Sie beobachtete, wie der Kommissar sich noch einmal nachschenkte. »Vielleicht sollten Sie keinen Wein mehr trinken, Kommissar …«

Sofort stellte er die Karaffe ab. »Sie haben recht. Danke, dass Sie mich darauf hinweisen.« Er legte das Besteck zusammen. »Mademoiselle Bévelier, haben Sie selbst eine Veränderung an Herrn Kälin festgestellt? Gab es Anzeichen, dass er dement wurde?«

Elsy lächelte, nur für einen Moment. »Arthur hatte so eine kleine Übung.«

»Was für eine Übung?«

»Er machte Gedankensport, verstehen Sie? Dabei repetierte er Dinge, die während des Tages vorgekommen sind oder die er gelesen hatte. Er zählte sie einfach auf, nur für sich selbst.«

»Was für Dinge?«

»Welche Länder der Europäischen Wirtschaftsgemeinschaft beigetreten sind. Oder die Namen der Ehrengäste auf Grace Kellys Hochzeit.«

Scheinbar absichtslos nahm Margrit den Teller vor Tschudis Platz weg. »Woran konnte sich Herr Kälin denn *nicht* mehr erinnern?«

»An Ereignisse, die länger zurücklagen. Er sagte, er habe kaum noch Erinnerungen an seine Eltern oder an seine erste Liebe.«

»Wer war seine erste Liebe?«

»Das weiß ich nicht.«

Mit Bedauern sah der Kommissar dem Teller nach. Er fürchtete sich vor der Bestrafung für das Festmahl. Tschudi fühlte sich alt.

21

Schneefelder, Felsen, Himmel und Wind. Auf zweitausendzweihundert Metern wuchs kaum etwas. Erfroren duckten sich Flechten auf dem Boden, zwängten sich in Felsspalten, führten in der Kälte ein kümmerliches Leben. Der Anstieg war Corinne kräftezehrender erschienen als der Weg auf den Piz Palü. War es die Erschöpfung, die ihr nach dem Unfall noch in den Knochen saß? Wie konnte man diese Strecke bergauf und wieder hinunter in nur zwei Stunden bewältigen?

Corinne setzte Schritt vor Schritt. Die Befreiung, die den Menschen sonst oft ergriff, wenn er das Tal abstreifte und zum Himmel hinaufstieg, blieb diesmal aus. Sie sah sich um. Die Landschaft lag karg und offen, weit und leblos vor ihr. Hier war kein Mensch, hierher setzten Menschen nicht freiwillig ihren Fuß. Plötzlich hörte sie einen Ruf, eine Lockung, hörte es, obwohl kein Laut die helle Luft zerriss.

»Mort ais Aratsch«, hörte Corinne. »Aratsch ist tot!« Die Diavolezza, die Bergfee, rief es über den See. Wenn der Wind richtig stand, hörte man sie schreien, hatte Bartolo erzählt, an dem Tag, als sie und Frau von Hoppe angekommen waren. Die deutsche Dame aus der deutschen Hauptstadt und ihre Begleiterin, die *Nichte*.

Es war nur der Wind. Niemand rief. Und doch

fühlte Corinne, dass jemand hier war, ein unglückliches Wesen, verzweifelt, heruntergekommen, ausgesetzt. Sie lauschte, während der Sturm ihr das Haar zerriss.

Die Bergfee zeigte sich nicht.

Auf ihrer ersten gemeinsamen Fahrt hatte Bartolo noch etwas gesagt. »Sie waren noch nicht oft in der Schweiz?«

»Ich bin hier geboren.«

Corinna starrte auf die kristallene Oberfläche des Lago Bianco. Sie war hier geboren. Wenn das stimmte, weshalb hatte sie als Kind in Frankfurt gelebt? Wie war sie nach Frankfurt gekommen? Geburt in den Bergen, Graubünden, das Engadin, überall Berge, zwischen hier und Frankfurt lagen hunderte Kilometer. Hatte Papa sie aus den Bergen nach Frankfurt geholt? Oder hatte sie den Weg mit jemand anderem zurückgelegt? Wieso konnte sie sich nicht erinnern? Sie war zu klein gewesen, ein Säugling, weshalb wusste sie dann aber, dass sie hier, hier, hier! geboren worden war?

Das Internat lag nicht in Frankfurt. Sie hatte auch keine Erinnerung daran, wie sie von Frankfurt ins Internat gekommen war. Wo lag die Anstalt für schwer erziehbare Mädchen? Sie war im Wald vergewaltigt worden, die Männer hatten sie ins Fuchsloch geworfen. Das wusste sie alles noch, aber nicht wo und nicht wann.

Zeiten flossen ineinander, Orte verschwammen, alles war gleichzeitig und an ein und demselben Ort. Es kam ihr vor, als müsse sie auf einer riesigen Drehbühne unausgesetzt gegen die Drehung laufen und käme trotzdem nicht vom Platz.

»Ist das immer so kalt bei euch?«, hatte sie Bartolo gefragt, während sie den Berg hochfuhren.

»Warten Sie, bis wir oben sind. Hier unten ist es noch warm.«

Corinne hatte in die Landschaft geschaut und die Berge intuitiv begriffen. Hier war eine Welt, in der ein Mensch winzig wurde. Deshalb gefiel ihr diese Welt. Sie war ein Nichts. Sie war ein Schaden, den man nicht losgeworden war, ein Kind, das weggemacht werden sollte, ein Kind, das nicht sterben konnte, weil der Tod sein Verbündeter war.

In ihrer Winzigkeit hatte Corinne den Satz gesagt, um den es in Wahrheit ging: »Ich hätte nicht gedacht, dass ich irgendwann wieder hierherkommen würde.« Wer hatte diesen Gedanken in ihr Gehirn gepflanzt, ihr die Worte in den Mund gelegt? Sie verzweifelte noch daran, dass es jene grellen Bilder in ihr gab, grell wie schneebedeckte Gipfel, auf denen die Sonne gleißte, doch daneben abgerissene schwarze Schatten. Sie wusste es und wusste es nicht. *Ich hätte nicht gedacht, dass ich irgendwann wieder hierherkommen würde.* Sie konnte den Satz sagen, aber sie konnte nicht sagen, woher dieser Satz kam.

»Die meisten halten die Höhe nicht aus«, hatte Bartolo geantwortet. »Die, die bleiben, lernen, dass in der Höhe seltsame Dinge passieren. Vorzeichen und Omen, rastlose Geister.«

Alpenpoesie für Kurgäste, hatte sie damals gedacht. Man ließ die Touristen glauben, die Berge hätten ein Geheimnis, worauf sie erschauerten und ein üppiges Trinkgeld gaben. Corinne war spöttisch mit Bartolo umgegangen, das hatte ihn geärgert. »Im Grand Hotel bin ich alles. Sie werden schon sehen.«

Er war für Corinne *alles* geworden, ihr guter Geist, ihr Berater, ihr Geliebter.

Auf zweitausendzweihundert Metern über dem Meer starrte Corinne ins Wasser. Sie hörte die Diavolezza schreien. Mort ais Aratsch! Aber Bartolo war nicht da. Nirgends. Ihr wurde kalt. Der Hotelportier behielt recht, Corinnes Schuhe waren zu dünn, auch ihre Jacke. Eisig fegte die Bergfee über den See hinweg. Corinne kehrte um. Sie fürchtete die spitzen Kanten und hohen Abbrüche. Hinunter ging es schwerer.

Plötzlich stand er vor ihr. Wie aus dem Boden gewachsen. Hier konnte man sich nirgends verstecken, kein Baum, kein Strauch, hier herrschte der Fels. Woher kam er? Wieso hatte sie ihn nicht gesehen? Sie erschrak, wie man vor einer Erscheinung zurückzuckte.

Erste zaghafte Worte. Erstaunen, Antworten, keine Wahrheit. »Ich war dort hinten«, sagte Bartolo.

»Ich hätte dich sehen müssen.«

»Vielleicht hast du nicht geschaut.«

»Was machst du hier oben?«

»Dasselbe wie du. Ich schnappe frische Luft.«

»Hier schnappt niemand frische Luft. Hier oben ist etwas nicht in Ordnung.«

»Was redest du denn?«

»Du selbst hast mir erzählt, hier ist die Diavolezza.«

Er legte den Arm um ihre Schulter. »Komm. Wir wollen hinunter.«

Sie schlug seinen Arm weg, als ob er ein Fremder wäre, der sie bedrängte.

»Was hast du?«

»Du sagst es mir also nicht?«

»Was sagen, Corinne?«

»Was du hier oben verbirgst?«

Er lachte, und es war ein hässliches Lachen, ein Ausdruck der Lüge. »Was sollte ich in dieser Einöde verbergen?«

»Was hast du im Rucksack?« Sie lief um ihn herum.

»Er ist leer.«

»Weshalb solltest du einen leeren Rucksack mitnehmen?«

»Ich hatte Wurst und Brot dabei. Ich habe gegessen.«

Sie wusste keine vernünftigen Fragen mehr. Also schrie sie ihn an. »Bartolo, sag es mir!«

»Es gibt nichts zu sagen.« Das war das bittere, ernste Gesicht eines Mannes, der einer Frau keine Antwort geben wollte. Frauen fragten, Männer blieben die Antwort schuldig. Bartolo begann den Abstieg. Wenn es schwierig wurde und ihre Beine durcheinanderzugeraten drohten, half er Corinne.

Als es flacher wurde, hängte sie sich bei ihm ein. Sie wollte Versöhnung. Sein Körper wurde weicher. Nach Betreten des Hotels gingen sie zusammen auf Corinnes Zimmer.

»Musst du nicht arbeiten?«, fragte sie.

»Musst du nicht zu Frau von Hoppe?«

Sie küsste ihn. Mit einer einzigen Bewegung zog Bartolo beide Vorhänge zu. Corinne schlief mit ihm, weil sie kein anderes Mittel wusste, ihm nahe zu sein, dem offenen, frohen Bartolo, den sie ins Herz geschlossen hatte. Sie wollte ihn ansehen, doch es war dunkel. Warum taten sie es hier, weshalb nicht in seinem Zimmer? Wieso gingen sie nie dorthin, wo er sein Leben aufbewahrte? Er dagegen wollte ständig Dinge über sie wissen, so wie die Abbildung der Varietékünstlerin im chinesischen Kostüm. Ein Bild war nicht die Wirklichkeit, in Bildern lauerte Betrug. Corinne wollte nicht betrogen werden. Liebe verlangte sie. Heute würde sie keine bekommen, nicht von ihm. Als Bartolo die Vorhänge zugezogen hatte, sperrte er die Wahrheit aus. Er verschloss sich vor Corinne. Niemand hätte weiter von ihr entfernt sein können als er über ihr, schweigend, keuchend.

Sie schlief mit ihm, aber sie war nicht bei ihm. Er war nicht bei ihr. Während Bartolo heftiger und heftiger atmete, wandte Corinne den Kopf und sah die Varietékünstlerin an. Das Bild war vergilbt.

22

Erika trug das flaschengrüne Samtkleid. Grün passte zu ihren Augen und kontrastierte mit ihrem Haar. Sie hatte die Beine rasiert, im August trug sie keine Strümpfe. Sie brauchte diese äußeren Zeichen, um sich zu vergewissern, dass ab heute etwas Neues begann. Hier, in ihrem ehelichen Salon, war das allerdings schwer vorstellbar. Überall fiel Erikas Blick auf Kälins Gegenwart. Das Bild mit den Marienkäfern, das sie ihm nicht hatte ausreden können. Der Flaschenöffner für sein allabendliches Bier, die Münzsammlung an der Wand, Raritäten aus der französischen Schweiz. Sie würde ausmisten, gründlich und bald. Sie wollte nur den Besuch der Polizei noch abwarten. Der Kommissar sollte nicht glauben, dass sie Arthur aus ihrem Leben hinauswarf. Heute noch nicht.

Erika brachte Rudolph von Hoppe einen Cognac. »Musst du nicht zu Wilhelmine?«

Er musterte sie. »Ein hübsches Kleid.«

»Du kennst es nicht?« Sie trank Sekt.

»Wie geht es dir? Wie hältst du dich, Erika?«

»Gut. Wieso fragst du?«

»Weil man solche Dinge in solchen Situationen fragt.«

»Danke, Rudi, es geht mir gut. Verrückte Dinge gehen mir manchmal durch den Kopf.«

»Zum Beispiel?«

»Ob wir beide unser Verhältnis wieder aufleben lassen sollten.«

»Willst du das denn?«, fragte er nach einer winzigen Pause.

»Und du?«

»Ich hatte es nicht vor.«

»Wegen Wilhelmine?«

»Ich hatte es nur einfach nicht vor.« Er machte eine runde Bewegung mit dem Cognacschwenker. »Willst du dir nicht lieber einen jungen Liebhaber suchen?«

»Das ist unmöglich.«

»Wegen der Leute?« Ihr Blick gab ihm die Antwort. »Natürlich wegen der Leute. Wegen der Gäste, der öffentlichen Meinung.«

Sie seufzte. »Sogar im Tod engt mich Kälin noch ein. Ich hatte nicht vor, in meinem Alter schon Witwe zu spielen, aber in der verfluchten Schweiz erwartet man es wohl von mir.«

Hoppe lachte. »Und um jeden Skandal zu vermeiden, hast du an eine Renaissance zwischen uns beiden gedacht?«

»Du bist so herrlich diskret, Rudi.«

»Ich muss nach Bonn zurück. Die Zeit reicht nicht mehr für eine Affäre. Der greise Adenauer stellt dumme Sachen an. Die brauchen mich dort.«

»Ich beneide dich.«

»Weil ich Adenauer auf die Finger klopfe?«

»Weil du von hier fort darfst, weil du etwas anderes siehst, andere Leute triffst, die große Welt der Politik.«

»Politiker sind Biedermänner«, winkte Hoppe ab.

»Bürokraten, Pfennigfuchser, zum Sterben langweilig. Die Zeit der Visionäre ist vorbei«, sagte Hoppe abfällig.

»Ich hoffe, du wirst in diesen vier Wänden nicht von deinem geliebten Führer zu schwärmen beginnen?«

Hoppe kam von der Couch hoch. Schwungvoll goss er sich Cognac nach. »Weshalb eigentlich nicht? Vor Hitler waren die Weimarer Feiglinge an der Macht. Sie sind gescheitert. Nach Hitler sind die Feiglinge aus Bonn an der Macht. Der Ausgang ist noch ungewiss.« Er trat ihr in den Weg. »Es waren nur dreizehn Jahre, Erika, aber sie haben die Welt verändert.«

»Weißt du, was ich jetzt tun werde? Ich werde dir nicht widersprechen. Denn wenn ich es tue, bist du imstande, mir diesen Mann noch schmackhaft zu machen.«

»Wenn Hitler gewonnen hätte …« Er legte seine Hand an ihren Hals.

»Hör auf. Ich habe keine Lust, dir Millionen von Toten vorzurechnen. Ich habe keine Lust, dich daran zu erinnern, dass ich einer jüdischen Familie entstamme.«

»Worauf hast du denn sonst *Lust*?« Er umfasste ihren Nacken. »War das vorhin eher eine theoretische Überlegung?«

Sie nahm seine Hand und steckte sich den Mittelfinger in den Mund. »Das Leben muss weitergehen«, murmelte sie.

»Wie bitte?«, fragte er, obwohl er sie verstanden hatte.

Sie zog den Finger heraus. Ein Hauch Lippenstift

war daran. »Ich bin nervös. Meine Gedanken schießen ungeordnet hierhin und dahin.«

»Mit anderen Worten: Du suchst Enstpannung.« Er hielt seinen feuchten Finger hoch.

Sie drehte ihm den Rücken zu. »Machst du mir bitte die Haken auf?«

»Wie wäre es, wenn ich zuerst mit Wilhelmine zu Abend speise und später wiederkomme? Dann hätten wir mehr Zeit.«

»Später bin ich nicht mehr in Stimmung. Und du auch nicht, wie ich mich erinnere.«

Er öffnete ihre Haken, küsste ihren Rücken und beobachtete, wie sich ihre feinen Härchen aufstellten.

»Weißt du, was mir Sorgen macht?«, flüsterte sie.

Er hob den Mund von ihrem Schulterblatt. »Willst du plaudern oder vögeln?«

»Was geschieht, wenn sie den Magier finden?«

»Der Mann, der euch während der Séance das Gruseln gelehrt hat?« Das nächste Häkchen gab nach.

»Dieser Mann weiß etwas. Er hat Kälin die richtigen Antworten entlockt.« Der grüne Samtstoff rutschte ihr über die Schultern.

»Du hast doch nichts zu befürchten, oder? Gibt es etwas, das du fürchten müsstest?«

Lächelnd drehte sie sich zu ihm. »Dass ausgerechnet du mich das fragst. Du mit deiner braunen Vergangenheit.«

»Ich habe immer mit offenem Visier gekämpft. Man kennt meine Haltung, und trotzdem hat man mich in die neue Regierung geholt.« Er wollte ihr das Kleid von den Hüften streifen.

»Da ist noch ein Haken.« Sie öffnete ihn selbst.

»Wir müssen über die Kinder reden, Rudi.« Sie warf das Kleid auf die Couch.

»Sicher. Aber nicht jetzt.«

* * *

O.W. Fischer hatte im Film Kommissare gespielt, er hatte auch Meisterdiebe gespielt. Deshalb fand er ein echtes, realistisches Polizeiverhör so enttäuschend. Der Kommissar, diese Karikatur eines Kommissars, hatte kein Ziel, keine Richtung. Er fragte ins Blitzblaue. O.W. fand es eine Zumutung, in diesem muffigen, von Küchengestank erfüllten Raum verhört zu werden. Arthur Kälin, sein Freund, war tot, trotzdem verlief das Leben im *Grand Arnold* weiter wie gewohnt. Ein Mörder ging um, alle redeten davon. Niemand glaubte noch die Geschichte vom Herzversagen. Würde man den Mörder beim Personal finden, unter den Gästen? Ein Verbrechen aus Habgier, hieß es. Hatte Arthur einen Einbrecher in seinem Zimmer überrascht? Der Kommissar tat O.W. leid. Eine Sisyphos-Aufgabe, aus dutzenden, wenn nicht hunderten Personen den Richtigen herauszupicken.

Fischer rauchte. Er hoffte, am Fuße dieser Zigarette möge die Befragung zu Ende sein.

»Vor der Abreise von Leo Kriegler haben Sie mit ihm gesprochen«, sagte Tschudi. »Wie kamen sie dazu, sich so spät in der Bar zu treffen?«

»Reiner Zufall. Ich war noch nicht müde und wollte etwas trinken.«

»Worüber haben Sie mit Kriegler gesprochen?«

»Mein Gott, was man in einer Bar zu später Stunde halt plaudert.« O.W. war nicht wohl dabei, zu lügen. Alessandro hatte von Bildern gesprochen, die sich zu einem Mosaik der Wirklichkeit zusammensetzten. *Jetzt passiert es,* hatte er gesagt. Und in derselben Nacht war ein Mord geschehen. Überstürzt war er am nächsten Morgen abgereist. Zum Glück, wie sich jetzt herausstellte, denn so konnte O.W. über ihre Konversation nichts mit Bestimmtheit sagen.

»Hat Herr Kriegler Ihnen anvertraut, weshalb er das Hotel vorzeitig verlassen wollte?«

»Die Berge sind nicht für jedermann etwas«, antwortete Fischer. »Es hat ihm eben nicht gefallen.«

»Herr Kriegler ist gerade auf dem Weg hierher«, entgegnete der Kommissar. »Wir haben bald Gelegenheit, ihn selbst zu befragen.«

»Xandi kommt wieder? Sie verdächtigen ihn doch nicht etwa? Das ist nicht Ihr Ernst, Herr Kommissar.« O.W. hörte sich lachen und fand, dass es unecht klang.

»Bitte versuchen Sie sich zu erinnern, Herr Fischer. Was haben Sie und Kriegler um halb zwei Uhr morgens besprochen?«

Ein Mädchen, dachte O.W., ich sollte ein Mädchen werden. Mein Vater hat sich ein Mädchen gewünscht. Aber weil Jupiter und Sonne im Widder standen, bin ich ein Bub geworden und ein Frauenschwarm. Muss sich ein Frauenschwarm von einem griesgrämigen Kriminalisten in einem stinkenden Zimmer verhören lassen? Ich werde jetzt aufstehen und gehen, dachte O.W.

Da bemerkte er plötzlich den Blick der jungen Polizistin. Ihre Augen sagten: »Mach keinen Fehler, Otto. Spiel dich nicht auf. Lass nicht den Star heraushängen, sondern antworte auf unsere Fragen.« Und weil O.W. die Augen der jungen Polizistin gefielen, machte er genau das, was sie von ihm erwartete.

23

Tschudi wollte sich aufsetzen. Der Schmerz ließ das nicht zu. *Lieg still*, sagte der Schmerz. *Bewegung hilft dir nicht, Aufregung hilft dir noch weniger. Wir beide, du und ich, werden nun eine Weile zusammen verbringen.*

Obwohl im *Grand Arnold* praktisch Vollbelegung herrschte, waren dem Kommissar und seiner Assistentin Zimmer zur Verfügung gestellt worden. Die anderen Polizisten verließen das Hotel täglich nach der Arbeit und fuhren zu ihren Familien. Tschudi hatte keine Familie. Margrit hatte keine Familie. An einem fremden Ort, in einem unbekannten Raum war Tschudi allein mit dem Schmerz.

Wo bin ich?, dachte er benommen.

Du bist bei mir, antwortete die Dunkelheit.

Er ließ sich auf das Kissen zurücksinken und atmete so gleichmäßig wie möglich. Manchmal wurde es davon besser. Heute nicht. Sein Kopf pochte, seine Leber war ein gleißender Feuerball.

Du kontrollierst deine lebenserhaltenden Systeme?, fragte der Schmerz. *Dann kontrollier mal das*, rief er mit plötzlich veränderter Stimme.

Der Kommissar hörte jemanden schreien. Und der da schrie, das war Tschudi.

So viel zum Thema Selbstkontrolle, sagte der Schmerz. Der Kommisar sah ein, dass es das Beste war, ruhig liegenzubleiben, bis er neue Befehle bekommen würde. Er tastete nach seiner Brille und der Schachtel mit den Pillen. Er tastete nach dem Lichtschalter, bediente ihn aber nicht. Schlimmer als das gepeinigte Liegen in der Dunkelheit war das gepeinigte Liegen bei Licht. Bei Licht sah man das Bündel Elend, das man geworden war, den Schweiß an den Handgelenken, die Altersflecken, die langen Haare auf den Unterarmen, den gequälten Bauch, der sich unter der Schlafanzugjacke wölbte. Der Bauch, in den man ein Leben lang gute Dinge hineingeschüttet hatte, die in Wirklichkeit schlechte Dinge waren. Das viele Fett, der viele Alkohol. Schweizer Essen war nur ein anderes Wort für die sechste Todsünde, Völlerei. Tschudis Bauch hatte sich bemüht, die Todsünde zu ertragen und hinterher wieder alles in Ordnung zu bringen. Bis er es eines Tages nicht mehr schaffte. Dann kamen die Ärzte und pfuschten auf ihre Weise an Tschudis Bauch herum. Irgendwann ging auch das nicht mehr. Schließlich blieben nur noch die Pillen.

Dort regte sich jemand. In seiner Einsamkeit, seiner Hilflosigkeit entdeckte Tschudi eine Gestalt, die auftauchte und verschwand und wieder auftauchte.

»Wie war das mit Annemarie?«, fragte er. »Warum habe ich die Liebe zu Annemarie und Annemaries Liebe nicht behalten dürfen? Warum hast du mir das genommen, Gott?« Er lauschte in die Dunkelheit.

Ich bin nicht Gott, antwortete die Erinnerung. *Ich kenne Annemaries Erinnerungen nicht, deine kenne ich nur zu gut. Zum Beispiel, dass du als Junge von acht Jahren wütend wurdest, weil der Bauer die männlichen Ziegen geschlachtet hat. Du hast einem Böckchen sogar einen Namen gegeben.*

Tschudi nickte. »Ich habe es Curt genannt. Überall auf dem Land werden die Böcke geschlachtet, bevor sie geschlechtsreif sind. Meine Familie saß unter dem Kirschbaum, der Bauer servierte uns Ziegenbraten. Meine Mutter hat sich verplappert und verraten, dass wir Curt essen. Von augenblicklichem Ekel gepackt, habe ich versucht, mich zu erbrechen, aber es ging nicht. Ich musste Curt bei mir behalten.« Er fuhr sich über die Augen. »Annemarie habe ich geliebt.«

Annemarie hat dich geliebt, entgegnete die Erinnerung. *Es hat ziemlich lange gedauert, bis sie begriff, dass du einer von denen bist, die keinen anderen Menschen zum Leben brauchen. Es gibt nicht viele von deiner Sorte. Du hast Annemarie unglücklich gemacht, aber du hast dein Leben konsequent und einsam fortgesetzt.*

Tschudi keuchte, atmete rasch und hechelnd, er versuchte, nicht zu schreien. »Ich wollte … Annemarie … nicht weh tun.«

Hier wird nicht getuschelt, sagte der Schmerz und biss abermals zu.

Tschudi hielt es nicht länger aus. Er griff zu den Pillen, nahm drei davon, mehr war angeblich schädlich. Er setzte die Brille ab, legte sich auf den Rücken, atmete gleichmäßig und betete, dass es aufhören möge. Er fragte sich, warum ihm die Erinnerung Geschichten von vor fünfzig Jahren erzählte. Der Kirschbaum war längt umgehauen, die Bauernfamilie hatte den Hof aufgegeben, es gab keine Ziegen mehr. Seit Tschudi klein war, hatte sich alles geändert, die Schweiz, die Welt, nur er hatte sich anscheinend nicht geändert. Er war immer noch der achtjährige

Beat Tschudi, der darüber weinte, dass er seine eigene Ziege essen musste.

»Warum ist das so?«, fragte er.

Wer kann das schon sagen?, antwortete die Erinnerung aus einiger Entfernung. Er sah sie in der Dunkelheit verschwinden. Auch die Dunkelheit schien an dem Gespräch nicht länger interessiert zu sein. Der Schmerz hielt sich bedeckt. Der Kommissar schlief ein.

Als die Tür aufging, glaubte er, höchstens fünf Minuten geschlafen zu haben.

»Entschuldigen Sie, Kommissar.« Margrit war vollständig angezogen.

»Was ist denn?« Er griff nach der Brille und schaltete die Nachttischlampe ein.

»Sie bringen gerade Leo Kriegler.«

Er strich sich das Haar aus der Stirn. »Gut.«

»Im Hotel ist kein Zimmer mehr frei. Die Kollegen fragen, ob sie Kriegler in die Untersuchungszelle nach Pontresina bringen sollen.«

»Nein.«

Wenn Margrit wach und angezogen war, wenn der Schmerz Tschudi momentan in Ruhe ließ, weshalb sollte er die Zeit im Bett vertrödeln? Ein nächtliches Verhör passte zu diesem Fall, zum *Grand Arnold*, zu dem zweimal ermordeten Hoteldirektor. Es passte zu einem Zauberer, der sich in der Mordnacht auf und davon machte.

»Wie spät ist es?«

»Halb drei, Kommissar.«

»Könnten Sie irgendwo Kaffee auftreiben?«

»Das lässt sich bestimmt machen.« Sie zog sich zurück.

Vorsichtig stand er auf, horchte in sich hinein, ob der Schmerz die erforderlichen Handgriffe zuließ, Unterhemd, Unterhose. Beim Anziehen der Strümpfe keuchte Tschudi. Beim Zähneputzen bemühte er sich umsonst, nicht in den Spiegel zu sehen. Das Bildnis des Dorian Grey, dachte er angesichts der Tränensäcke und der tiefen Furchen auf den Wangen. *Das Todesdreieck* hatte irgendjemand diese verräterischen Furchen genannt.

»Sei nicht so melodramatisch«, sagte Tschudi zum Bildnis des Dorian Grey. »Reiß dich zusammen.«

* * *

»Ich bin kein Scharlatan«, rief Alessandro Ostia alias Leo Kriegler. »Ich bin ein fühlender Mensch!«

Tschudi überlegte, ob er dem Mann klarmachen sollte, dass auch ein Scharlatan ein Mensch sei. Das Verhör dauerte bereits zwei Stunden. Um diese Jahreszeit erwartete der Kommissar, bald das Morgengrauen zu sehen. Er fand diese Bezeichnung für die Dämmerung, für das Versprechen eines neuen Tages unpassend. Erstaunlicherweise fühlte er sich gut. Er freute sich auf den Tag, die Sonne und das Frühstück. Haferschleim, dachte er optimistisch, wie gut ihm eine Schale Haferschleim mit Rosinen schmecken würde.

»Sie geben zu, dass Sie den Mord vorausgesehen haben«, setzte Tschudi fort.

»Nein.«

»Aber das haben Sie behauptet.«

»Ich habe nur gesagt, dass ich den Tod gespürt habe. Den Tod im Turmzimmer.«

»Woher kannten Sie das Turmzimmer?«

»Ich habe dieses Zimmer noch nie betreten.«

»Wie konnten Sie wissen, dass der Mord im Turmzimmer geschehen würde?«

»Von einem Mord wusste ich nichts.«

»Aber vom Tod.«

»Ich *sehe* solche Dinge, Kommissar«, erklärte Ostia. »Ich kann es spüren, es erfassen. Es ist eine Gabe und ein Fluch. Während solcher Visionen sehe ich keine klaren Ereignisse, es sind eher Bilder, Farben.«

»Welche Farbe hat der Tod?« Tschudi stellte die leere Kaffeetasse ab. Der Schmerz hatte nichts dagegen, dass er Kaffee trank.

»Die Farbe ändert sich mit dem Toten«, antwortete Ostia. »Ich sah das Turmzimmer in ein kaltes, nebelhaftes Blau getaucht.«

»Der Tod war demnach nebelhaft und blau?«

»Nein, das war die Vergangenheit, die Erinnerung.«

»Sie sehen die Erinnerung anderer Menschen?«

»So könnte man es nennen.« Verzagt musterte Ostia den Kommissar.

Selbstverständlich kann man die Erinnerung sehen, dachte Tschudi. Die eigene Erinnerung, aber auch die von anderen. Darin lag nichts Übernatürliches. Er verstand, was Kriegler meinte.

»Manchmal erkenne ich, wenn sich in der Vergangenheit eines Menschen etwas verbirgt«, setzte der Magier fort.

»Und in jener Nacht haben Sie so etwas entdeckt?«

»Richtig.«

»In wessen Vergangenheit konnten Sie schauen?«

»In die Vergangenheit von …« Ostia senkte die Lider. »Von Erika Kälin.«

»Die Frau des Ermordeten? Was verbirgt sich in ihrer Vergangenheit?«

»Es war nicht ganz klar.«

»Keine Taschenspielertricks mit mir, Herr Kriegler«, entgegnete Tschudi leutselig. »Was sahen Sie in der Vergangenheit von Frau Kälin?«

»Um das zu sagen, brauche ich erst Frau Kälins Zustimmung. Ich darf spiritistische Erkenntnisse nur weitergeben, wenn das Medium damit einverstanden ist.«

»Das Medium?« Tschudi blätterte im Protokoll. »Wenn ich Sie recht verstehe, hat sich während der spiritistischen Sitzung Arthur Kälin als Medium entpuppt.«

Mit allen zehn Fingern wischte Ostia über die Tischplatte. »Sie wünschen sich einfache Antworten, Kommissar. In dieser besonderen Welt, in der *Welt dahinter* ist nichts einfach. Herr Kälin hat gesprochen, aber er war nur der Empfänger. Die Botschaft ging von den beiden Schwestern aus.«

»Von beiden? Ich dachte, nur von Erika.«

Plötzlich spürte Tschudi eine schwache Berührung an der Schulter. Margrit stand hinter ihm. Er blickte hoch.

»Kann ich Sie einen Moment sprechen, Kommissar?«

»Jetzt sofort?«

»Bitte.«

Tschudi holte den Beamten herein, der Kriegler ins Hotel gebracht hatte, und trat mit Margrit auf den halbdunklen Flur. »Was ist denn?«

»Sie werden das doch nicht verwenden wollen?«

»Was meinen Sie?«

»Die Aussage Krieglers.«

»Warum nicht?«

»Selbst wenn dieser Mann irgendwelche Fähigkeiten besitzen sollte, hat nichts von dem, was er sagt, vor Gericht Bestand.«

Versonnen sah Tschudi sie an. »Haben Sie schon einmal etwas von Zellmann gehört, Margrit, oder von Dittighoffer und natürlich vom Berühmtesten, von Hanussen?«

Sie verschränkte die Arme. »Im Augenblick … Im Augenblick weiß ich nicht, wer diese Leute sind.«

»Die Polizei hat sich in der Kriminalgeschichte immer wieder der Hilfe von Hellsehern bedient. Zellmann konnte die Stimmen von Toten hören. Wenn ein Mordfall aussichtslos erschien, bat ihn die Polizei, den Ermordeten zu Wort kommen zu lassen. Manchmal bekamen die Ermittler dadurch einen Hinweis auf einen Gegenstand, ein Requisit, mit dessen Hilfe sie weiterkamen.«

Margrit atmete hörbar aus. »Ich würde mich nie in Ihre Methode einmischen, Kommissar, aber was da drinnen abläuft, ist Mumpitz.«

»Weil Sie noch nicht alt sind, Margrit. Mit dem Alter hören wir häufiger auf jene Stimmen, die außerhalb unserer Welt zu uns sprechen. Man kann sie niemandem erklären, der sie noch nie gehört hat.«

Ihr Blick blieb skeptisch, ihre Arme verschränkt.

»Sie haben recht«, lenkte er ein. »Lassen Sie uns das Verhör so weiterführen, wie wir es gelernt haben.«

»Machen Sie sich lustig über mich?«

»Nein. Ich möchte, dass Sie jetzt übernehmen. Ich trinke währenddessen noch einen Kaffee und höre Ihnen zu.«

Die Wachtmeisterin betrat das Büro als Erste. Ostia hatte die Stirn auf die Handrücken gelegt. Margrit nahm Platz und schlug das Protokoll von Neuem auf.

»Was haben Sie in der betreffenden Nacht zwischen ein Uhr morgens und drei Uhr gemacht, Herr Kriegler?«

Erstaunt sah Ostia nicht Margrit an, sondern den Kommissar. »Das habe ich doch alles schon gesagt.«

»Bitte beantworten Sie die Frage, Herr Kriegler.« Tschudi goss sich die Tasse voll.

»Bis halb zwei war ich in der Bar, danach auf meinem Zimmer. Ich lag wach, konnte nicht einschlafen.«

Wachliegen, dachte der Kommissar, ja, das kannte er. In diesen Stunden wurde man vom Gebirge seiner Gedanken und Ängste erdrückt. Der nächste Tag erschien unendlich fern. Erika Kälin, dachte der Kommissar. Die Vergangenheit der Hoteldirektorin. Er war nicht abgeneigt, sich der Stimmen aus jener anderen Welt zu bedienen. Schließlich waren sie in den Bergen, hier oben galten andere Gesetze.

24

»Dieser Chauffeur hat es dir angetan, nicht wahr?« Frau von Hoppe leitete ihre Fragestunde behutsam ein. »Ich will keine Spielverderberin sein, aber du bist in den letzten Tagen derart abwesend, dass ich fürchten muss, deine Vernunft verschwindet allmählich an jenem einen Punkt, den ich nicht näher beschreiben möchte. Dieser schwarzgelockte Italiener raubt dir den Verstand.«

»Er ist Rätoromane«, widersprach Corinne.

»Man darf sich in ein harmloses Abenteuer nicht derart hemmungslos verlieren, Corinne. Wo bleibt deine Selbstachtung?«

Frau von Hoppe hatte den sanften, gut gesicherten Wanderweg gewählt, der im großen Bogen um das Hotel herumführte. Dessen ungeachtet trug sie feste Wanderschuhe, das Tweedkostüm, den Filzhut und ließ ihre Gesellschafterin sicherheitshalber den Regenschirm tragen.

Wie sollte Corinne der gnädigen Frau erklären, dass der schwarzgelockte Rätoromane sich in eine rätselhafte Figur und das harmlose Abenteuer in etwas Beängstigendes verwandelt hatten? Seit jener kurzen Liebe am Nachmittag ging sie Bartolo aus dem Weg. Corinne vermutete, ahnte, fürchtete etwas, sah aber keine Möglichkeit, ihre Befürchtungen aus der Welt zu räumen. Sie, die immer Schwierigkeiten mit ihren Gefühlen gehabt hatte, fürchtete, bei ihm auf ein falsches Gefühl hereingefallen zu sein. Hatte sie sich den einfachen, lauteren Bartolo eingebildet, sehnte sie sich so sehr danach, jemanden ins Herz schließen zu dürfen, dass sie die Augen vor dessen wahrem Charakter verschloss? Ging sie mit Männern ins Bett, weil sie körperliche Lust mit Liebe verwechselte? Sie tat es ohne sittliche Skrupel. Es fiel ihr leicht, als ob in ihrem Inneren ein Relais fehlte, das verhindert hätte, dass Corinne den gleichen Fehler wieder und wieder beging.

Sie zweifelte nicht daran, dass ihr Verhalten mit den betrunkenen Papierarbeitern im Wald zu tun hatte, mit dem Fuchsloch und dem Tod. Vielleicht war der Tod wirklich ihr Gefährte, doch bisher war er der einzige geblieben. Im September, nicht mehr lange hin, wurde Corinne einundzwanzig. Sie sah jünger aus, aber gegenüber der Tatsache, dass sie mit einundzwanzig noch keinen festen Freund gehabt hatte, konnte sie sich nicht verschließen. Ihre Eltern hatte sie nicht gekannt, ihren Zieheltern kalt gegenübergestanden. Für die Männer, mit denen sie sich einließ, empfand sie nichts. Dagegen fühlte sie eine unerklärliche Wärme für jene Fotografie, die Frau auf dem Bild, die sie nicht kannte.

Corinne wandte den Kopf. Frau von Hoppe atmete hastig, ihre Wangen waren gerötet, obwohl es unterwegs kaum eine Steigung gab. Sie war immer gut zu Corinne gewesen, behandelte sie wie ihresgleichen und entlohnte sie anständig. Nach dem Internat hatte Corinne eine Stellung als Kellnerin angenommen, in Wuppertal, der hässlichsten Stadt der Welt. Die Stadt passte zu Corinne, weil auch Wuppertal keinen Ehrgeiz hatte, etwas aus sich zu machen. Der Krieg hatte dort Vieles zerstört. Was neu gebaut wurde, wuchs nach den Gesetzen der Hässlichkeit aus dem Boden. Wuppertal war so anspruchslos wie Corinne. Sie kellnerte mittags und abends, bewohnte ein schäbiges Zimmer, schlief mit wechselnden Männern und las schlechte Romane.

Eines Tages erschien eine elegante Dame in dem Restaurant, wo Corinne anspruchslosen Gästen zweifelhaftes Essen servierte. Eine Dame wie diese passte nicht nach Wuppertal. Sie bestellte Kaffee, las ein Magazin, bezahlte und ging. Am nächsten Tag kam sie wieder, bestellte ein Omelette und ließ es nach wenigen Bissen stehen. Sie verwickelte Corinne in ein Gespräch und machte ihr am darauffolgenden Tag ein unglaubliches Angebot. Sie sei verheiratet, ihr Mann jedoch beruflich derart eingebunden, dass sie eine Gesellschafterin suche. Sie hieß Wilhelmine von Hoppe und fragte Corinne, ob sie Lust hätte, bei ihr anzufangen. Die Dame wollte am nächsten Tag wiederkommen. Corinne solle es sich überlegen.

Wenn sie selbst schon aus ihrem Leben nichts machte, wenn sie dem Dasein nicht das Geringste abverlangte, wollte sie es wenigstens dem Zufall erlauben, die Weichen für sie zu stellen. Sie sagte zu, kappte ihre Verbindungen zu Wuppertal und zog zu Frau von Hoppe nach Bonn.

Staatssekretär von Hoppe ließ sich selten blicken. Die Hoppes bewohnten eine Villa außerhalb von Bad Godesberg, er hatte noch eine Wohnung unweit des Bundestags. Dort verbrachte er die meiste Zeit. Frau von Hoppe schien mit diesem Arrangement zufrieden zu sein. Die beiden Frauen führten ein angenehmes

Leben. Corinne lernte kochen, sich benehmen, sie lernte, Tee zuzubereiten, las anspruchsvolle Bücher.

Als es nur ein klein wenig steiler wurde, blieb Frau von Hoppe stehen. »Diese Stelle hasse ich«, keuchte sie. »Dass man diesen Hügel nicht abtragen kann, finde ich schade. Ich möchte nicht transpirieren. Komm, wir drehen um.«

Sie erreichten das Hotel kaum eine Viertelstunde später. Frau von Hoppe gab Corinne danach frei.

»Ich bitte dich, lauf nur nicht gleich wieder zu deinem Rätoromanen. Ein bisschen Selbstachtung, Corinne.«

Sie hatte nicht vor, Bartolo zu treffen. Was sie beabsichtigte, hatte trotzdem mit ihm zu tun. Corinne ließ sich nicht belügen, nicht vormachen, dass nichts da sei, wo in Wirklichkeit etwas war. Zum zweiten Mal stieg sie auf die Diavolezza, diesmal mit gutem Schuhwerk und ausreichend schützender Kleidung. Der Nachmittag neigte sich schon, sie musste sich beeilen, wenn sie vor Einbruch der Dunkelheit zurück sein wollte.

Diesmal schaffte sie den Anstieg in weniger als vierzig Minuten. Sie begann auf dem Hochplateau umherzugehen. Sie suchte, ohne zu wissen, was. Nicht nur, um zu finden, war sie heraufgekommen, auch um sich zu beweisen, dass sie nicht verrückt wurde. Hier oben existierte etwas Übles, dies war eine böse Landschaft, in der die Diavolezza mit dem Wind flüsterte.

Corinne kletterte hierhin und dahin, wusch sich zwischendurch Gesicht und Hände im eisigen Seewasser und fand auf der Anhöhe einen Krater zwischen zwei Felsmassiven, der ihr beim ersten Anstieg entgangen war. Die Vertiefung wurde nach unten hin breiter und öffnete sich zu einem Kamin. Ein paar Meter unter dem Einstieg entdeckte sie den Zugriff von Menschenhand. Einige Bretter, ein Balken, zwischen den Stein geklemmt, hatten den Kamin zwischen den Wänden in eine Höhle verwandelt. Hier konnte man sich unterstellen, ausruhen. Eine rußige Feuerstelle bewies, hier konnte man sich sogar ein wenig Wärme verschaffen. Die Höhle war real, sie hatte nichts mit der Bergfee zu tun. Diese Höhle erklärte, weshalb Bartolo heraufgeklettert war und wie eine Erscheinung vor Corinne auftauchen konnte. Es erklärte nicht, warum er ihr diese simple Antwort schuldig geblieben war. Corinne setzte sich in die Höhle und stellte fest, dass der Ort windgeschützt war. Ihre Finger strichen über den Felsboden und spürten etwas Weiches. Sie hielt eine Faser ans Licht. Es war Wolle, nicht gesponnen, sondern vom Rücken eines Schafes. Hier hatte ein Schaffell gelegen. Unvorstellbar, dass jemand hier oben hauste. Wieso sollte er bei der Kälte die Strapaze auf sich nehmen? Es war bestimmt kein Schäfer gewesen. Der Boden um den Lago Bianco war zu karg, es gab nichts zu weiden. Ein Überleben war hier unmöglich.

* * *

O.W. wusste nicht recht, wohin mit sich. Im Zimmer hielt er es nicht aus, die Gesellschaft der Gäste langweilte ihn. Spazierengehen konnte er nicht, weil die Aasgeier immer noch im Hotel waren. Am meisten fürchtete er die Leute vom österreichischen Fernsehen und passte höllisch auf, wenn er sich in der

Lobby zeigte. Am schlimmsten war Fischer-Karwin, der Grandseigneur des ORF. Dieser Mann hatte über die Unterzeichnung des österreichischen Staatsvertrages berichtet, seitdem hielt man ihn für das Sprachrohr der Nation. Ein Österreicher, der lupenreines Hochdeutsch sprach, galt in der Heimat zwar als Exot, aber seine Haltung, die Würde, der Stil machten diesen Makel wieder wett. *Aus Burg und Oper* hieß seine Sendereihe, dabei interviewte er die Lieblinge Österreichs. O.W. war bereits zweimal in der Sendung gewesen. Deshalb nahm sich Fischer-Karwin wohl das Recht heraus, dem Schauspieler selbst im Urlaub auf die Nerven zu gehen.

Haltung, Würde, Stil, leck mich am Arsch, dachte O.W., als Fischer-Karwin in der Lobby auf ihn zusteuerte.

»Lieber Künstler, Sie brauchen sich doch nicht vor mir zu verstecken«, begrüßte ihn der Mann vom ORF.

»Bester Fischer-Karwin, Sie sind auch hier?« O.W. streckte ihm lässig die Rechte entgegen. In Wahrheit versteckte er sich nicht nur, hatte sich sogar verkleidet. Eine Schirmmütze mit heruntergeklappten Ohrenschützern, eine schwarze Sonnenbrille, durch diese Camouflage hatte O.W. geglaubt, unbelästigt ins Freie zu kommen. Aber der Gentleman des österreichischen Rundfunks hatte ihn gestellt und ließ ihn nicht mehr von der Leine.

»Haben Sie uns Wissenwertes zu berichten?«, sagte Fischer-Karwin.

»Erstaunlich wenig, glauben Sie mir.«

»Es wird nicht lange dauern, mein Bester«, beharrte der TV-Mann mit dem Charme eines Zahnarztes.

O.W. wog das Für und Wider ab. Sagte er Nein, war der ORF imstande, seinen nächsten Film zu verreißen. Sagte er Ja, musste er darauf bestehen, dass der Todesfall im *Grand Arnold* nicht zur Sprache kam.

Er wählte die Miene einer erschöpften Debütantin, die einem Bewerber den nächsten Tanz gewährte. »Wer könnte Ihnen widerstehen, lieber Fischer-Karwin?«

»Glänzend.« Der Journalist winkte. Aus dem dunklen Hintergrund schälten sich Gestalten, die eine Fernsehausrüstung dabei hatten. »Wollen wir gleich hier, Verehrter?«

»Hier, wo alle Leute …?« O.W. zeigte in die Runde. Die ersten Schaulustigen verfolgten die Szene mit glänzenden Augen.

»Ich hatte Ihren Einwand vorausgesehen und daher eine Nische im Tearoom reserviert«, ließ Fischer-Karwin O.W. keine Ausflucht.

»Sie denken an alles«, erwiderte er säuerlich. »Lassen Sie mich vorher noch einen Blick in den Spiegel werfen.«

»Nicht, dass Sie es nötig hätten. Aber bitte, ungeniert.«

Die Fernsehleute folgten Fischer-Karwin, O.W. trat in den Waschraum. Er nahm die Mütze ab und starrte müde in den Spiegel.

»Ich mag dein Gesicht nicht«, sagte er zu seinem Gegenüber. »Was haben die Leute bloß mit diesem Gesicht?« Er zog den Kamm und frisierte das Haar locker über die kahlen Stellen. »Eitelkeit, das ist die Todsünde, auf die du am liebsten hereinfällst«, zischte er dem frisierten O.W. zu und verließ die Toilette.

Im Tearoom winkte Fischer-Karwin. »Gleich hier.«

In der Ecke war man einigermaßen ungestört. Als O.W. sich setzte, bemerkte er jemanden, der seine Laune schlagartig aufhellte. »Entschuldigen Sie.« Er sprang wieder auf. »Nur einen Augenblick noch.«

Während der Kameramann die Lichtverhältnisse prüfte, entwischte O.W. dem ORF-Team und eilte drei Tische weiter.

»Wie schön. Guten Tag, wie geht es Ihnen?« Er küsste Frau von Hoppe die Hand und begrüßte Corinne mit einer kameradschaftlichen Umarmung.

»Wollen Sie sich zu uns setzen?«, bot Frau von Hoppe an.

»Liebend gern, aber im Augenblick leider unmöglich.«

»Natürlich.« Sie nickte zu den Fernsehleuten hinüber. »Der Starruhm hat seinen Preis.«

»Sie haben keine Vorstellung, wie hoch der Preis ist«, seufzte O.W. »Ach, ist mir doch ganz egal, dann sollen die eben warten.« Kurzentschlossen setzte er sich neben Corinne.

Frau von Hoppe winkte, der Kellner brachte eine Tasse für den Schauspieler.

»Lassen Sie sich anschauen.« Er betrachtete Corinnes Gesicht. »Das verheilt ziemlich gut, finde ich. Und Ihr Arm?«

»An den denke ich kaum noch.« Sie goss ihm Tee ein.

Plötzlich kam O.W. etwas in den Sinn. Er kam kurz hoch. »Verzeihen Sie. Mein Beileid, gnädige Frau«, sagte er zu Frau von Hoppe. »Ich war mit Ihrem Schwager befreundet, wie Sie wissen.«

Sie nickte dankend. »Man weiß gar nicht, was man dazu sagen soll.«

»Wurden Sie von der Polizei schon einvernommen?«

»Sie etwa auch?«, brach es aus Corinne hervor. »Man hat O.W. Fischer verhört?«

»Ich nehme an, dass die meisten hier eine Befragung über sich ergehen lassen müssen.« Er bemerkte eine gewisse Ungeduld aus der Fernseh-Ecke.

»Was halten Sie von diesem Schweizer Kommissar?«, fragte Frau von Hoppe. »Wird er den Schuldigen finden?«

»Wie Sie richtig bemerken, gnädige Frau, ist er ein *Schweizer Kommissar*. Die Klärung des Falles dürfte also mit Schweizer Gründlichkeit und Schweizer Tempo durchgeführt werden.«

Frau von Hoppe lächelte. »Schweizer Tempo? Das ist ein Oxymoron.«

O.W. trank und stand auf. »Wenn Sie Lust haben, könnten wir nächstens zu dritt spazierengehen. Vielleicht zum Lago Bianco?«

»Danke für den lieben Vorschlag«, erwiderte Frau von Hoppe. »Touren dieser Art sind eher etwas für junge Leute.« Sie deutete auf Corinne.

»Wollen wir es wagen?« O.W. machte eine beruhigende Geste zu Fischer-Karwin.

»Gerne«, antwortete Corinne. »Aber muss es ausgerechnet der Lago Bianco sein?«

»Wir gehen dorthin, wo Sie wollen. Hauptsache, es ist so steil, dass uns die Fernsehleute nicht folgen können.« Er verbeugte sich vor Frau von Hoppe.

»Dann lasse ich euch Turteltäubchen heute Nachmittag also losfliegen.« Sie lächelte.

»Ich darf?« Glücklich gab auch Corinne dem Schauspieler die Hand.

Er lief zum ORF zurück und bekam ein Mikrofon ausgehändigt. »Verzeihen Sie. Eine Bekannte.«

Fischer-Karwin schien über die Unterbrechung ungehalten zu sein. »Können wir dann endlich?«

25

Wie schnell das Wetter umschlug! O.W. und Corinne waren kaum zwanzig Minuten unterwegs, als es zu blasen begann. Die Temperatur stürzte, aus Regen wurde Schnee. Sie drehten um und erreichten das Hotel durchnässt bis auf die Knochen. Sie verabschiedeten sich sofort, jeder wollte auf sein Zimmer, ein heißes Bad, ein heißer Tee. »Nur nicht verkühlen«, sagte O.W. zum Abschied.

Bevor sie hochging, holte Corinne die Post für Frau von Hoppe. Aus diesem Grund war sie noch an der Rezeption, als das Kind in der Krippe gebracht wurde. Dort kam die Jungfrau Maria und zog das Kind in der Krippe hinter sich her.

Niemand sprach, keinem wollte das erste Wort einfallen. Wo kamen die beiden her, wer waren sie überhaupt? Patters erkannte die Eintretenden als Erster. Ihn konnte der abgerissene Aufzug, das verwilderte Haar nicht täuschen, auch das Schaffell nicht, das die junge Frau um ihre Schultern trug.

»Fräulein Anna«, rief Patters. »Günther! Um Gottes willen, Fräulein Anna.« Er lief auf den Handwagen zu, mit dem die Halbwüchsige den zugedeckten Jungen in die Halle zog.

Corinne hielt die Briefe für Frau von Hoppe in der Hand. Durchnässt, wie sie war, zerlief die Tinte auf den Kuverts. Ein Schaffell. Durchgefroren, verängstigt, krank und eingehüllt in ein Schaffell, dachte sie. Corinne ahnte, wen sie vor sich hatte, wo die beiden gewesen waren und weshalb sie in diesem Zustand im Hotel erschienen. Es waren die verlorenen Kinder, die totgeglaubten Kinder. Warum waren sie ausgerückt? Weshalb kamen sie jetzt nach Hause? Wieso hatten sie sich auf der stürmischen Höhe versteckt?

Rasch wurden die Ankömmlinge vor der Öffentlichkeit abgeschirmt. Patters rief Diener herbei, die dem Jungen aus dem Wagen halfen. Er war kaum bei Besinnung und konnte nicht laufen. Der alte Patters nahm den Zehnjährigen auf seine Arme. Das Schaffell fiel zu Boden. Corinne erschrak über das Gesicht des Knaben, weißhäutig, hohl. Zerrissen seine Jacke, die Hose starrte vor Schmutz. Er schien Patters zu erkennen und sagte etwas, Corinne verstand es nicht. Hinter der Rezeption verständigte Elsy den Arzt und das Rote Kreuz. Patters trug Günther an den entsetzten Gästen vorbei zum Korridor, der in die Privaträume der Direktion führte. Die ältere Tochter trottete neben dem Butler her, willenlos, ohne eigenen Antrieb.

Corinne hatte keinen Zweifel, was sie gerade miterlebte. Trotzdem wollte sie Gewissheit. Sie steckte die Briefe in die Tasche, lief in den Personaltrakt, klopfte an Bartolos Zimmer und trat ein.

Überrascht setzte er sich auf.

»Bleib liegen.« Ungeniert nahm sie an seiner Seite Platz.

»Was ist los?«

»Was wollten Kälins Kinder auf der Diavolezza?«

»Wovon redest du?«

»Du hast sie hinaufgebracht. Du hast sie mit Essen versorgt. Ich glaube, dass auch du es warst, der ihnen die Höhle gebaut hat.«

»Nein, das war Anna.« Ärgerlich, weil er sich verplappert hatte, sah er sie an. »Du hast den Kamin gefunden?«

»Und die Höhle.«

»Wann?«

»Gestern.«

»Woher weißt du, dass die beiden …?«

Corinne unterbrach ihn, schilderte die Szene in der Halle und den Zustand der Heimkehrer.

»Sie sind hier im Haus?« Hastig taumelte Bartolo auf. »Sie wollten nach Italien!«

»Die beiden waren seit Tagen verschwunden. Sie hätten längst in Italien sein können. Wieso haben sie in der Eiseskälte ausgeharrt?«

Unvermittelt fuhr er Corinne an. »Du weißt nichts, hörst du? Du weißt nicht das Geringste! Du darfst nichts sagen!«

»Natürlich werde ich nichts sagen«, stammelte sie, erschrocken über seinen Ausbruch.

»Jetzt ist es vorbei.« Er sank auf das Bett zurück. »Jetzt hilft mir kein Himmel mehr.«

»Beruhige dich. Noch weiß niemand irgendetwas. Der Junge ist krank. Sie haben ihn und seine Schwester nach oben gebracht. Der Arzt kommt. Vielleicht müssen sie ins Krankenhaus.« Sanft schüttelte sie seine Hand. »Willst es mir nicht sagen? Ich erzähle auch nichts weiter. Was war mit den beiden los?«

Düster sah er sie an. »Herr Kälin ist tot. Er war der Einzige, der mich beschützt hat. Die Kinder werden mich nicht beschützen. Sie können es nicht. Sie müssen ihre eigene Haut retten.«

* * *

Am liebsten hätte der Mörder an die Wand geklopft. Er wollte eine Nachricht senden, die von demjenigen, der hinter dieser Wand saß, verstanden wurde. Der Mörder kannte das quadratische Klopfalphabet, ein gebräuchlicher Code, fünf Horizontalreihen mit je fünf Buchstaben. Fünfmal klopfen: fünfte Reihe. Dreimal klopfen: dritter Buchstabe. Auf diesem Weg hätte der Mörder alles Wissenswerte übermitteln können, Name, Motiv, ein komplettes Geständnis.

Die Frage, wie es so weit kommen konnte, war die falsche Frage. Es hatte so weit kommen müssen, es war die logische Konsequenz von allem. Die Wahrheit wühlte und bohrte sich ans Licht wie ein Furunkel. Die üble Tat saß im Innern der Vergangenheit. Der Mörder glaubte nicht an die Vergangenheit, nur an den Keim, die Saat, den Ursprung. Die Saat begann zu eitern. Millionen weißer Blutkörperchen versammelten sich um den Fremdkörper und begannen, ihn langsam und unumkehrbar an die Oberfläche zu befördern. Wenn das geschafft war, platzte das Furunkel auf, alles wurde offenbar. Es konnte nicht mehr lange dauern. Sie standen kurz davor.

Der Mörder fürchtete diesen Moment nicht. Er hätte die Tat kaum begangen, wenn er von Furcht getrieben worden wäre. Fürsorge war sein Motiv, Einsicht in das Unabwendbare, so hatte es begonnen. So war es immer noch. Wenn nur die Kinder nicht mit hineingezogen worden wären! Der Mörder bedauerte das zutiefst. Er hatte es nicht vorausgesehen. Die Kinder waren die Leidtragenden.

»Immer sind es die Kinder«, flüsterte der Mörder, das Ohr an die Wand gelegt. War von drüben etwas zu hören? Die perfekte Stille.

So wie man eine Lüge nicht beichten durfte, konnte man ein Geständnis nicht klopfen. Hinter dieser Wand war das Kind. Das Kind würde es nicht verstehen. Das Schwerste für den Mörder war es, die Wahrheit für sich zu behalten. Wie viel schöner wäre es, die Tür zu öffnen und zu sagen: »Ich war es. Es geschah zu deinem Wohl. Kannst du mir verzeihen?«

Doch diese Offenbarung würde nur dem Mörder Erleichterung verschaffen, nicht dem Kind. Kinder konnten es sich erlauben, achtlos und unbesonnen zu sein. Der Erwachsene trug Verantwortung, er musste für beide denken und handeln.

Enttäuscht verließ der Mörder die Wand, er klopfte weder die fünfte Reihe noch den dritten Buchstaben. Er erging sich nicht in verräterischen Kürzeln. Es war Zeit, zum Essen zu gehen. Der Mörder hatte keine Lust, sich umzuziehen, trotzdem öffnete er den Schrank.

* * *

»Herr Staatssekretär.« Tschudi gab Rudolph von Hoppe die Hand. Nicht in dem muffigen Büro neben der Küche führte er die Vernehmung, sondern im Salon der Hoteldirektorin. Die Wachtmeisterin setzte sich neben ihn.

»Herr von Hoppe vertritt mich ab sofort juristisch«, erklärte Erika Kälin.

»Weshalb glauben Sie, juristischen Beistand zu brauchen?«, erwiderte der Kommissar.

»Sie haben mit dem Arzt gesprochen, der die Kinder meiner Mandantin behandelt«, antwortete Hoppe anstelle Erikas.

»Das ist richtig.«

»Sie haben sich erkundigt, wann Anna und Günther vernehmungsfähig sein werden?«

»Nun ja –«

Mit einer Geste schnitt der Staatssekretär Tschudi das Wort ab. »Die Kinder meiner Mandantin werden nicht belästigt. Das kommt nicht in Frage.«

»Ich hatte nicht vor, sie zu belästigen. Doch die besondere Art ihrer Rückkehr …«

»Ihre Rückkehr hat nichts damit zu tun, weshalb die Polizei im Hotel ermittelt«, sagte Hoppe schroff.

»Zwei Ereignisse von solcher Tragweite, die nur wenige Tage auseinanderliegen, das Verschwinden der Kinder und der Tod des Vaters, das muss im Kontext betrachtet werden«, entgegnete Tschudi freundlich.

»Es gibt keinen Kontext. Der Tod meines Schwagers und der Kinderstreich, der gestern seinen glücklichen Abschluss fand, stehen in keinerlei Zusammenhang.«

»Ein Kinderstreich sieht anders aus, Herr Staatssekretär. Günther Kälin wäre fast gestorben.«

»Wer sagt das?«

»Der Arzt. Günther hat eine schwere Lungenentzündung.«

»Deshalb hat man ihn ja sofort in die Klinik gebracht.«

»Nach Aussage des Doktors muss sich Günther

mehrere Tage lang im Freien, in der Kälte aufgehalten haben.«

»Bestimmt gibt es dafür eine harmlose Erklärung. Mit Ihren Ermittlungen hat das nichts zu tun.«

»Das müssen Sie mir überlassen, Herr Staatssekretär.«

»Ich werde Sie daran hindern, Anna Kälin zu verhören, Herr Kommissar.« Hoppe legte seine Hände übereinander, wie ein Priester, der das Gebet mit einem *Amen* beschloss.

»Wollen Sie das nicht noch einmal überdenken? »Tschudi schaute von einem zum anderen. »Herr Staatssekretär, Frau Kälin?«

Hoppe kam Erika zuvor. »Das ist unser letztes Wort.«

»In diesem Fall –« Tschudi wandte sich an Margrit. »Frau Bässler, bitte.«

Die Wachtmeisterin zog ein Dokument aus der Notizenmappe. »Ich habe hier einen richterlichen Beschluss, datiert mit heutigem Tag, der eine Vernehmung von Fräulein Anna Kälin gestattet. Sie können gerne einen Blick darauf werfen.«

Zum ersten Mal griff Erika in das Gespräch ein. »Anna ist krank, sie ist zu Tode erschöpft.« Auf Tschudis Blick korrigierte sie sich sofort. »Ich meine, sie ist sehr erschöpft.«

»Geben Sie mal her.« Hoppe ließ sich das Schriftstück reichen. »Hier steht nicht, *wann* Anna vernommen werden darf. Sie ist verwirrt und krank. Es kann Tage, vielleicht Wochen dauern, bis es medizinisch vertretbar ist, mit ihr zu sprechen. Wir hoffen, dass Sie Ihre Arbeit im Hotel davor längst abgeschlossen haben, Kommissar. Die Gäste Frau Kälins beschweren sich, dass sie in ihrer Bewegungsfreiheit eingeschränkt sind.«

»Wir sind erst zwei Tage hier«, entgegnete Margrit.

»Die Menschen kommen ins *Grand Arnold*, um sich zu erholen«, konterte Hoppe. »Sie wollen nicht auf Schritt und Tritt befragt werden.«

Der Kommissar stand auf. »Es erstaunt mich, Frau Kälin, dass Sie sich nicht dafür zu interessieren scheinen, wer Ihren Mann umgebracht hat. Der Unmut Ihrer Gäste ist Ihnen wichtiger als die Aufklärung des Mordes?« Er strich seine Krawatte glatt. »Mord, Frau Kälin. Kaltblütiger, vorsätzlicher Mord. Mir sind Ihre Gäste vollkommen egal. Wer sich beschweren will, soll das bei der Kantonspolizei tun. Wenn Sie sich über mich beschweren wollen, Herr Staatssekretär, gebe ich Ihnen die Adresse meines Vorgesetzten.« Er machte Margrit ein Zeichen. »Jetzt entschuldigen Sie uns bitte. Wir haben zu tun.«

26

Von der Hochebene aus wären sie über den Berninapass mühelos bis nach Brusio gekommen, dachte Margrit. Von dort hätte ihnen Italien offen gestanden. Warum die tagelange Verzögerung, wieso überhaupt der Aufbruch, die ganze unverständliche Tortur?

Wegen seiner Gesundheit konnte der Kommissar nicht zum Lago Bianco hochsteigen. Margrit konnte es. Ihr Blick ging in die Runde. Schneeflecken im August, Geröll, kaum Vegetation. Sie stülpte die Kapuze über. Wie hatten zwei Halbwüchsige die Kälte hier oben ausgehalten? Am rätselhaftesten blieb die Frage nach dem Warum.

Staatssekretär Hoppe schob den Ermittlungen einen Riegel vor. Man verbot der Polizei, mit Anna und Günther zu sprechen. Der Kommissar hatte darauf ein weiteres Mal Patters zu sich bestellt. Der Chefbutler des *Grand Arnold* war der väterliche Freund Günthers. Oft hatte der Junge Patters in dessen Wohnung besucht und sich Bücher ausgeliehen. In seiner Jugend war Patters der Philosophie zugewandt gewesen.

»Wenn ich die Hintergründe kennen würde, hätte ich es Ihnen längst gesagt«, beantwortete Patters die Frage des Kommissars.

Tschudi tippte auf die Kopie eines handschriftlichen Briefes. »Eine junge Frau schreibt keinen

Abschiedsbrief, wenn in ihrem Leben nicht etwas in Unordnung ist.«

»In Unordnung? Alles im Hause Kälin ist in Ordnung«, entgegnete der Butler. Kaum ausgesprochen, merkte er, wie grotesk der Satz klang. Die Kinder ausgerückt, der Vater ermordet, die Mutter hüllte sich in Schweigen. So sah die Ordnung im Hause Kälin aus.

Tschudi beugte sich über das Protokoll. »Sie haben angegeben, dass Günther ein bestimmtes Buch aus Ihrer Bibliothek ... nun, sagen wir, geborgt hat.«

»Er hätte es eines Tages bestimmt zurückgebracht.« Mit beiden Händen hielt Patters sich am Revers seines Dienstfracks fest.

»Das Werk eines chinesischen Philosophen?«

»Es ist eine Sammlung seiner Werke.« Patters nickte. »Mong Tse war Dichter und Philosoph im zwölften Jahrhundert.«

Tschudi schob die Brille hoch. »Können Sie mir einen Grund nennen, warum ein Zehnjähriger sich für so etwas interessieren sollte?«

»Günther ist ein feiner Junge, man könnte ihn hypersensibel nennen. So jung er ist, interessieren ihn Lyrik und Poesie in einem Maß, wie ich es noch bei keinem Kind erlebt habe.«

»Weshalb musste er das Buch aus Ihrer Bibliothek stehlen?«

Patters zögerte. »In den Werken Mong Tses finden sich nicht nur poetische Passagen. Der Philosoph war ein Kind seiner Zeit, Herr Kommissar. Im zwölften Jahrhundert hatten die Menschen eine andere Einstellung zum Töten, zu Gewalt, als der Mensch des aufgeklärten Zeitalters. Andere umzubringen galt als Teil des Lebens eines Adeligen und Kriegers.«

»Mong Tse war Krieger?«

»Sogar ein Heerführer unter Kaiser Huizong, und zwar in der Epoche der Song-Dynastie.«

»Und wegen der brutalen Stellen in dem Buch wollten Sie es Günther nicht geben?«

»So ist es.«

»Vielleicht interessierten ihn aber gerade die grausamen Passagen.«

»Das glaube ich nicht. Wie ich schon sagte, Günther ist …«

»Sensibel. Ja. Ja.« Tschudi blätterte in den Unterlagen. »Wo haben sich die beiden sechs volle Tage lang wohl versteckt?«

Patters zog die Frackweste glatt. »Das weiß ich nicht.«

»Haben Sie nicht einmal eine Vermutung?«

»Nein, Herr Kommissar.«

»Als die beiden gestern zerlumpt und verdreckt das Hotel betraten, als Anna ihren Bruder in einem Handwagen befördern musste, weil er nicht mehr laufen konnte, was haben Sie da gedacht?«

»Ich bin erschrocken.«

»Was dachten Sie, wo die beiden herkommen könnten?«

»Aus den Bergen.«

»Natürlich, hier gibt es ja nichts als Berge«, konterte Tschudi ungeduldig. »Könnten sie sich irgendwo in der Nähe in einer Hütte versteckt haben?«

»Das halte ich für unmöglich«, antwortete Patters nach kurzer Überlegung. »Während der Saison werden alle Hütten bewirtschaftet. Außerdem sind die Berge im August voll mit Kletterern und Wanderern. So komisch es klingen mag, hier oben kann man sich schlecht verstecken, weil man in der Einöde kilometerweit gesehen wird.«

Tschudi stand auf. Nach dem langen Sitzen knackten seine Gelenke. »Aber wo waren sie dann? Wo sind Anna und Günther sechs Tage lang gewesen? In Italien jedenfalls nicht.«

»Es wäre möglich …« Patters räusperte sich.

»Ja?«

»Unser Hotelchauffeur, Bartolo Parducchi, hat die beiden täglich in die Schule nach Pontresina gefahren. Er und die Kälinkinder haben sich gewissermaßen angefreundet.«

»Wussten die Eltern von dieser Freundschaft?« Tschudi bekam allmählich Hunger, ein gutes Zeichen, zugleich ein Gefahrenzeichen.

»Daran ist nichts Ungewöhnliches. Im *Grand Arnold* sehen die Familienverhältnisse anders aus als bei üblichen Familien.«

»Was meinen Sie damit?«

»Anna und Günther hatten viel Freiraum. Herr Kälin musste sich um seine Firmen kümmern, Frau Kälin um das Hotel. Die Kinder waren oft sich selbst überlassen. Deshalb kam Günther häufig zu mir, und deshalb mochten beide die Gesellschaft von Bartolo.«

»Ich möchte Herrn Parducchi sprechen.«

»Selbstverständlich, Kommissar.«

Tschudi bestellte sich ein Wurstbrot und eine Karaffe Milch. Zugleich mit dem Essen erschien Bartolo im Polizeibüro. Der Chauffeur, der mit einem dunklen Teint gesegnet war, wirkte blass, erregt, ängstlich.

»Was ist mit Ihnen?«, fragte Tschudi.

»Kann ich mich setzen?« Er glitt auf den Stuhl.

»Ein Glas Milch?«

»Ja, danke. Ich möchte eine Aussage machen, Herr Kommissar«, sagte Bartolo, noch bevor der Polizist ihm eingeschenkt hatte.

Tschudi stellte das Glas vor ihm ab. »Betrifft es den Mord an Arthur Kälin?«

»Nein«, erwiderte Bartolo erstaunt. »Wo denken Sie hin?«

»Worauf bezieht sich Ihre Aussage?«

Sekunden später bestellte Tschudi Margrit zu sich und Korporal Bässler als Protokollführer. Bartolo sagte aus. Manchmal sprach er so schnell, dass der Korporal mit dem Stenografieren kaum mitkam.

»Ich möchte feststellen, dass ich meine Angaben nach bestem Wissen und Gewissen gemacht habe«, schloss Bartolo. »Frau Kälin soll erfahren, dass ich alles freiwillig gesagt habe. Sie mussten mich nicht dazu zwingen.«

»Weshalb ist Ihnen das so wichtig?«

»Weil mich Frau Kälin sonst hinauswirft.« Mit beiden Fäusten stemmte Bartolo sich auf die Tischplatte.

»Sie glauben, Erika Kälin kündigt Ihnen, weil Sie ihren Kindern geholfen haben, sich zu verstecken?« Tschudi betrachtete sein Wurstbrot. »Unter uns gesagt, ich würde Sie auch hochkantig rauswerfen, nach dem, was Sie sich geleistet haben. Die Kälins waren wegen ihrer Kinder in größter Sorge. Aber statt die Sorge von ihnen zu nehmen, sind Sie quietschvergnügt im Hotel umhergelaufen und haben den Mund gehalten.«

»Ich hatte es den beiden versprochen.«

»Sie haben zwei Minderjährigen ein Versprechen gegeben, zwei jungen Leuten, die nicht beurteilen konnten, in welche Lage sie sich begaben. Sie haben die beiden in Lebensgefahr gebracht.«

»Aber das habe ich doch nicht gewollt.« Das Urteil des Kommissars erschütterte Bartolo sichtlich.

»Wir werden Ihre Aussage überprüfen, Herr Parducchi.« Tschudi biss ins Wurstbrot. »Sehen wir uns das mal an, dort oben auf der Diavolezza.«

Die Wachtmeisterin schnupperte in den Wínd. Es roch nach Schnee. Sie hätte Bartolo zu dem Lokalaugenschein mitnehmen können, doch Margrit wollte einen unverfälschten Eindruck. Bartolos Beschreibung war gut. Sie fand den felsigen Abbruch und den Schacht, der sich dort gebildet hatte. Sie stieg in den Felskamin, spreizte sich mit den Füßen ab, fand Griffe und sprang auf das schmale Plateau. Der Unterstand war geschickt angebracht worden. Bartolo hatte das Holz dazu hochgeschafft.

Margrit bückte sich, da lag noch eine kleine Axt, mit der die Balken zugehauen, die Nägel eingeschlagen worden waren. Hier die Feuerstelle, daneben Zweige und einige Scheite Brennholz. Hier ging es noch weiter, noch tiefer hinein. Ein Kind konnte sich mühelos zwischen diesen Felsen hindurchzwängen. Margrit legte die dicke Jacke ab, presste ihren Körper zwischen die Steine und schaltete die Taschenlampe ein.

Hier ließ es sich aushalten, selbst für mehrere Tage. Ein Geviert, zwei mal zwei Meter. Ein Fell lag auf dem Boden, Margrit untersuchte es. Sie leuchtete die Wände, den Boden ab, fand aber nichts. Hatten die Kinder all ihre Habseligkeiten mitgenommen? Wieso war im Handwagen dann nichts gefunden worden? Bis auf das Fell schien die Höhle leer zu sein.

Margrit bückte sich. Dort ließ sich ein Stein bewegen, er gab ein Loch im Felsen frei. Gegenstände lagen darin, feucht glitzerten sie im Schein der Lampe. Indianerlager, dachte Margrit, kindliches Geheimnis. Die Kinder waren ausgebüchst, sie hatten sich ein Robinson-Crusoe-Abenteuer erlaubt und davon geträumt, in die Ferne aufzubrechen.

Daran stimmte allerdings nicht, dass Anna kein Kind mehr war. Auch Günther war dem frühen Kindsein entwachsen. Der Streich, einen Abschiedsbrief zu schreiben, den Eltern eine Nase zu drehen, sich in einer Höhle zu verstecken und nach ein paar Tagen wieder aufzutauchen, passte nicht zu diesen Kindern. Hatte der Wetterumschwung, der Kälteeinbruch die beiden zur Aufgabe gezwungen? Was hatten sie ursprünglich vorgehabt?

Margrit holte die Gegenstände aus der Vertiefung und betrachtete sie im Licht. Sie hielt das Buch des Philosophen Mong Tse in Händen, aufgequollen von der Feuchtigkeit, außerdem eine schmale Ledertasche. Ärzte benützten solche Taschen. Auch der Inhalt erinnerte Margrit an die Requisiten eines Doktors.

27

In zwei Wochen begannen die Dreharbeiten in Bad Ischl, da musste O.W. gesund und fit sein, jugendlich strahlend. In all seiner Pracht musste er auf dem Set erscheinen. Sobald ihn eine Erkältung erwischte, packte sie ihn epochal, das wusste er aus Erfahrung. Zwei, drei Wochen lag er dann flach, keine Stimme, keine Laune, kein Appetit.

»Nur nicht verkühlen«, sagte er zum wiederholten Mal. Er betete es förmlich vor sich hin.

Leider war es wahrscheinlich schon zu spät. Ihm war kalt. Obwohl er im heißen Bad lag, fröstelte O.W. Er trank den kochend heißen Tee schlückchenweise. Wärme von außen und von innen, Wärme war das Wichtigste, das Einzige, was noch helfen konnte.

O.W. dachte an etwas, ohne es tatsächlich vor Augen zu haben. Etwas in ihm dachte es, er selbst war noch nicht so weit. Wie sollte man denken, wenn man nicht wusste, was man dachte? Wie sollte ein fröstelnder Mann im Bad seine Gedanken beisammen haben, wenn der bewusste Teil von ihm sich Sorgen machte, wie er die Dreharbeiten bewältigen sollte, falls er krank würde?

War es nicht besser, sofort abzusagen, solange sie den Dreh noch verschieben konnten, nicht erst am Tag davor, wenn die Crew schon angereist war und alles auf den Star wartete? Sollte er absagen oder lieber den Krankheitsverlauf abwarten? Die Krankheit kündigte sich an: Schüttelfrost, Schweiß auf der Stirn, doch der konnte auch vom Tee herrühren.

»Dem lahmen Asiaten sah man niemals an, was er dachte«, rief O.W. mit gestützter Stimme in den Raum. »Abraham à Sancta Clara saß am Abhang und dachte.«

Die A-Übung war stets die verräterischste. An der A-Übung erkannte man, ob die Stimme in Ordnung war. Wenn das A hell und klar aus der Kehle kam, hatte die Stimme noch keinen Schaden genommen. War das A flach, kroch es krächzend aus dem Mund, stand Unheil bevor, Gefahr war im Anzug.

Das A von O.W. klang recht ordentlich. Aber galt das schon als Beweis? Morgen konnte es nur noch ein Krächzen sein, übermorgen würde er die Stimme ganz verloren haben. O.W. wiederholte die Übung wieder und wieder, so lange, bis er tatsächlich heiser war. Da hatte er den Salat. Er war heiser! Die Stimme saß nicht. Die Stimme war angeschlagen, und alles nur wegen des vermaledeiten Spaziergangs mit dem Fräulein. Hätten sie nicht etwas anderes unternehmen können, Tischtennis zum Beispiel? Er war gut im Tischtennis. In seiner Jugend hatte man ihn zum Tischtennismeister von Klosterneuburg gekürt, damals, als er noch nicht O.W. gewesen war, sondern nur Otto.

Wieso dachte er jetzt an Klosterneuburg, obwohl er an etwas Wichtigeres hätte denken müssen? Was könnte wichtiger sein? Was spielte sich auf der anderen Seite seines Gehirns ab, auf der abgewandten Seite, zu der er keinen Zugriff hatte?

Er mochte das Fräulein, Corinne, ein affektierter

Name, aber kein affektierter Mensch. Sie war pur und unverdorben. Sie war besonders. Er schätzte ihre Gegenwart, und das fand er sonderbar. Sonst hatte O.W. nichts für Backfische übrig, für all die Fräuleins, die ihn anhimmelten. Corinne war kein Backfisch, sie war *pur*, ein besseres Wort fiel ihm nicht ein.

O.W. fröstelte, er fühlte sich schlapp, aber seine Gedanken waren hysterisch wach. Wie mochte es Alessandro inzwischen ergehen? Sie hatten ihn nicht eingesperrt, er durfte das Hotel allerdings vorläufig nicht verlassen. Hielt man ihn tatsächlich der Tat für fähig? Xandi war ein Gaukler, ausgestattet zwar mit besonderen Fähigkeiten, aber ein Gaukler blieb er allemal. So wie ich, dachte O.W. Das Hauptmerkmal eines Gauklers lag darin, machtlos zu sein, er hatte nichts zu entscheiden. Wäre Xandi wirklich ein gefährlicher Mensch, imstande zu einem Mord, müsste er seinen Lebensunterhalt nicht in Varietévorstellungen verdienen und Hypnosetricks vorführen. Die gefährlichen Menschen agierten aus dem Hintergrund, dachte O.W., ihnen kam man nie auf die Schliche. Der wahre Mörder Arthur Kälins, das war keiner, auf den man zeigen und rufen konnte: »Haltet den Mörder!« Das war kein Magier im schwarzem Mantel, der mit Stimmungsmusik angekündigt wurde. Der wahre Mörder kam lautlos, und so verschwand er auch wieder.

Damit hatte O.W. den Zugang zu dem Gedanken am anderen Ende seines Gehirns gefunden. Der Einfall ploppte vor ihm auf wie eine Flasche Bier.

Als er in der Nacht des Mordes durch das Hotel geirrt war und sich verlaufen hatte, als er auf Elsy Bévelier gestoßen war, die ihm den Weg zur Hutterli-Bar wies, während er sich dorthin aufgemacht hatte, waren ihm zwei Gestalten begegnet. *Begegnet* stimmte nicht ganz, er hatte sie nur von hinten gesehen. Sie waren vor ihm her gegangen und in einem Korridor verschwunden. Dieser Korridor führte nicht in die Bar, sondern zu einer Treppe und von dort in den privaten Trakt des Hoteldirektors. Die Dame des Pärchens war O.W. ziemlich groß vorgekommen, der Mann dagegen recht klein. O.W. hatte sich nichts weiter dabei gedacht. Es war halb zwei Uhr morgens, er wollte einen Drink und dann ins Bett. Im Lichte der Tatsache, dass man etwa um diese Zeit Arthur Kälin umgebracht hatte, war ihm seine Beobachtung noch nicht eingefallen. Inzwischen hatte es aber eine weitere Sensation gegeben: Die Kinder waren zurückgekehrt. Anna, sechzehnjährig, ihr Bruder Günther erst zehn. Ein größeres Mädchen, ein kleinerer Junge. Die nächtlichen Gestalten im Korridor trugen Mäntel und Mützen, man konnte ihr wahres Alter und Aussehen von hinten nicht erkennen. Mäntel und Mützen wiesen darauf hin, dass sie von draußen kamen. Wer betrat in den einsamen Bergen um halb zwei Uhr morgens das Hotel, wenn er nicht den Hund ausgeführt hatte?

O.W. vergewisserte sich, dass seine Erinnerungen in allen Details stimmten. Sichergehen wollte er, dass er sich nicht von seiner Schauspielerfantasie davonschwemmen ließ. Die Uhrzeit, der Mord, die große Frau, der kleine Mann, Mützen und Mäntel, alles stimmte. Es war ein Gedanke, den er nicht für sich behalten durfte.

O.W. stand in der Wanne auf. Während das Wasser an ihm abfloss, bemerkte er, dass er zugenommen hatte. Diese Hüftpolster mussten verschwinden, bevor er nach Ischl aufbrach. Er trocknete sich ab, rubbelte sein Haar, fönte es, legte es in die richtige Form, wählte Hemd und Hose und die hellen Socken, die zu den beigen Slippers passten. Er vergewisserte sich im Spiegel, dass er wieder ganz O.W. Fischer war, und stellte gleichzeitig fest, dass die Heiserkeit sich verflüchtigt hatte. Er fröstelte auch nicht mehr. Der merkwürdige Gedanke an die Mordnacht hatte ihn offenbar geheilt. Beruhigt, zugleich voll Tatendrang machte sich O.W. auf, um den Kommissar zu sprechen.

* * *

Das Ehepaar Hoppe pflegte seine tägliche gemeinsame Mahlzeit. Hoppe nahm die Forelle, Frau von Hoppe den Ochsenschwanz.

»Leider wissen wir nicht, welche Neuigkeiten die Polizei hat«, sagte er.

»Was könnte die Polizei inzwischen wissen?« Sie trank Vermuth.

»Es wird gemunkelt, dass der Liebling der Frauen dem Kommissar einen entscheidenden Hinweis gegeben hat.« Hoppe bekam sein zweites Bier serviert.

»O.W. Fischer? Was könnte der wohl aussagen?«

»Er soll sich verdächtig lange im Polizeibüro aufgehalten haben. Dazu kommt, dass er mit diesem Zauberer befreundet ist, du weißt schon.« Hoppe fasste sich an die Stirn. »Mit was für einem Gesocks man sich herumschlagen muss: Schauspieler, Magier, halb verrückte Kinder. Ich sehne mich nach dem harmlosen Bonn zurück, wo nur der greise Bundeskanzler verrückte Sachen anstellt. Wenn Erika mich nicht brauchen würde, wäre ich längst über alle Berge.«

»Ich bin davon ausgegangen, der Kommissar hält Ostia für den Hauptverdächtigen.« Frau von Hoppe sah sich nach der Bedienung um. Dass man im *Grand Arnold* so lange auf das Essen warten musste, war eine Zumutung. »Immerhin hat der Mann das Hotel nach dem Mord fluchtartig verlassen.«

»Das nahm ich zunächst auch an.« Hoppe bemerkte Wilhelmines Unruhe. »Bei dem Magier lässt sich nur leider weit und breit kein Motiv erkennen. Er hat nichts getan, als die Dinge vorherzusehen.« Hoppe schnippte nach dem Kellner.

»Lass doch, Rudi, das Essen kommt sicher gleich.«

Aber Hoppe war nicht zu bremsen. »Garçon!«

»Herr Staatssekretär?« Der Kellner machte eine Verbeugung.

»Wenn ich gewusst hätte, dass Sie uns hier stundenlang warten lassen, hätte ich mir was zu essen mitgebracht.«

»Wie meinen, Herr Staatssekretär?« Der Schweizer wirkte verdutzt.

»Wie lange kann es dauern, eine Forelle zweimal in der Pfanne zu schwenken und einen Ochsenschwanz aus dem Topf zu holen?«

»Ich bedaure«, erwiderte der Kellner. »Die Küche hat heute viele À-la-carte-Bestellungen, Herr Staatssekr …«

»Hören Sie auf mit dem Gewinsel. Ich weiß selbst, wer ich bin.« Hoppes Stimme bekam Schärfe.

Frau von Hoppe fragte sich, weshalb ihr Mann den Vorfall zum Anlass nahm, aufzubrausen. Rudi hatte sich in jeder Situation im Griff. Wenn Rudi ausbrach, dann mit Absicht, er explodierte sozusagen therapeutisch. Nachdem er irgendeinen Wurm zerquetscht hatte, ging es ihm besser. Wie es dem Wurm ging, kümmerte ihn nicht. Wilhelmine war die Ursache für diesen Ausbruch unklar. Weshalb könnte Rudi nervös sein? Er stand Erika juristisch zur Seite. Seine Sympathie für sie datierte seit Jahrzehnten, er fand sie attraktiv. Das störte Frau von Hoppe nicht. Die Schwestern Arnold hatten damals leider die falschen Männer geheiratet. So etwas passierte im Leben. In jener Zeit, die immer mehr im Nebel eines gelebten Lebens verschwand, war dieser Schritt notwendig gewesen. Heute spielte es keine Rolle mehr. Nicht Rudi, Erika hätte Grund gehabt, nervös zu sein. Die Sache mit den Kindern würde Dinge ans Licht bringen, die niemand wissen durfte. Erika wollte ihre Kinder natürlich beschützen. Jede Mutter beschützt ihre Kinder, dachte Frau von Hoppe.

Der Staatssekretär kam in Fahrt, das Gewitter erreichte seinen Höhepunkt. Er vollzog die Vernichtung des Wurmes in leisem, dabei stählernem Ton. Kaum jemand im Saal nahm Notiz davon. Gedemütigt zog der Kellner ab, um in der Küche Dampf zu machen.

»Könnte die Polizei den Kindern de facto etwas anhaben?«, fragte Frau von Hoppe, während Hoppe einen zufriedenen Schluck Bier trank.

»Schwer zu sagen.« Er leckte sich den Schaum von der Oberlippe. »Günther ist nicht straffähig, er kann nicht angeklagt werden. Anna fällt unter die Jugendgerichtsbarkeit.«

»Du hältst es also für denkbar, dass die beiden tatsächlich etwas getan haben?«

»Natürlich haben die zwei Dreck am Stecken.«

»Aber was ... was haben sie verbrochen?« Frau von Hoppe ahnte es. Wusste Rudi es? Hatte Erika ihn eingeweiht? Oder war er nur Erikas Ritter, den sie in die Schlacht schickte, ohne dass ihm klar war, wofür er in Wirklichkeit stritt?

»*Verbrechen* kann man es nicht nennen«, antwortete er. »Verfehlung, Verwirrung, jugendlichen Irrsinn vielleicht.«

»Erikas Kinder sind nicht verrückt«, sagte Frau von Hoppe nachdenklich.

Ein Kind wurde nicht von selbst verrückt. Jedes Kind war erfüllt von der Kostbarkeit des Lebens, von Liebe, Freude, Wärme, Hoffnung. Das zeichnete die Seele des Kindes aus. Doch kein Mensch durfte in diesem Paradies lange verweilen. Eines Tages wurden alle Kinder Gottes vertrieben, manche früher, andere später. Manche leider so früh, dass der Schaden nicht mehr zu reparieren war. Dunkelheit, Häme, Hass, Selbstzerstörung vergifteten die kindliche Seele. Erika musste das wissen, sie musste es immer schon gewusst haben. Rudi hatte nur eine Ahnung, allerdings eine, die ihn nervös machte.

»Was ist deine Strategie in dem Fall?«, fragte Frau von Hoppe.

»Ich lasse den Kommissar erst mal seine Karten ausspielen.« Er trank. »Juristisch gibt es genügend Möglichkeiten, die Sache zu verzögern. Ich kann das Verfahren so lange hinausschieben, bis Gras über die Chose gewachsen ist und Erika ihre Pläne für die Kinder gemacht hat.«

Frau von Hoppe bemerkte mehrere Angestellte, die mit Tabletts auf den Tisch der Hoppes zueilten. »Was für Pläne, Rudi?«

»Wenn die Sache so ernst werden sollte, wie der Kommissar andeutet, gibt es in der Schweiz keine Zukunft für die beiden. Die Arnolds haben Verwandte in Kanada, wie du weißt. Dort könnte man Anna und Günther hinschicken.«

»In die Emigration?«

»In eine neue Zukunft, ein neues Leben. Das wäre besser, als sie in der konservativen Schweiz durch alle Instanzen und sämtliche Zeitungen zu zerren. Besonders für den sensiblen Günther wäre das der Tod.«

»Der Tod«, murmelte Frau von Hoppe.

Der Tross der Bediensteten erreichte ihren Tisch.

»Wo Tod ist, muss immer Tod bleiben.«

»Wie meinst du?« Hoppe sah sich umringt von dienstfertigen Händen. Die Tabletts wurden auf dem Serviertisch abgestellt, der gedemütigte Kellner begann, die Forelle zu entgräten.

»Das sieht wirklich sehr gut aus«, lächelte Hoppe, als hätte die Verdammungsszene von vorhin nie stattgefunden.

28

»Papa kommt nach Mitternacht. Papa kommt immer, wenn ich am tiefsten schlafe. Papa erklärt nichts. Er tut es immer gleich. Die Nacht ist Papas Maske. Solange es dunkel ist, tut er, was er will. Im Dunkeln ist er nicht Papa. Er ist ein anderer, der verschwunden sein wird, sobald Papa mein Zimmer verlässt. Am nächsten Morgen, beim Frühstück ist Papa wieder der Alte. Er ist lieb und freundlich und aufmerksam. Er hört sich meine Geschichten an, er lobt meine Zeichnungen. Er lässt sich erzählen, was in der Schule passiert ist. Wir lachen zusammen. Nein, das stimmt nicht. Papa lacht, ich lache selten. Papa kommt jede Nacht. Er lässt keine Nacht aus. Ganz wenige Nächte hat er ausgelassen. In diesen Nächten, hat Anna mir erzählt, in diesen Nächten war er bei ihr. Er geht nicht oft zu ihr. Bei mir ist er lieber. Das sagt er mir nicht, aber ich weiß es. Er ist gut im Schweigen, er ist ein Meister im Vergessen. So oft er auch bei mir ist, am nächsten Morgen hat er es wieder vergessen. Als ob es zwei Papas gibt. Deshalb kann ich nie ein Wort sagen. Nicht zu ihm, zu niemandem, außer zu Anna. Papa würde nicht verstehen, was ich meine. Der Papa bei Tag wäre sonst böse mit mir. Der Papa bei Nacht redet kein Wort. Ich habe auch kein Wort gesagt, weil ich geglaubt habe, dass alles so sein muss.«

Trotz der Bedenken des behandelnden Arztes

hatte die Bundesanwaltschaft die Genehmigung erteilt, Günther Kälin zu verhören. Die Aussage des Schauspielers Fischer, vor allem aber der Fund in der Berghöhle auf der Diavolezza, waren ausschlaggebend dafür gewesen.

Die Befragung fand in der Allgemeinpsychiatrischen Tagesklinik St. Moritz statt. Nachdem Tschudi dem Bundesanwalt seinen Verdacht geschildert hatte, war die richterliche Anweisung ergangen, dass die Mutter des Kindes nicht anwesend sein dürfe. Stattdessen wohnten der Befragung der Kommissar, Wachtmeisterin Bässler, der Allgemeinmediziner und eine Kinderpsychologin bei.

Günther Kälin blickte auf. Das waren die traurigsten Augen, die Tschudi je gesehen hatte. Die ernstesten Augen. Augen, die die Welt nicht mehr zu erkennen schienen.

»Ich lebe mit meinen beiden Papas«, sagte Günther. »Mit meinem Papa und mit demjenigen, der nach Mitternacht kommt.«

»Wann hat dein Vater denn begonnen, dich zu … besuchen?«

»Immer schon. Von Anfang an. Er besucht auch Anna, seit sie klein war.«

»Und ihr wolltet, dass das aufhört?«

Günther nickte.

»Wer hatte die Idee, wie man das anstellen kann?«

»Wir beide. Es war unsere gemeinsame Idee.«

»Du bist zehn, Günther. War es nicht vielleicht deine ältere Schwester, die sich diese besondere … Bestrafung ausgedacht hat?«

»Nein«, widersprach er. »Ich habe das vorgeschlagen. Denn ich weiß, wie es geht.«

»Du weißt es?«

»Natürlich.«

Margrit Bässler zog das Werk des Philosophen hervor. »Wusstest du es aus diesem Buch?«

»Richtig. Da steht alles drin. Der Philosoph Mong hat es aufgeschrieben. Er wusste, welche Methode am wirkungsvollsten ist.«

Die Kinderpsychologin wollte eingreifen, mit einer Geste bat Tschudi sie, noch zu warten.

»Was ich nicht verstehe: Warum seid ihr einige Tage vor eurer Aktion von zu Hause davongelaufen, Günther? Wieso hat Anna diesen Abschiedsbrief geschrieben?«

»Als Ablenkung.«

»Worin lag die Ablenkung? Ihr hättet die Sache auch tun können, wenn ihr im Hotel geblieben wärt.«

Er schüttelte den Kopf. »Anna sagt, das Wichtigste ist, dass wir nicht im Hotel sind, wenn es passiert. Jeder soll glauben, dass wir unterwegs nach Italien sind.«

»Ihr seid aber nur bis auf die Diavolezza gekommen.«

Günther nickte frohgemut, als ob er diesen Teil der Geschichte besonders mochte. »Die Höhle ist gut. Bartolo hat sie entdeckt. Er hat sie uns gezeigt. Anna sagt, dort ist der richtige Ort. Sie baut alles selbst, mit ihren Händen. Sobald der Schnee einigermaßen geschmolzen ist, beginnt sie damit. Nach und nach schafft sie alles auf den Berg. Das dauert Wochen. Weil sie immer nur wenige Sachen mitnimmt, fällt es keinem auf. Manchmal begleite ich sie. Wenn Bartolo Zeit hat, bringt er auch etwas hoch. Eine richtige kleine Wohnung ist das geworden. Wir sind froh, dort einzuziehen.«

»Es muss aber doch schrecklich kalt gewesen sein in der Nacht.«

»Das macht mir nichts aus. Wir haben Jacken und Felle. Erst später, als es so viel regnet und schneit, macht es mir etwas aus. Dann bin ich krank. Verstehen Sie?«

Tschudi verstand Vieles noch nicht, aber er wollte den Jungen nicht bedrängen. Aus den Bruchstücken ließen sich die Vorgänge zwar einigermaßen zusammensetzen, doch nur das Inferno der Seelen, die Hölle dieser Kinder konnte das vollständige Bild aufzeigen. Die Hölle hatte sich gerächt. Eine Tat aus Rache war es, Rache das Motiv. Der Kommissar ahnte, dass Rache nur die Oberfläche der Pein, der Angst und Not streifte, eine Not, die angeblich niemand bemerkt haben wollte, viele Jahre lang.

Ein Verfahren gegen Erika Kälin war unumgänglich. Sie musste von den nächtlichen Streifzügen ihres Mannes gewusst haben. Sie hatte geschwiegen und ihn gewähren lassen.

»Wie habt ihr euch das Gift besorgt?«, fragte Margrit. »Und die Spritze.«

Tschudi war ihr dankbar, dass sie übernahm. Er selbst wollte die Befragung nicht länger fortsetzen.

»Das war einfach.« Günther setzte sich im Bett auf. Jetzt, da der Anfang gemacht war, schien er sich alles von der Seele reden zu wollen. »Das Hotel ist gut ausgerüstet. Wenn es im Hotel einen Unfall gibt, dauert es immer eine Weile, bis der Arzt aus Pontresina kommt. Meine Eltern haben darum ein Krankenzimmer eingerichtet. Dort bringt man die Gäste mit den

Knochenbrüchen hin, auch die mit dem verdorbenen Magen, dem Höhenkoller und den Frostbeulen. Und weil der Dorfarzt keine Lust hat, immer alles auf den Berg zu schleppen, hat er eine kleine Apotheke bei uns eingerichtet. Einen Schlüssel verwahrt meine Mutter, den anderen hat Patters. Ich bin gern bei Patters zu Besuch. In seiner Wohnung gibt es wunderbare Dinge. Ich darf kommen, wann ich will.«

»Hat Herr Patters dir den Schlüssel zum Arzneischrank gegeben?«

»Aber nein. Ich stehle den Schlüssel natürlich«, sagte Günther. »Genau so, wie ich das Buch stehle. Patters bemerkt nie etwas. Gleich darauf hängt der Schlüssel schon wieder an seinem Bord.«

»Günther.« Margrit zog den Stuhl nahe an das Bett des Jungen. »Ich möchte, dass du mir genau erzählst, Schritt für Schritt, was in der Nacht passiert ist, als ihr ins Hotel zurückgekehrt seid.«

»Wir kommen heimlich. Wir gehen ins Turmzimmer. Wir bestrafen Papa«, sagte er, als wäre es das Natürlichste von der Welt.

»Wie habt ihr euren Vater bestraft?«

»So wie Mong Tse es vorschreibt. Genau so.«

Tschudi sah das Buch des Philosophen auf dem Tisch. Er hatte die entscheidenden Passagen gelesen. Mong Tse beschrieb, wie man einem Delinquenten bei vollem Bewusstsein ein Organ nach dem anderen entfernte, ohne dass er daran starb. Der Delinquent musste zusehen, wie seine Genitalien amputiert wurden, seine äußeren Gliedmaßen, seine Zunge, ein Auge. Der Delinquent lebte immer noch. Der Folterer achtete darauf, dass der Delinquent nicht an dem Schock, der durch den Schmerz entstand, verstarb.

Tschudi hatte manche Stellen einfach übersprungen. Es war undenkbar, einem Menschen so etwas anzutun, und unvorstellbar, dass Kinder es tun konnten. Die Kinder hatten es nicht getan. Sie konnten es nicht. Sie hatten ihren Vater zwar betäubt, um sicherzugehen, dass der starke Mann sich nicht wehrte. Sie hatten ihn im Schlaf überrumpelt, Anna hatte ihm die Spritze in den Hals gesetzt. Sie wussten nicht, dass die Methohexital-Dosis zu hoch war. Als sie mit der Bestrafung beginnen wollten, verließ sie offenbar der Mut. Waren sie gleich darauf geflohen, oder hatten sie Kälin zuerst das Messer in die Brust gerammt? Wer hatte das Messer geführt, Anna, Günther? Es brauchte Kraft, ein Messer durch Knochen und Knorpel bis zum Heft in einen Körper zu stoßen. Hatten sie es zusammen getan? War es jemand anders gewesen? Jemand, der später gekommen war, nachdem die Kinder schon fort waren?

»Fangen wir doch am Anfang an«, sagte Margrit. »Warum seid ihr in dieser Nacht vom Berg heruntergestiegen?«

29

Bartolo stellte seinen prall gefüllten Rucksack und einen Karton auf die rote Fußmatte. In geschwungenen Lettern markierte sie den Eingang zum *Grand Arnold*.

»Fristlos?« Corinne zog ihre Wolljacke aus.

»Fristlos.« Bartolo schaute zur Garage hinüber.

»So schnell, von einem Tag auf den anderen?«

»Worauf soll sie warten? Frau Kälin will mich loswerden.«

»Und sie hat nicht einmal persönlich mit dir gesprochen?« Die Sonne kam hervor. Von einer Minute zur nächsten wurde es heiß.

»Personalangelegenheiten regelt der Chefbutler«, erklärte Bartolo. »Patters hat mir meine Papiere gegeben. Ich könnte mich über das magere Zeugnis, das er mir ausstellt, beschweren, aber ich bin schon froh, dass Frau Kälin mir nicht ihren Anwalt auf den Hals hetzt.«

»Weshalb sollte sie das tun?«

»Weil ich Anna und Günther geholfen habe, die Höhle zu bauen. Weil ich mein Versprechen gehalten und niemandem gesagt habe, wo sie sind.«

Sie standen in der Sonne wie an einem ganz normalen Tag. Sie standen da, als müssten sie nur entscheiden, zu welchem Ausflug sie aufbrechen wollten. Sie standen da wie zwei, die leicht Abschied nahmen.

Corinne verabschiedete sich schwer von Bartolo. Er verabschiedete sich schwer vom *Grand Arnold*. Als er hier angefangen hatte, war er noch ein halbes Kind gewesen.

»Was machst du als Nächstes?«

»Kellnern. Die Saison geht zu Ende, etwas anderes finde ich so spät im Jahr nicht mehr.«

Sie nahm seine Hand. »Es tut mir leid.«

Er drückte ihre. »Es hat auch sein Gutes, wegzukommen von diesem Ort. Hier wird nichts so bleiben, wie es war.«

»Wieso?«

»Frau Kälin behält den Laden bestimmt nicht mehr lange. Und die Kinder wollen nur noch weg von hier.«

»Du denkst, sie verkauft?«

»Die Sache wird ans Licht kommen. Und dann logiert kein Gast, der etwas auf sich hält, in einem Haus, wo solche Dinge vorgefallen sind. Im Moment ist das *Grand Arnold* noch etwas wert. Kommen erst schlechtere Zeiten, steht sie ohne die Hilfe von Herrn Kälin mit seinem vielen Geld da.«

»Aber ich dachte …« Corinne drehte sich zum Eingang, ob ihnen jemand zuhörte. Hinter der Rezeption stand Elsy mit fahlem Gesicht. Wenn Corinne sich nicht täuschte, war eine graue Strähne in ihrem Haar aufgetaucht. In der Lobby plauderten zwei Schotten. Alessandro Ostia kam die Freitreppe herunter. »Ich dachte, Frau Kälin erbt alles«, fuhr Corinne fort. »Sein ganzes Vermögen.«

»Das ist nicht sicher.«

»Warum? Sie ist seine Frau.«

»Eben.« Er nickte geheimnisvoll.

Nebeneinander gingen sie die Stufen zur Einfahrt hinunter.

»Was meinst du denn, Bartolo, was?«

»Ich weiß nichts Genaues. Es hat mit den Kindern zu tun, mit Kälins Tod und mit Frau Kälin. Es dürfte unangenehm für sie werden.«

»Was heißt das?«

»Es gibt ein Gerichtsverfahren und Schlagzeilen weit über die Schweiz hinaus. Ich bin froh, dass ich hier raus bin.«

Unterdessen hatte der Magier die Halle erreicht. Als wisse er nicht, wohin er sich als Nächstes wenden sollte, sah er sich um.

»Wann reist ihr ab, du und deine Gnädige?«, fragte Bartolo.

»Frau von Hoppe scheint es auch eilig zu haben, von hier fortzukommen.«

»Fährt sie zusammen mit ihrem Mann?«

»Nein. Er vertritt Frau Kälin juristisch. Kann sein, dass er länger bleibt.«

Alessandro Ostia überschritt die Schwelle ins Freie. »Ah«, machte er und streckte die Arme nach der Bergwelt aus. »Herrlich ist das, wieder nach draußen zu dürfen.«

»Durften Sie denn nicht?«, fragte Corinne, überrascht von seiner Offenheit.

»Der verrückte Kommissar hat es mir verboten.«

»Was werden Sie jetzt unternehmen?«, fragte Bartolo.

»Einen Spaziergang. Ich werde meinen ersten Spaziergang machen.«

Corinne stellte sich auf dieselbe Stufe mit ihm. »Heißt das, dass die Polizei den Fall aufgeklärt hat?«

»Oh, nein.« Mit sonderbarem Ausdruck sah er sie an. »Nichts ist aufgeklärt, Fräulein. Gar nichts.«

»Sagten Sie nicht gerade …?«

»Es wird auch niemals aufgeklärt werden.« Er legte den Finger auf den Mund. »Aber ich werde mich hüten, dem Kommissar das zu verraten.«

»Sie wissen etwas über den Mord?«, erwiderte sie neugierig. »Wissen Sie, wer es getan hat?«

Etwas Nachdenkliches, vielleicht etwas Weises zeigte sich im Gesicht Leo Krieglers. »Sie finden die Lösung vielleicht selbst heraus, Fräulein.«

»Ich? Woher sollte ich wissen …?«

Bevor sie zu Ende gesprochen hatte, ging er weiter und nahm die Route, die zum Steinernen Haff führte. Ein Pfad, der steil anstieg.

Auf der anderen Seite des Hotels öffnete sich das Garagentor. Heraus kam der blitzblanke Alvis TC108.

»Dein Wagen?«, rief Corinne. »Wieso? Wer darf deinen Wagen außer dir fahren?«

»Mein Nachfolger natürlich.« Wehmütig betrachtete Bartolo das vertraute Fahrzeug. »Niemand ist unersetzlich.«

Wolken und Himmel spiegelten sich in den Scheiben, man erkannte nicht, wer hinter dem Steuer saß.

»Der Neue macht Besorgungen in Pontresina und ist so nett, mich mitzunehmen.« Bartolo nahm seinen Rucksack und wollte die Schachtel hochheben, als der Karton plötzlich zitterte.

»Was hast du da drin?«, rief Corinne.

Er öffnete den Deckel. »Niemand wollte ihn haben.«

»Carl!«, rief sie überrascht. »Du nimmst Carl mit?«

Das schmale Gesicht des Siamkaters tauchte auf. Er maunzte nicht, machte keinen Laut. Er versuchte nicht einmal, seinem Gefängnis zu entkommen.

»Frau Kälin hätte ihn bestimmt ertränken lassen.« Bartolo streichelte das Tier. »Oder sie hätte ihn zu Kälin ins Grab geworfen. Man kann nie wissen bei dieser Familie.«

»Das finde ich großartig von dir, dass du dich um Carl kümmerst.«

»Da bin ich wenigstens nicht so allein unten im Tal.« Er küsste Corinne auf den Mund, nahm seine Sachen und ging.

* * *

»Ich glaube, dass es Einbrecher waren«, sagte der Mann aus Düsseldorf zu seiner Frau aus Düsseldorf.

Hinter dem Düsseldorfer Ehepaar stellte sich der Mörder in die Schlange am Buffet.

»Ich finde das unwahrscheinlich«, entgegnete die Düsseldorferin. »Wenn du bedenkst, was ein Einbrecher so alles mitschleppen muss: Brechstange, Schweißbrenner, jede Menge Dietriche. Nein, Horst, ich glaube nicht, dass es ein Einbrecher war.« Sie bediente sich bei den Mostbröckli und beim Bündnerfleisch.

»Vielleicht hast du recht«, lenkte er ein, nahm vom Bienenzopf und dazu Sbrinz.

Der Mörder tat sich frischen Ziegenkäse auf und nahm ein Schälchen Birchermüesli.

O.W. Fischer betrat den Frühstückssalon. Gewohnheitsmäßig gingen alle Köpfe herum, ein stillschweigendes Ritual. O.W. ließ das Buffet links liegen, ging zu seinem Tisch und machte der Kellnerin ein Zeichen, dass er nur Kaffee wünsche. Er entdeckte den Mörder am Buffet und nickte ihm zu. Der Mörder lächelte.

Mit Blick auf den Filmstar tuschelten die Düsseldorfer miteinander. »Ob er der Mörder ist?« Sie kicherte.

»Schlimmer. Er ist Schauspieler.«

Darüber lachten die Rheinländer und packten Trauben auf ihre Teller. »Schon seltsam, dass man hier Schlange stehen muss. In einem Hotel dieser Kategorie sollte man eigentlich bedient werden.«

»Da hast du recht, Konstanzia.«

Der Mörder beugte sich zu den beiden. »Wussten Sie, dass ein Engländer zum Frühstück nie bedient wird? Selbst in den höchsten Adelskreisen bedienen sich die Engländer beim Frühstück selbst.«

»Ach ja? Das ist interessant«, antwortete die Düsseldorferin. »Das wusste ich nicht.«

Der Mörder bemerkte den alten Kommissar, der mit seiner Assistentin den Frühstückssalon betrat. Der Kommissar sah zum Erbarmen aus. Wenn der Mörder sich nicht täuschte, stützte seine Assistentin ihn unauffällig am Arm. Der Kommissar machte einen Bogen um das Buffet, als würden dort Teufel und Beelzebub auf ihn lauern. Die beiden wählten eine Nische und bestellten Kaffee. Der Mörder sah den Kommissar eine Pillenschachtel hervorholen und drei Tabletten zurechtlegen. Die Assistentin sagte etwas, der Kommissar antwortete. Der Mörder versuchte vergebens, von den Lippen der beiden zu lesen.

»Besteht Fluchtgefahr?« Tschudi faltete die Serviette auseinander. Er musste seine rastlosen Finger ablenken, denn die wollten etwas Essbares an den Mund führen.

»Das ist die Frage.« Margrit bemerkte Tschudis Unruhe. »Frau Kälin leitet das Hotel, sie muss sich um die Kinder kümmern. Unwahrscheinlich, dass sie flüchten könnte.«

»Bei dieser Frau bin ich nicht sicher.« Tschudi legte die Serviette wieder hin.

Margrit schenkte ihm Kaffee ein. »Ich weiß nicht, ob ich Erika Kälin für grausam oder gefühllos halten soll.«

»Diese Frau hat jahrelang geduldet, dass ihr Mann die eigenen Kinder … Vielleicht hat sie weggeschaut, aber gewusst hat sie es bestimmt. Selbst wenn Anna und Günther zu Stillschweigen verdammt waren, muss sie es irgendwann in den Augen der Kinder gelesen haben. Kinder nehmen in solchen Fällen oft selbst die Schuld auf sich. Sie schämen sich für das, was ihnen angetan wird, als ob sie es selbst getan hätten. Es ist eine schreckliche Verstrickung von Schuld und Schweigen und Geheimnis, eine innere Versteinerung. Sie trauen sich nichts zu sagen, zu niemandem, nicht einmal zur eigenen Mutter. Es ist … die Hölle.«

Tschudis Stimme war ganz rau geworden. Konnte man nüchtern darüber sprechen, wenn solch ein unerträgliches Unrecht geschah? Das Gericht hatte über die Tat von Anna und Günther zu befinden. Aber die Kinder waren nicht die Täter. Der wahre Täter lebte nicht mehr. Es fiel Tschudi schwer, bei Kälins Tod nicht an eine Hinrichtung zu denken. Seine Mittäterin war noch am Leben. Deshalb musste Erika Kälin zur Verantwortung gezogen werden. Tschudi trank den

Kaffee. Alles machte ihn heute krank, selbst der Morgenkaffee, den er sonst recht gut vertrug.

»Stellen Sie den Haftbefehl für Erika Kälin aus«, sagte er. »Sperren Sie die Frau ein. Sperren Sie sie ein.«

Besorgt sah ihn Margrit an. »Deve andare in ospedale, Commissario. Non púo più sopportarlo.«

»Ich weiß, dass ich ins Krankenhaus muss«, antwortete er. »Meine Befürchtung ist, dass sie mich dort nicht mehr rauslassen werden.« Er lächelte müde.

Als er die Brille hochschob und die Wachtmeisterin ansah, bemerkte er Tränen in Margrits Augen. »Bitte nicht, Kollegin«, murmelte der alte Kommissar. »Per favore, non piangere.«

»Quanto rimarremo?« Margrit wischte sich über die Lider. »Wie lange bleiben wir noch?«

»Nicht mehr lange. Wir brechen unsere Zelte im *Grand Arnold* ab.«

30

»Danke, dass Sie diesem Treffen zugestimmt haben«, sagte Alessandro Ostia.

»Von selbst wäre ich nicht gekommen.« Anna Kälin war geschminkt. Sie trug ein stahlblaues Kostüm und hohe Schuhe. Niemand hätte in diesem Aufzug vermutet, dass sie erst sechzehn war. Sie deutete zu O.W. Fischer, der sich respektvoll auf die andere Seite des Salons zurückzog.

»Er hat mich überredet. Er hat das Ganze überhaupt ins Rollen gebracht.«

Der Magier nickte. »Otto hat mir erzählt, dass er Sie und Ihren Bruder in jener Nacht im Hotel gesehen hat.«

Anna setzte sich auf die Couch. »Das war dumm von uns. In einem Hotel wie diesem kann man nicht ungesehen umherschleichen.« Sie wippte mit dem Stöckelschuh. »Früher oder später wäre es so oder so herausgekommen.«

Ostia sah sich im Salon der Kälins um. »Bei Licht wirkt der Raum ganz anders.«

»Sie kennen unser Wohnzimmer?«

»Es ist noch nicht lange her, da habe ich mit Ihren Eltern hier gesessen.« Er ging zum Lichtschalter. »Darf ich?«

»Was versprechen Sie sich davon?«

Ostia schaltete ein. Über dem Tisch wurde es hell.

»Schon besser. Aber es stimmt noch nicht ganz.« Ohne um Erlaubnis zu fragen, zog er die Vorhänge zu. Als es dunkel wurde, versetzte das farbige Glas der chinesischen Lampe die Szene in jene traumartige Stimmung, die auch während der Séance geherrscht hatte. Ostias Anzug changierte im Schein des Glases.

Anna stand von der Couch auf. »Ich habe nicht viel Zeit, Herr Kriegler. Meine Mutter wurde verhaftet. Im Hotel ist schrecklich viel zu erledigen.«

»Es dauert nur ein paar Minuten.« Er nahm denselben Platz am Tisch ein wie beim letzten Mal. »Ihr Vater ist tot, Ihr Bruder ist im Krankenhaus. Man hat Ihre Mutter mitgenommen. Sie sind ganz allein?«

»*Allein* – in einem Hotel?« Mit einem Schmunzeln nahm Anna ihm gegenüber Platz. »Mir zuliebe bleibt der Mann meiner Tante noch ein paar Tage länger.«

»Der Deutsche? Von Hoppe?«

»Ich weiß, sein Ruf eilt ihm voraus. Aber ich habe ihn ganz gern.«

Ostia sah sie an. »Was soll jetzt werden, ich meine, mit dem *Grand Arnold*, Fräulein Kälin?«

»Onkel Rudi hat eine vorübergehende Lösung vorgeschlagen. Er veranlasst, dass man einen Prokuristen aus Papas Fabrik heraufschickt. Der soll das Hotel leiten, bis geklärt ist, wie es weitergeht. Mama wird vor Gericht gestellt.«

»Das sagen Sie so seelenruhig?«

»Wie soll man es anders sagen? Alles, was geschieht, ist eine Folge von etwas anderem. Es ist folgerichtig.«

Als wollte er ihre Hände nehmen, beugte Ostia sich über den Tisch. »Bitte weiter.«

»Sie werden Günther wahrscheinlich in die Psychiatrische stecken, um ihm den Prozess zu ersparen.« Anna sprach ohne sichtbare Erregung. »Wenn er Glück hat, lassen sie ihn bald wieder raus. Dann kommt er zu unseren Verwandten nach Kanada.«

»Und Sie, Fräulein Kälin?« Ostias Hände ruhten auf dem silberfarbenen Tischtuch.

»Ich habe nicht so viel Glück wie Günther.« Ein ernstes Lächeln. »Das hatte ich noch nie.«

»Das sehe ich anders.«

»Sie *sehen* es?«, fragte sie überrascht. »Behaupten Sie tatsächlich, zu sehen, was sich hinter der Wirklichkeit verbirgt?«

»Ich habe mich nie als Hellseher bezeichnet, das tun die anderen. Mich quälen jedoch Bilder von Ereignissen, die nicht in der Vergangenheit, nicht in der Zukunft, sondern in verschiedenen Zeiten verankert sind.«

»Treffen wir uns etwa deshalb hier, weil Sie etwas quält?«, fragte sie überheblich.

»Warum geben Sie der Sache keine Chance? Vielleicht profitieren wir beide davon.«

Im Hintergrund stand O.W. Fischer auf. »Das hättest du mir sagen müssen, Xandi, dass du mit Fräulein Kälin eine spiritistische Sitzung machen willst. Das finde ich nicht richtig.«

»Es ist weniger spiritistisch, als du annimmst«, antwortete der Magier.

»Weshalb sind dann die Vorhänge zu?« Unsicher, ob er eingreifen sollte, stand Fischer im Raum.

»Damit wir uns besser konzentrieren können.« Ostia ließ Anna nicht aus dem Blick.

»Hypnotisieren Sie mich gerade?«

»Sie werden meine Fragen in vollkommen wachem Zustand beantworten.«

»Vielleicht beantworte ich sie gar nicht.«

»Meine Frage lautet: Weshalb hat sich der Tod im Turmzimmer in jener Nacht so überwältigend manifestiert?«

»Mein Vater ist tot, das ist alles. Worin sehen Sie das Überwältigende?«

»Ihre Eltern haben mich neulich konsultiert. Wir saßen an diesem Tisch. Ich hielt die Hände Ihres Vaters und Ihrer Mutter. Die Schwester Ihrer Mutter war auch dabei.«

»Tante Wilhelmine?«

»Ich glaube, Ihre misstrauischen Eltern haben sie dazugebeten, um mich als Scharlatan zu entlarven.«

»Ist ihnen das gelungen?«

Unvermittelt ergriff Ostia Annas Hand. Fischer wollte dazwischengehen. Mit einer Geste brachte der Magier ihn dazu, sich zurückzuhalten.

»Das Turmzimmer«, sagte er mit veränderter Stimme. »Alles, was einmal geschehen ist, muss im Turmzimmer Erlösung finden. Der Tod materialisiert sich im Turmzimmer. Aber der Tod ist überlebensgroß.«

»Lass das Mädchen los, Xandi«, rief O.W. mit Nachdruck.

»Was habt ihr getan?« Ostia senkte die Stirn. »Was wolltet ihr tun?«

Anna zeigte keine Furcht, sie zog die Hand nicht zurück. Ihre Finger umschlossen die seinen. »Nun, zeigen Sie mal, was Sie können, Zauberer.«

»Sie und Ihr Bruder betreten das Zimmer. Sie wollen Ihrem Vater wehtun.«

»Das kann Ihnen die Polizei verraten haben«, flüsterte Anna.

»Alles, was Sie dazu brauchten, haben Sie mitgebracht.« Ostia schloss die Augen. »Werkzeug. Säge, Beil, ein scharfes Messer. Ein Buch. Das Fläschchen. Was ist darin?«

Sie starrte ihn an. »Weiter – weiter!«

»Ihr Vater schläft. Schläft er wirklich?«

»Er hat geschlafen.«

»Sie verabreichen ihm das Betäubungsgift. Wacht er auf?«

»Nein.«

»Sonderbar. Wenn man einem Schlafenden eine Injektionsnadel in den Hals sticht, erwacht er normalerweise.«

»Ich habe einem Schlafenden noch nie eine Nadel in den Hals gestochen. Woher sollte ich das wissen?«

»Reagiert er?«

»Nein.«

Ostia öffnete die Augen wieder. »Sie wussten es sofort, nicht wahr? Dass er tot ist?«

»Er war nicht tot.«

»Er war nicht …?« Ein Laut der Überraschung.

»Er hatte Puls.«

»Ihr Vater hat gelebt?«, fragte Ostia verwirrt. »Und dann?«

»Günther hat das Messer genommen.«

»Hat er mit der Bestrafung seines Vaters begonnen?«

»Nein. Günther ist zusammengebrochen. Er fing an zu weinen. Er weinte im Schoß seines Vaters, das Messer noch in seiner Hand.«

»Und Sie?«

»Ich habe begriffen, dass wir Papa niemals das heimzahlen können, was er uns angetan hat. Selbst wenn wir ihn zerstückeln und den Hunden zum Fraß vorwerfen, nichts wäre dadurch anders geworden.« Sie ließ die Hand des Magiers los.

Ostia sog die Luft in seine Lungen und lehnte sich zurück. »In Wahrheit hat Ihr Vater Günther getötet. Vor vielen Jahren hat er sein eigenes Kind getötet. Und wo Tod ist, muss immer Tod bleiben. In dieser Nacht musste der Tod im Turmzimmer sein. Denn der Tod vergisst nichts.«

»Ein paar Minuten später habe ich keinen Puls mehr an Papa gespürt«, sagte Anna.

»Er ist also gestorben?«

Sie nickte. »Ich habe meinem Bruder aufgeholfen und ihm die Tränen abgewischt. Wir haben alles zusammengepackt und sind gegangen.«

»Hat Sie jemand gesehen?«

»Nein. Noch in der Nacht sind wir auf den Berg zurückgekehrt.«

»Niemand wusste demnach, dass Sie in der Todesnacht im Hotel waren.« Ostia stand auf, öffnete die Vorhänge und löschte das Licht. »Danke, Fräulein Kälin.«

»Was ich nicht verstehe …«

»Ja?«

»Ich habe Papa keine besonders hohe Dosis gegeben. Ich wusste nicht, dass Methohexital tödlich sein kann.«

»Das Methohexital hat Ihren Vater nicht umgebracht.« Ostia ging hinüber zu O.W., der den Magier mit gemischten Gefühlen ansah.

Anna kam ihm nach. »Was war es dann?«

»Nicht *was*, Fräulein Kälin. Die Frage muss lauten: *Wer?* Wer hat Ihrem Vater den Tod gebracht?«

»Wissen Sie es?«

»Ich weiß es jetzt. Durch Sie, Fräulein Kälin.«

Ostia und O.W. ließen die junge Frau im Salon zurück. Als der Schauspieler sich noch einmal umdrehte, erschien ihm Anna unendlich einsam.

31

Der Kommissar wurde mit dem Krankenwagen abgeholt. Einer plötzlichen Kolik folgte der Zusammenbruch des gesamten Systems. Margrit hatte ihren Chef im Büro neben der Küche erwartet. Als er sich verspätete, suchte und fand sie ihn in seinem Zimmer. Er lag neben dem Bett, den Arm nach oben verrenkt. Auf dem Nachttisch stand die Pillenschachtel. Er hatte sie nicht mehr erreicht.

Es dauerte eine halbe Stunde, bis der Rettungswagen vor dem *Grand Arnold* hielt. Margrit zeigte den Sanitätern den Weg in Tschudis Zimmer. Zum dritten Mal in kurzer Zeit wurde jemand durch die Lobby getragen. Zuerst war es der tote Hoteldirektor gewesen, später der kranke Günther und nun der Kommissar, der den Fall lösen sollte. Er hatte das Bewusstsein wiedererlangt. Margrit wollte Tschudi ins Krankenhaus begleiten.

»Du bleibst hier. Uno di noi deve risolvere questo caso«, sagte er in Margrits Muttersprache.

»Ich kann den Fall ohne Sie nicht lösen.«

»Weißt du noch, was ich dir neulich sagte?« Er erlaubte dem Sanitäter noch nicht, ihm die Sauerstoffmaske auf Mund und Nase zu setzen. »Dass der Mord nur scheinbar wie ein Uhrwerk abläuft.«

Neben der Trage lief Margrit zum Ausgang. »Aber es stimmt doch alles. Die Kinder, die Injektion, die

Todesart. Die Puzzleteile passen zusammen, Commissario.«

»Nein.« Tschudi schob das Gummiding beiseite. »Wir haben das Messer nicht gefunden. Wir wissen nicht, wer Kälin das Messer in die Brust gestoßen hat.« Der Schmerz zwang ihn, die Augen zu schließen.

»Nicht sprechen.«

»Wir haben mehr als einen Mörder«, flüsterte er. »Risolvi l'enigma, risolvi l'enigma, Margrit.«

Sie half ihm, die Maske aufzusetzen. Die Trage wurde in den Fond geschoben. Tschudi winkte der Wachmeisterin zu.

»Ich werde das Rätsel lösen«, sagte sie, als sich der Wagen schon in Bewegung setzte.

Der Mörder sah dem Krankenwagen mit einem Gefühl der Wehmut nach. Dort fuhr ein toter Mann. Der Kommissar wusste es, seine Assistentin ahnte es wahrscheinlich. Manchmal war der Tod so einfach, er holte sich sein Opfer unaufwendig. Aber nicht immer. Manchmal bevorzugte der Tod ein Ritual, eine bestimmte Zeremonie. Er liebte das Rätsel. Diese junge Wachtmeisterin blieb nun allein im *Grand Arnold* zurück. Würde sie der Spur des Todes bis an ihren Anfang folgen?

Der Mörder setzte die Sonnenbrille ab. »Guten Tag«, begrüßte er die Wachtmeisterin.

»Buon giorno.« Margrit schenkte dem Mörder kaum Aufmerksamkeit. Sie sah dem Krankenwagen nach, der sich zwischen den Serpentinen verlor.

»War das der Kommissar, den sie mitgenommen haben?«, fragte der Mörder.

»Ja«, antwortete Margrit leise.

»Was fehlt ihm?«

»Es geht ihm bestimmt bald besser.«

Der Mörder blieb auf den Stufen des Entrées, als bewunderte er die Aussicht. Wie lange würde die Polizei noch brauchen, bis sie den toxikologischen Befund anzweifelte? Nach allem, was ans Tageslicht gekommen war, mussten sie doch erkennen, dass der Pathologe sich geirrt hatte. Weshalb zog die Polizei nicht den einzig möglichen Schluss? Methohexital war ein intravenös verabreichtes, schnell wirkendes Anästhetikum. Aber Methohexital war nicht tödlich. Es war nicht tödlich! So viel von dem Zeug, um Kälin umzubringen, stand in der Hotelapotheke gar nicht zur Verfügung. Methohexital war ein leicht nachweisbares Narkotikum. Der Same der Paternostererbse dagegen enthielt das tödlichste aller toxischen Proteine. Seine Wirkung beruhte auf der letalen Hemmung der Proteinbiosynthese. Der Verzehr eines einzigen Samens der Paternostererbse war tödlich. Das Toxikum galt als Gift, das sich rasch verflüchtigte. Am Morgen nach der Tat hätte die Polizei noch die Chance gehabt, es im Körper des Toten festzustellen. Sie ließen diese Chance verstreichen. Der Einstich am Hals Kälins, das Methohexital in seinem Kreislauf hatte den Gerichtsmediziner getäuscht.

Der Mörder hatte dem Opfer den Samen der Paternostererbse auf traditionelle Weise verabreicht, so wie man Menschen seit Jahrtausenden vergiftete. Kälin bemerkte den unangenehmen Geschmack sofort und wollte heiße Schokolade nachtrinken. Er nahm die Tasse, starrte den Mörder an, die Kakaotasse entglitt ihm, fiel auf den Teppich und zerschellte. Kälin taumelte auf den Mörder zu. Der Sterbende keuchte. »Warum?«

»Damit sie es nicht tun muss.«

Der Mörder sah zu, wie Kälin in seinem Arbeitssessel zusammenbrach und das Bewusstsein verlor. Er atmete noch. Sein Leben würde kaum mehr als eine Viertelstunde dauern. Der Mörder wartete nicht so lange und verließ das Turmzimmer ungesehen.

»Es wird kühler«, sagte der Mörder zu Margrit. »Die langen Tage sind vorbei.«

Die Wachtmeisterin verlor den Krankenwagen aus den Augen. Gemeinsam mit dem Mörder ging sie die Stufen hoch und betrat das Hotel.

32

Corinne betrachtete das Messer im späten Nachmittagslicht. Sie hatte es nicht abgewischt. So viel Respekt zollte sie ihrer Tat, dass sie nichts daran veränderte. Die dunklen Flecken an der Klinge waren eingetrocknet. Sie wollte es gerade in das Unterhemd zurückpacken, das sie während des Lawinenunglücks getragen hatte, als die Tür aufging. Corinne war nicht schnell genug, das Messer unter dem Kopfkissen verschwinden zu lassen.

Frau von Hoppe hatte nicht geklopft. Sie hielt ihre Sonnenbrille in der Hand.

»Sind Sie vom Spaziergang schon zurück?«, fragte Corinne.

»Ich hatte mich die ganze Zeit gefragt, wo es ist.« Mit der Sonnenbrille deutete Frau von Hoppe auf das Messer.

Corinne legte es auf den Nachttisch, neben das Bild der Varietékünstlerin. »Was haben Sie sich gefragt?«

»Wo du es versteckt haben könntest.« Frau von Hoppe schloss die Tür. »Die Polizei hat das Messer im ganzen Hotel gesucht. Sie haben sogar ein Mädchen aus der Küche verdächtigt, weil sie die Zahl der Tranchiermesser durcheinanderbrachte.«

Corinne stand abgewandt, den Blick auf das Messer gerichtet. »Wieso die Polizei?«

»Weil das die Tatwaffe ist, nicht wahr?«

Corinne ließ den Atem ausströmen. Bevor sie wieder einatmete, drehte sie sich um. »Sie haben es gewusst?«

»Ich wusste es, lange bevor du selbst es gewusst hast.« Frau von Hoppe setzte sich in den zierlichen Sessel, der neben dem Bett gerade noch Platz fand.

Für einen Augenblick verlor Corinne das Gleichgewicht. Sie taumelte gegen die Wand und stützte sich am Nachttisch ab. Dabei kippte die gerahmte Fotografie um, das Bild fiel zu Boden, das Glas zerbrach.

»Nein!« Sie ging auf die Knie, nahm es mit fahrigen Fingern, als wäre ihr größter Schatz zerbrochen.

»Ach ja, diese Fotografie«, sagte Frau von Hoppe. »Ein Wunder, dass es die noch gibt. Ich weiß noch, wie deine Mutter dieses Bild unter die Babysachen geschoben hat. Ich nehme an, sie wollte, dass du etwas von ihr besitzt. Weißt du, was aus deiner Mutter wurde?«

»Sie ist gestorben.« Das zerbrochene Bild in der Hand kam Corinne hoch.

Frau von Hoppe warf einen Blick aus dem Fenster. Die Sonnenuntergänge in den Alpen waren wirklich zum Weinen schön. »Das ist nicht ganz richtig. Deine Mutter hat dich weggegeben, kurz nach deiner Geburt. Dein Vater hatte ihr versprochen, dass du adoptiert werden solltest.«

Corinne hielt den Bilderrahmen fest.

»Deine Mutter hat sich an die Illusion geklammert, dass der Herr der Fabriken, der reiche Arthur Kälin, sein Versprechen halten und dass ihr Kind woanders einen besseren Start ins Leben bekommen würde.«

Corinne hielt den Bilderrahmen fest.

»Es war einfacher für deine Mutter, mit dieser Lüge zu leben als mit der Realität, dass er sein Kind einfach weggesperrt hat, an irgendeinen gottverlassenen Ort.«

Corinne trat auf die Frau im Sessel zu. »Sie haben bei Kälin gearbeitet, gnädige Frau?«

»In einer seiner Fabriken.«

»Aber Sie sind doch … aus gutem Haus. Sie sind ein Mitglied der Arnold-Familie. Sie hatten es nicht nötig, am Fließband zu arbeiten.«

Frau von Hoppe setzte die Sonnenbrille auf. »Was weißt du über Armut, Corinne? In der Schweiz arm zu sein, ist schlimmer als anderswo auf der Welt. Die Arnolds hatten alles verloren, wir besaßen buchstäblich nichts mehr. Das Hotel war verpfändet. Unserem Vater drohte Gefängnis. Ich habe diesen Zustand nicht ertragen und wollte für meinen eigenen Lebensunterhalt sorgen, statt der Familie auf der Tasche zu liegen. Die Stelle in der Fabrik in Chur war das Einzige, was ich gefunden habe.«

»Und diese Fabrik gehörte Kälin?«

»Das weißt du sehr gut.« Ein rascher Blick. »Du bist dort gewesen. Du hast dich erkundigt.«

»Woher wissen Sie das?«

»Kälins alter Prokurist hat es mir erzählt. Du hast unangenehme Fragen gestellt. Du hast sogar Akten gestohlen. Offenbar hast du erfahren, was du wissen wolltest. Dass Kälin dein Vater ist.«

Corinne bedachte sich einen Moment. »In Deutschland ist man mit diesen Dingen sehr streng. Adoptionen werden unbedingt geheimgehalten. Wie haben Sie mich trotzdem gefunden?«

»Mit Hilfe meines Mannes.«

»Herr von Hoppe hat …?«

»Das untergegangene System funktioniert noch immer glänzend«, antwortete Frau von Hoppe. »Rudi hat Beziehungen in alle möglichen Kreise. Er hat dich in dem Mädchenpensionat aufgespürt.«

»Weiß Herr von Hoppe, dass ich … Weiß er, wer ich bin?«

»Nein. Nachdem er dich gefunden hatte, interessierte ihn die Sache nicht mehr.«

Frau von Hoppe stand auf und sah aus dem Fenster. »Du bist vor dem Krieg geboren, Corinne. Hier oben, in diesen Bergen. Kälin hat dich dann ins Waisenhaus gegeben. Jahre später tauchte ein Ehepaar aus Frankfurt auf. Sie haben dich mitgenommen. Du warst bei ihnen bis zu dem Jahr, als Hitler die Sowjetunion angegriffen hat. Deine Adoptiveltern haben dich zum zweiten Mal weggegeben. Die Jahre nach Kriegsende hast du im Mädcheninternat verbracht. Später wurdest du Kellnerin.«

»In Wuppertal.«

»In Wuppertal habe ich dich gefunden. Ich kannte dich nicht, du kanntest mich nicht. Trotzdem hast du dich zu mir hingezogen gefühlt.«

Im Zimmer wurde es still. Die Sonne versendete roten Glanz. Corinnes Blick fiel auf das Messer. Das Licht spielte darin. »Selbst wenn das alles stimmt, woher wussten Sie, dass ich Kälin etwas antun würde?«

»Was denkst du denn, welche Gabe eine Mutter hat, selbst die schlechteste Mutter der Welt?«

»Ich weiß nicht.«

»Die Gabe des Vorausschauens. Eine Mutter weiß, was ihr Kind vorhat. Sie weiß es, bevor das Kind es weiß. Sie weiß, wenn das Kind schlafen will, wenn es hungrig ist. Du bist schon ein ziemlich altes Kind gewesen, als wir uns kennenlernten, aber ich habe dich während unserer Zeit in Bonn beobachtet. Ich habe früh gespürt, dass du etwas unternehmen würdest, nicht erst, als ich unsere Reise in die Berge plante, zu meiner Schwester, *ins Grand Arnold*. Ich wusste es, lange bevor du das Tranchiermesser aus meiner Küche gestohlen hast.«

Frau von Hoppe trat vor Corinne. »Warum wolltest du eigentlich deinen Vater und nicht deine Mutter umbringen? Sie hat versucht, dich abzutreiben. Sie hat dir den Makel deiner beschädigten Geburt angetan.«

»Meine Mutter ist nicht schuld daran. Sie hat in Not gehandelt, in der Not, in die er sie gestoßen hat.« Corinne betrachtete ihre Hände. »Was geschieht, wenn die Polizei herausfindet, was ich getan habe?«

»Du hast nichts getan.« Frau von Hoppe setzte sich neben sie auf die Bettkante.

»Ich bin in der Nacht bei Kälin gewesen. Ich habe ihm das Messer bis zum Heft in die Brust gestoßen.«

»Es ist kein Verbrechen, einen toten Mann zu erstechen, nicht wahr?« Frau von Hoppe nahm die Hände Corinnes.

»Einen toten Mann? Wollen Sie sagen, die Kinder haben es getan? Seine eigenen Kinder?«

»Nein. Kinder vermögen so etwas nicht. Kälin lag bereits im Sterben, als die Kinder das Turmzimmer betraten.«

»Aber wer … Wer hat es getan?« Sie drückte die Hand der älteren Frau.

»Ich«, antwortete Frau von Hoppe. »Ich bin der

Mörder. Ich bin der einzige Mörder in diesem Hotel. All die missbrauchten Kinder, die sich an Kälin rächen wollten, konnten ihm nichts tun. Du nicht, Anna nicht und ganz gewiss nicht Günther.«

Frau von Hoppe atmete erleichtert aus. Sie hielten einander an den Händen. »Ich bin der Mörder, Corinne. Ich ganz allein.«

33

Der Tag war herrlich, deshalb hatte man die großen Glastüren der Halle zur Terrasse geöffnet. An einem solchen Tag sollten Luft und Natur das alte Hotel durchströmen, bevor Herbststürme und Schneeschauer dem Vergnügen bis zum nächsten Frühling ein Ende bereiten würden.

O.W. saß auf der Terrasse vor dem *Grand Arnold*, über ihm ein Sonnenschirm, neben ihm ein Glas österreichischen Weißweins. Er trug den Strohhut, mit dem man ihn aus einigen seiner Filme kannte, und die dunkle Brille. O.W. hatte den besten Logenplatz ergattert. Von hier aus sah er praktisch alles, was in der Lobby geschah. Er nippte am Wein. Das angenehme Gefühl eines leichten Dusels durchströmte ihn.

Dort reiste eine Fürstin ab, ließ es sich anders umschreiben? Frau von Hoppe beendete ihren Aufenthalt früher als geplant. Die Angestellten versammelten sich zum gewohnten Parcours, um ein stolzes Trinkgeld zu kassieren.

»Meine liebe Elsy«, sagte Frau von Hoppe. »Ich hoffe, Sie nehmen sich das Ganze nicht zu sehr zu Herzen.«

Mademoiselle Bévelier gab der Schwägerin ihres verstorbenen Geliebten die Hand. »Ich weiß ehrlich gestanden nicht, wie lange ich noch bleibe. So vieles hat sich verändert.«

Frau von Hoppe steckte ihr einen Zehn-Franken-Schein zu. »Ich wünsche Ihnen Gottvertrauen und Glück für die Zukunft, meine Liebe.«

»Danke, gnädige Frau.«

Gottvertrauen, dachte O.W. – nur eine Dame von Welt wünschte zum Abschied Gottvertrauen. Er schwenkte den Schirm eine Winzigkeit, die Sonne blinzelte gefährlich dahinter hervor.

Frau von Hoppe gab dem Chefbutler die Hand. »Lieber Patters, auf Ihren Schultern lastet jetzt viel. Werden Sie dem Hotel treu bleiben oder auch fortgehen?«

»Einer muss die Stellung halten, gnädige Frau. Fortgehen kommt für mich nicht in Frage.«

»So ist es recht, Patters. Ist der neue Verwalter schon eingetroffen?«

»Wir erwarten ihn mit dem Mittagszug. Diese Umstellung ist gewiss nur vorübergehend«, wiegelte der Butler ab. »Ich bin sicher, Ihre Schwester wird bald wieder bei uns sein.«

»Das ist zu hoffen.« Patters erhielt einen Zwanzig-Franken-Schein. Den Mädchen und Hausdienern, die sich aufreihten, drückte Frau von Hoppe Münzen in die Hände.

»Wo ist eigentlich …?« Sie sah sich in der Halle um.

»Darf ich jemanden für Sie holen lassen?« Patters ließ die Banknote in der Frackweste verschwinden.

»Ach, da kommt sie schon.«

Frau von Hoppe trug dasselbe Reisekostüm, mit dem sie angekommen war. Corinne dagegen, die auf dem Treppenabsatz erschien, wirkte nicht wie jemand, der bald abfahren würde. Im Anorak, mit festen

Bergschuhen und einer Schirmkappe lief sie auf die gnädige Frau zu.

»Also, wie besprochen.« Frau von Hoppe zog Corinne beiseite. »Es ist wohl das Beste …«

Alles Weitere konnte O.W. nicht mehr verstehen. Er ließ den Kopf zurücksinken und schloss die Augen.

An der Seite Corinnes erreichte Frau von Hoppe die offene Feuerstelle in der Halle, die jeden Abend angezündet wurde. »Ich habe darüber nachgedacht. Du hast recht, es ist wohl besser so.«

»Danke, dass Sie meine Haltung verstehen, gnädige Frau.«

»Natürlich würde ich mich freuen, wenn ich in Frankfurt statt einer Gesellschafterin eine Tochter um mich hätte, aber …« Sie suchte in Corinnes Augen. »Unsere Wege trennen sich also hier?«

»Es ist mir lieber so.« Sie hatte noch etwas auf dem Herzen. »Diese Frau auf der Fotografie in meinem Zimmer, sind das wirklich Sie?«

»Wer soll es denn sonst sein? Auch ich hatte meine verrückten Jahre.«

»Aber das Kostüm, ich verstehe nicht, was bedeutet es?«

Frau von Hoppe sank auf die Armlehne eines Ledersessels. »Erika und ich haben für unser Leben gern Kabarett gespielt. Herrliche Szenen haben wir aufgeführt, zum Vergnügen unseres geliebten, bankrotten Vaters.«

»Wo war das?«

»Hier, im *Grand Arnold*. Damals wussten wir noch nicht, wie ernst die Dinge standen, Vater hat es uns verheimlicht. Tränen hat er gelacht über unsere Albernheiten, dabei stand das Hotel vor dem Abgrund.«

Frau von Hoppe streichelte Corinnes Wange. »Das war lange, bevor ich in die Fabrik ging, lange vor deiner Geburt.«

»Darf ich die Fotografie behalten?«

»Sie hat dir immer gehört. Sie war das Einzige, das ich dir mit ins Leben gegeben habe. Damals war das Leben noch hell für mich. Die ganze Welt ist noch nicht kaputt gewesen.«

»Als Sie Ihr Kind fortgegeben haben, war das Leben *hell* für Sie, gnädige Frau?« Corinne beobachtete die Erstarrung in den Augen der anderen. »Die Welt ist nicht kaputt, gnädige Frau. Aber diese Familie ist es. Eines verstehe ich immer noch nicht. Nach allem, was Kälin Ihnen angetan hatte, weshalb haben Sie mit Ihrer Schwester Karten darum gespielt, wer ihn heiraten sollte?«

»Willst du nicht endlich Wilhelmine zu mir sagen?«

»Lieber nicht, gnädige Frau.«

Frau von Hoppe nahm die Puderdose aus der Tasche und betrachtete sich im Spiegel. »Wir brauchten Kälins Geld. Doch das war nicht der einzige Grund. Ich hätte ihn wahrscheinlich geheiratet, um mich an ihm zu rächen. Durch den Ausgang des Spiels bekam Erika ihre Chance. Meine Schwester ist sehr gut darin, andere zu demütigen. Kälin hat bald begriffen, dass er mit der Rettung des Hotels in eine unentrinnbare Falle getappt war.« Frau von Hoppe klappte die Puderdose zu. »Sie hat ihn unglücklicher gemacht, als selbst er erwarten konnte.« Ein Blick auf die Hoteluhr. »Schon so spät? Wo Rudi nur bleibt?«

»Ihr Mann fährt mit Ihnen?«

»Glücklicherweise nicht. Er wollte sich nur verabschieden. Rudi wird Erikas Angelegenheiten bald an einen Kollegen aus Zürich übergeben. Er ist froh darüber. Mein Mann gibt sich nicht gern mit Leuten ab, die in Schwierigkeiten stecken.«

»Steckt Ihre Schwester in Schwierigkeiten?«

»Schlimmer, als du dir vorstellen kannst.« Frau von Hoppe umarmte ihr Kind einen Moment lang, dann trat sie zurück. »Lass von dir hören. Willst du mir das versprechen?«

»Ich weiß noch nicht.« Nach kurzer Überlegung nickte Corinne. »Ich verspreche es. Ich schreibe Ihnen.«

»Danke.«

Im Abwenden bemerkte Corinne den Liegestuhl auf der Terrasse. O.W. Fischer war der Hut in die Stirn gerutscht. Er schlief.

Frau von Hoppe kehrte zur Rezeption zurück, wo zwei Hausdiener sie mit den Koffern erwarteten. Ohne sich noch einmal umzudrehen, verließ sie das Hotel. Der neue Chauffeur hielt ihr den Schlag auf, sie stieg in den Alvis. Die Koffer wurden verstaut. Der Wagen setzte sich in Bewegung. Langsam fuhr er die Serpentinen hinunter.

»Fräulein Förster?«

Corinne wandte den Kopf. Es war die junge Polizistin. Wie viel älter als sie selbst mochte sie sein?

»Ich suche Frau von Hoppe«, sagte Wachtmeisterin Bässler.

Corinne beobachtete, wie sich der Alvis gemächlich entfernte. »Ich glaube, sie macht einen Spaziergang.«

»Bitte sagen sie ihr, sie möge sich bei mir melden.«

»Ich richte es gerne aus.« Corinne lächelte. »Sobald sie wiederkommt.«

Die Wachtmeisterin durchquerte die Lobby und trat ins Freie. »Herr Fischer?«

O.W. nahm den Strohhut vom Gesicht. »Ach, die liebe Polizei«, antwortete er benommen. »Was kann ich für Sie tun?«

»Wissen Sie, wo Herr Kriegler ist?«

»Xandi? Ich habe keine Ahnung.«

»Heute scheint sich alle Welt vor mir zu verstecken.«

»Ich nicht.« O.W. zwinkerte. »Ich bin immer für die Polizei da.«

Margrit zeigte sich vom österreichischen Charme unbeeindruckt. »Sie und Herr Kriegler haben ein Gespräch mit Anna Kälin geführt?«

»Ich war nur die Anstandsdame bei diesem Treffen.«

»Worum ging es?«

»Das sollten Sie wirklich besser mit Xandi besprechen.«

O.W. stand aus dem Liegestuhl auf und verabschiedete sich. Als er hineingehen wollte, kam ihm Corinne entgegen.

»Gut schaust du aus.« Er zeigte auf ihre Adjustierung.

»Ich will eine Tour machen.«

Er legte den Kopf ein wenig schief. »Täusche ich mich, oder habe ich vorhin deine Herrin abfahren sehen?«

»Dann hast du also gar nicht geschlafen?«

Er beugte sich nahe an ihr Ohr. »Ich sehe alles. Hat Frau von Hoppe dich hier oben vergessen?«

»Wir haben unser Dienstverhältnis gelöst«, antwortete Corinne.

»Sie hat dich doch nicht etwa hinausgeworfen?«

»Ich finde, dass ich mich nach etwas anderem umsehen sollte.«

»So ist das also.« Er musterte sie. »Hast du schon eine Stellung in Aussicht?«

»Das hat Zeit.«

»Ich suche nämlich jemanden zur Gesellschaft.«

»Du?«

Der Schauspieler machte eine Geste hinauf zu den Gipfeln, die das *Grand Arnold* wie ewige Wächter umstanden. »Wenn ich hinaufsteige, würdest du mir Gesellschaft leisten?«

»Wo soll es denn hingehen?« Corinne sah ihn an. Die Sonne verwandelte sein Haar in eine leuchtende Corona.

O.W. blinzelte vergnügt. »Was hältst du davon, wenn wir unser Glück noch einmal auf dem Piz Palü versuchen?«